Agatha Christie®

UM BRINDE DE CIANURETO

Tradução de Carlos André Moreira

www.lpm.com.br

L&PM POCKET

Coleção **L&PM** POCKET, vol. 775

Texto de acordo com a nova ortografia.

Título original: *Sparkling Cyanide*

Primeira edição na Coleção **L&PM** POCKET: maio de 2009
Esta reimpressão: agosto de 2024

Tradução: Carlos André Moreira
Capa: designedbydavid.co.uk © HarperCollins/Agatha Christie Ltd 2008
Preparação: Jó Saldanha
Revisão: Patrícia Rocha

CIP-Brasil. Catalogação na Fonte
Sindicato Nacional dos Editores de Livros, RJ.

C479b

Christie, Agatha, 1890-1976
Um brinde de cianureto / Agatha Christie; tradução de Carlos André Moreira. – Porto Alegre, RS: L&PM, 2024.
256p. ; 18cm (Coleção L&PM POCKET ; v. 775)

Tradução de: *Sparkling Cyanide*
ISBN 978-85-254-1896-8

1. Ficção policial inglesa. I. Moreira, Carlos André. II. Título. III. Série.

09-1897. CDD: 823
CDU: 821.111-3

Rua Comendador Coruja, 314, loja 9 – Floresta – 90220-180
Porto Alegre – RS – Brasil / Fone: 51.3225.5777

Pedidos & Depto. Comercial: vendas@lpm.com.br
Fale conosco: info@lpm.com.br
www.lpm.com.br

Impresso no Brasil
Inverno de 2024

Agatha Christie
(1890-1976)

Agatha Christie é a autora mais publicada de todos os tempos, superada apenas por Shakespeare e pela Bíblia. Em uma carreira que durou mais de cinquenta anos, escreveu 66 romances de mistério, 163 contos, dezenove peças, uma série de poemas, dois livros autobiográficos, além de seis romances sob o pseudônimo de Mary Westmacott. Dois dos personagens que criou, o engenhoso detetive belga Hercule Poirot e a irrepreensível e implacável Miss Jane Marple, tornaram-se mundialmente famosos. Os livros da autora venderam mais de dois bilhões de exemplares em inglês, e sua obra foi traduzida para mais de cinquenta línguas. Grande parte da sua produção literária foi adaptada com sucesso para o teatro, o cinema e a tevê. *A ratoeira*, de sua autoria, é a peça que mais tempo ficou em cartaz, desde sua estreia, em Londres, em 1952. A autora colecionou diversos prêmios ainda em vida, e sua obra conquistou uma imensa legião de fãs. Ela é a única escritora de mistério a alcançar também fama internacional como dramaturga e foi a primeira pessoa a ser homenageada com o Grandmaster Award, em 1954, concedido pela prestigiosa associação Mystery Writers of America. Em 1971, recebeu o título de Dama da Ordem do Império Britânico.

Agatha Mary Clarissa Miller nasceu em 15 de setembro de 1890 em Torquay, Inglaterra. Seu pai, Frederick, era um americano extrovertido que trabalhava como corretor da bolsa, e sua mãe, Clara, era uma inglesa tímida. Agatha, a caçula de três irmãos, estudou basicamente em casa, com tutores. Também teve aulas de canto e piano, mas devido ao temperamento introvertido não seguiu carreira artística. O pai de Agatha morreu quando ela tinha onze anos, o que a aproximou da mãe, com quem fez várias viagens. A paixão por conhecer o mundo acompanharia a escritora até o final da vida.

Em 1912, Agatha conheceu Archibald Christie, seu primeiro esposo, um aviador. Eles se casaram na véspera do Natal de 1914 e tiveram uma única filha, Rosalind, em 1919. A carreira literária de Agatha – uma fã dos livros de suspense do escritor inglês Graham Greene – começou depois que sua irmã a desafiou a escrever um romance. Passaram-se alguns anos até que o primeiro livro da escritora fosse publicado. *O misterioso caso de Styles* (1920), escrito próximo ao fim da Primeira Guerra Mundial, teve uma boa acolhida da crítica. Nesse romance aconteceu a primeira aparição de Hercule Poirot, o detetive que estava destinado a se tornar o personagem mais popular da ficção policial desde Sherlock Holmes. Protagonista de 33 romances e mais de cinquenta contos da autora, o detetive belga foi o único personagem a ter o obituário publicado pelo *The New York Times.*

Em 1926, dois acontecimentos marcaram a vida de Agatha Christe: a sua mãe morreu, e Archie a deixou por outra mulher. É dessa época também um dos fatos mais nebulosos da biografia da autora: logo depois da separação, ela ficou desaparecida durante onze dias. Entre as hipóteses figuram um surto de amnésia, um choque nervoso e até uma grande jogada publicitária. Também em 1926, a autora escreveu sua obra-prima, *O assassinato de Roger Ackroyd.* Este foi seu primeiro livro a ser adaptado para o teatro – sob o nome *Álibi* – e a fazer um estrondoso sucesso nos teatros ingleses. Em 1927, Miss Marple estreou como personagem no conto "O Clube das Terças-Feiras".

Em uma de suas viagens ao Oriente Médio, Agatha conheceu o arqueólogo Max Mallowan, com quem se casou em 1930. A escritora passou a acompanhar o marido em expedições arqueológicas e nessas viagens colheu material para seus livros, muitas vezes ambientados em cenários exóticos. Após uma carreira de sucesso, Agatha Christie morreu em 12 de janeiro de 1976.

Sumário

Livro I

Rosemary

"O que posso fazer para afastar as recordações de meus olhos?"

Seis pessoas estavam pensando em Rosemary Barton, que morreu há mais ou menos um ano.

Capítulo I

Iris Marle

I

Iris Marle estava pensando em sua irmã, Rosemary.

Por quase um ano, tentara deliberadamente afastá-la de seus pensamentos. Não queria lembrar.

Era doloroso demais... horrível demais!

A face azul, cianótica, os dedos convulsos, apertados em garra...

O contraste entre aquela visão e a Rosemary amável e alegre do dia anterior... Bem, talvez não exatamente *alegre*. Ela pegara uma gripe... ficara deprimida, abatida... Isso havia sido divulgado no inquérito. A própria Iris enfatizara esse dado. Esclarecia o suicídio de Rosemary, não esclarecia?

Uma vez o inquérito concluído, Iris tentara deliberadamente tirar a coisa toda da cabeça. Que bem faria relembrar? Esqueça tudo! Esqueça todo aquele assunto horrível.

Mas tinha de lembrar, percebia agora. Tinha de voltar ao passado... Relembrar com cuidado cada incidente insignificante, mesmo que não parecesse ter importância...

A conversa extraordinária que tivera com George a noite anterior a obrigava a lembrar.

Havia sido tão inesperado, tão assustador. Espere... *Havia* sido inesperado? Não houvera indícios com antecedência? A crescente introspecção de George, seu alheamento, suas ações inexplicáveis... sua... bem, *esquisitice* era a única palavra para aquilo. Tudo apontando para aquele momento, a noite passada, quando ele a chamou no escritório e tirou as cartas da gaveta da escrivaninha.

E agora não havia como evitar. Tinha de pensar em Rosemary... recordar.

Rosemary... sua irmã.

Com um choque, Iris percebeu, de súbito, que era a primeira vez em sua vida que pensava em Rosemary. Pensava nela, quer dizer, de maneira objetiva, como *pessoa.*

Sempre aceitara Rosemary, sem necessidade de pensar. Você não pensa na mãe ou no pai ou na irmã ou na tia. Eles apenas existem, incontestes, como parentes.

Você não pensa neles como pessoas. Sequer se pergunta o que eles são.

O que fora Rosemary?

Isso poderia ser muito importante agora. Muita coisa dependeria disso. Iris remeteu sua mente outra vez para o passado. Ela e Rosemary crianças...

Rosemary era seis anos mais velha.

II

Vislumbres do passado voltaram... breves lampejos... cenas curtas. Ela, criança, comendo pão e tomando leite, e Rosemary, presunçosa em suas tranças, "fazendo dever de casa" em uma mesa.

O verão no litoral... Iris com inveja de Rosemary, que já era uma "menina crescida" e podia nadar!

Rosemary indo para o colégio interno... e voltando para casa nos feriados. E aí ela própria na escola, e Rosemary terminando os estudos em Paris. Rosemary no colegial: desajeitada, toda braços e pernas. E Rosemary formada voltando de Paris com uma elegância nova estranha e assustadora, voz suave, graciosa, com um talhe ondulante e altivo, com a cabeleira castanha avermelhada e grandes olhos azuis, orlados de cílios negros. Uma criatura de beleza perturbadora... crescida em um mundo diferente.

Dali em diante elas se viram muito pouco. O intervalo de seis anos entre elas havia se dilatado ao máximo.

Iris ainda estava na escola, Rosemary, no livre curso de uma "estação". Mesmo quando Iris voltava para casa, o abismo entre elas permanecia. A vida de Rosemary era ficar na cama até tarde, almoçar com outras garotas, dançar na maioria das noites da semana. Iris tinha aulas com Mademoiselle, passeava no parque, ceava às nove e dormia às dez. O contato entre as duas irmãs havia se limitado a breves trocas de palavras como:

"Iris, telefone e peça um táxi para mim, por favor. Estou terrivelmente atrasada."

ou

"Não gosto desse seu vestido novo, Rosemary. Não combina com você. Muito rococó e espalhafatoso."

Então houve o noivado de Rosemary com George Barton. Excitação, compras, uma torrente de pacotes, vestidos para as damas de honra.

O casamento. Caminhar pelo corredor da igreja atrás de Rosemary, ouvindo os cochichos:

– Que noiva *linda*...

Por que Rosemary se casara com George? Mesmo naquela época, Iris ficara vagamente surpresa. Havia tantos jovens interessantes... telefonavam, levavam-na para sair. Por que ela escolhera George Barton, quinze anos mais velho, gentil, amável, mas definitivamente maçante?

George era rico, mas não fora por isso. Rosemary tinha seu próprio dinheiro, uma soma considerável.

O dinheiro do tio Paul...

Iris vasculhou sua mente com atenção, procurando discernir entre o que sabia agora e o que descobrira naquela época: tio Paul, por exemplo.

Não era seu tio de verdade, disso sempre soubera. Mesmo que nunca lhe houvessem contado, sabia de alguns fatos. Paul Bennett fora apaixonado pela mãe dela, que preferira um outro homem, mais pobre. Paul aceitara a derrota com um espírito romântico. Permanecera o amigo da família e adotara uma atitude de devoção platônica. Tornara-se o tio Paul e apadrinhara a primogênita, Rosemary. Quando ele morreu, descobriu-se que havia deixado toda sua fortuna para a pequena afilhada, então com treze anos.

Rosemary, além da beleza, tinha também uma herança. E havia casado com o insípido George Barton.

"Por quê?", Iris se perguntara na época. Perguntava-se ainda hoje. Iris não acreditava que Rosemary estivera alguma vez apaixonada por ele. Mas parecia muito feliz e gostava dele... sim, definitivamente gostava dele. Cerca de um ano após o casamento, Iris teve uma boa oportunidade para saber o motivo, quando sua mãe, a amável e delicada Viola Marle, morreu, e Iris, uma jovem de dezessete anos, foi viver com Rosemary e o marido.

Uma jovem de dezessete anos. Iris refletiu sobre o retrato que fazia de si mesma. Como ela era? O que sentira, pensara, vira?

Chegou à conclusão de que aquela jovem Iris Marle fora lenta em seu desenvolvimento – sem refletir, aceitava as coisas como eram. Ressentira-se, por exemplo, da dedicação de sua mãe a Rosemary? De um modo geral, achava que não. Havia aceitado, sem hesitar, o fato de que Rosemary era a importante. Estava longe... era natural que sua mãe se ocupasse, tanto quanto a saúde permitia, com a filha mais velha. Natural o bastante. Sua vez também chegaria. Viola Marle havia sido sempre uma mãe algo distante, muito preocupada com a própria saúde, que relegava as filhas a aias, governantas, professoras, mas invariavelmente encantadora naqueles breves momentos que vinha até elas.

Hector Marle havia morrido quando Iris tinha cinco anos. A consciência de que ele bebia mais do que o recomendável a impregnara de forma tão discreta que não tinha a menor ideia de como a havia realmente adquirido.

A Iris Marle de dezessete anos aceitara a vida como ela havia se apresentado. Pranteara a mãe da forma mais apropriada, vestira roupas pretas e fora morar com a irmã e o marido desta na casa de ambos em Elvaston Square.

Algumas vezes as coisas foram bem enfadonhas naquela casa. Iris não debutaria, oficialmente, até o ano seguinte. Nesse meio-tempo, estudava francês e alemão três vezes por semana e também assistia a aulas de ciências domésticas. Vezes houve em que não tinha nada para fazer e ninguém com quem falar. George era gentil, invariavelmente afetuoso e fraterno. Seu comportamento nunca mudara. Ainda hoje era o mesmo.

E Rosemary? Iris a vira muito pouco. Ela saía com muita frequência. Modistas, coquetéis, jogos de bridge...

O que ela realmente *sabia* sobre Rosemary, agora que se dedicava a pensar nisso? De seus gostos, aspirações, medos? É realmente alarmante o quão pouco se pode saber de uma pessoa mesmo depois de morar com ela na mesma casa! Houvera pouca ou nenhuma intimidade entre as irmãs.

Mas agora ela precisava pensar. Precisava lembrar. Poderia ser importante.

Certamente Rosemary *parecia* bastante feliz...

III

Até aquele dia... uma semana antes de tudo acontecer.

Ela, Iris, nunca se esqueceria daquele dia. Conservara a lembrança clara e cristalina... cada detalhe, cada palavra. A mesa de mogno brilhante, a cadeira afastada para trás, a característica caligrafia apressada...

Iris fechou os olhos e deixou a cena voltar...

Sua entrada na sala de estar, sua parada súbita.

Aquilo que ela vira a assustara tanto! Rosemary, sentada na escrivaninha, a cabeça caída sobre os braços estendidos, chorando com soluços de um profundo abandono. Nunca havia visto Rosemary chorar antes... e aquele pranto amargo e violento a assustara.

Certo, Rosemary vinha de uma gripe. Havia saído da cama há um ou dois dias. E todo mundo sabe que a gripe deixa o doente deprimido *mesmo*. Ainda assim...

Iris começou a chorar, chocada, e perguntou em sua voz infantil:

– Oh, Rosemary, o que foi?

Rosemary se endireitou na cadeira, afastou os cabelos do rosto descomposto e esforçou-se para reassumir o controle de si mesma. Então disse, rapidamente:

– Não é nada... nada... não me olhe desse jeito!

Ela se levantou e, passando pela irmã, saiu do aposento.

Confusa e preocupada, Iris avançou sala adentro. Seus olhos, impelidos para a mesa de maneira inquisitiva, tiveram um vislumbre de seu próprio nome escrito com a caligrafia da irmã. Então Rosemary estava escrevendo para ela?

Ela se aproximou, olhou para a folha do bloco de papel azul com a característica letra grande e espraiada, ainda mais espalhada que o normal devido à pressa e à agitação da mão que segurava a caneta.

Querida Iris,

Não há razão para eu fazer um testamento porque meu dinheiro irá para você de qualquer jeito, mas gostaria que algumas das minhas coisas fossem dadas para as seguintes pessoas.

Para George, as joias que ele me presenteou e o pequeno porta-joias esmaltado que compramos juntos quando estávamos noivos.

Para Gloria King, minha cigarreira de platina.

Para Maisie, o cavalo de porcelana chinesa que ela sempre admirou...

Terminava ali, com um rabisco furioso da caneta, como se Rosemary a tivesse largado de súbito e dado vazão ao pranto incontrolável.

Iris estacou como se transformada em pedra.

O que significava? Rosemary não ia *morrer*, ia? Havia estado muito doente da gripe, mas estava bem agora. E, de qualquer forma, as pessoas não morriam de gripe... quer dizer, algumas vezes morrem, mas Rosemary não morrera. Estava bem, apenas fraca e abatida.

Os olhos de Iris revisaram as palavras, e, desta vez, uma frase se destacou com um efeito alarmante:

... meu dinheiro irá para você de qualquer jeito...

Foi a primeira pista que recebera dos termos em que Paul Bennett fizera seu testamento. Sabia desde criança que Rosemary havia herdado o dinheiro do tio Paul, que Rosemary era rica, ao passo que ela própria, em comparação, era pobre. Mas até aquele momento nunca havia se interrogado sobre o que aconteceria ao dinheiro no caso da morte de Rosemary.

Se lhe tivessem perguntado, responderia que provavelmente iria para George, na qualidade de marido de Rosemary, mas acrescentaria que era absurdo pensar em Rosemary morrendo antes de George!

Mas aí estava, registrado, preto no branco, pela mão da própria Rosemary. Se Rosemary morresse, o dinheiro viria para ela, Iris. Mas certamente aquilo não era legítimo. Um marido ou esposa herda todo e qualquer dinheiro, não uma irmã. A menos, é claro, que Paul Bennett houvesse deixado as coisas dispostas dessa maneira em seu testamento. Sim, devia ser isso. Tio Paul havia estabelecido que o dinheiro devia ir para ela se Rosemary morresse. O que fazia aquilo parecer menos injusto...

Injusto? Estava chocada pela forma como a palavra assomou em seus pensamentos. Estivera mesmo cogitando que fora injusto Rosemary herdar todo o dinheiro de tio Paul? Nas profundezas de si mesma ela devia ter pensado assim, devia ter se sentido assim. Era injusto. Eram irmãs, ela e Rosemary. Ambas filhas da mesma mãe. Por que tio Paul deixara *tudo* para Rosemary?

Rosemary sempre tivera tudo!

Festas e vestidos e rapazes apaixonados por ela e um marido amoroso.

A única coisa desagradável que acontecera a Rosemary fora uma gripe. E mesmo *isso* não durara mais do que uma semana!

Iris hesitou, parada em frente à escrivaninha. Aquela folha de papel... Rosemary a deixaria lá, jogada, para que os criados vissem?

Após hesitar por um minuto, apanhou o papel, dobrou-o em dois e guardou-o dentro de uma das gavetas do móvel.

Foi encontrado lá depois da fatal festa de aniversário e representou uma prova adicional, se era necessária alguma, de que, depois da doença, Rosemary estivera em um estado mental infeliz e deprimido, e que tinha, já na época, pensado em se suicidar.

Gripe seguida de depressão. Fora o motivo levantado no inquérito, o motivo que aquela evidência providenciada por Iris havia ajudado a estabelecer. Um motivo inadequado, talvez, mas o único disponível, e consequentemente aceito. Aquele ano houvera um surto de um tipo particularmente ruim de gripe.

Nem Iris nem George puderam sugerir algum outro motivo... naquela época.

Agora, pensando em retrospectiva sobre o incidente no sótão, Iris se perguntava como podia ter sido tão cega.

A coisa toda devia estar acontecendo debaixo do seu nariz! E ela não havia visto nem notado nada!

Sua mente saltou rápido por sobre a tragédia da festa de aniversário. Não havia necessidade de pensar naquilo! Já acontecera, não importava mais. Afaste o horror daquilo e o inquérito e a face contraída e os olhos injetados de George. Vá direto para o incidente do baú no sótão.

IV

Fora seis meses após a morte de Rosemary.

Iris continuara a morar na casa em Elvaston Square. Depois do funeral, tivera um encontro com o advogado da família Marle, um cavalheiro idoso e cortês com uma careca brilhante e olhos inesperadamente sagazes. Ele explicou com admirável clareza que, sob os termos do testamento de Paul Bennett, Rosemary herdara os seus bens e deveria passá-los para seus filhos. Se morresse sem filhos, a herança deveria ir toda para Iris. Era, o advogado explicou, uma grande fortuna, que seria dela por completo depois que atingisse a idade de 21 anos ou se casasse.

Nesse meio-tempo, a primeira coisa a acertar seria o local de residência. O sr. George Barton se mostrara ansioso para que ela continuasse a morar com ele e sugerira que a tia dela, sra. Drake, que se encontrava em situação de penúria devido aos sucessivos pedidos de dinheiro de um filho (a ovelha negra da família Marle), poderia viver com eles e servir de companhia a Iris em seu ingresso na sociedade. Iris aprovava o plano?

Iris concordou de pronto, grata por não ter de fazer novos planos. Lembrava-se de tia Lucilla como uma mulher tímida, amistosa, amável e com pouca vontade própria.

Assim o assunto fora resolvido. George Barton ficara tocado e satisfeito de ainda ter junto a si a irmã da esposa e tratava-a afetuosamente, como uma irmã caçula. A sra. Drake, se não era uma companhia estimulante, era de uma total subserviência aos desejos de Iris. Estabeleceu-se uma atmosfera doméstica amigável.

Foi aproximadamente seis meses mais tarde que Iris fez sua descoberta no sótão.

Os sótãos da casa de Elvaston Square eram usados como depósitos para mobílias e bugigangas, e para um bom número de malas e baús.

Iris subira lá um dia depois de uma caçada infrutífera a um pulôver de lã pelo qual tinha especial afeição. George havia pedido que ela não usasse luto por Rosemary, que teria se oposto a tal ideia, reforçou. O que, Iris sabia, era verdade. Ela aquiesceu e continuou a usar as roupas de sempre, ainda que para a desaprovação de Lucilla Drake, que era uma dama à moda antiga e gostava que fosse observado aquilo que chamava de "decoro". Ela própria ainda se sentia inclinada a usar luto por um marido que havia morrido há 22 anos.

Iris sabia que várias roupas sem uso haviam sido empacotadas em um baú lá em cima. Começou a revirar o sótão à procura do pulôver, encontrando vários pertences esquecidos: um conjunto cinza de saia e casaco, uma pilha de meias, seu equipamento de esqui e um ou dois maiôs velhos.

Foi aí que achou um robe que havia pertencido a Rosemary e que de alguma forma não havia sido doado, como o resto de suas coisas. Era de seda, estampado, de feitio masculino e com grandes bolsos.

Iris o desdobrou, notando que estava em perfeito estado. Dobrou-o outra vez, com cuidado, depositando-o de volta no baú. Ao fazer isso, sua mão sentiu o crepitar de alguma coisa em um dos bolsos, enfiou os dedos e retirou um pedaço de papel amarfanhado com a caligrafia de Rosemary. Alisou-o e leu.

Querido Leopardo, você não pode estar falando sério... Não pode... não pode. Nós nos amamos! Pertencemos um ao outro! Deve saber disso tanto quanto eu! Não podemos simplesmente dizer adeus e seguir em frente, tranquilos, com nossas vidas. Sabe que é impossível, querido... completamente impossível. Pertencemos um ao outro... para todo o sempre. Não sou uma mulher convencional – não me importo com o que as pessoas dizem. O amor importa para mim mais do que qualquer outra coisa. Vamos fugir juntos... e ser felizes... eu farei você feliz. Você me disse uma vez que a vida sem mim era pó e cinza – lembra-se, querido Leopardo? E agora, escreve calmamente que é melhor terminar tudo... que é o melhor para mim. Melhor para mim? Mas eu não posso viver sem você! Sinto tanto por George – ele sempre foi tão doce comigo –, mas ele entenderá. Ele há de querer me dar a liberdade. Não é certo viver com alguém se você não o ama mais. Deus nos fez um para o outro, querido – eu sei que fez. Vamos ser maravilhosamente felizes, mas devemos ter coragem. Eu mesma direi a George... quero ser correta em relação à coisa toda... mas não até o meu aniversário.

Sei que estou fazendo o que é certo, querido Leopardo – e não posso viver sem você... não posso, não posso, NÃO POSSO. Que estúpido de minha parte escrever tudo isto. Duas linhas teriam bastado. Apenas "Eu te amo. Nunca vou deixá-lo partir". Oh, querido...

A carta se interrompia aí.

Iris permaneceu imóvel.

O quão pouco alguém pode saber sobre a própria irmã.

Então Rosemary tivera um amante... escrevera para ele apaixonadas cartas de amor... planejara ir embora com ele?

O que acontecera? Rosemary nunca mandara a carta, no fim das contas. Que carta teria enviado? O que afinal fora decidido entre ela e o homem desconhecido?

("Leopardo!" Que fantasias extraordinárias as pessoas têm quando estão apaixonadas. Que estúpido! *Leopardo*, ora bolas!)

Quem era esse homem? Amara Rosemary tanto quanto ela o havia amado? Certamente que sim. Rosemary era tão inacreditavelmente amável. E ainda assim, de acordo com a carta, ele havia sugerido "terminar tudo". Isso sugeria... o quê? Cautela? Era evidente que ele dissera que o rompimento seria pelo bem de Rosemary. Que seria apenas o melhor para ela. Sim, mas um homem não diz sempre tais coisas para livrar a cara? Não significaria, na verdade, que o homem, fosse quem fosse, estava farto? Talvez tivesse sido para ele uma mera distração. Talvez ele nunca tivesse realmente se importado. De alguma forma Iris teve a impressão de que o desconhecido estava determinado a romper a relação com Rosemary, no fim das contas.

Mas Rosemary pensava diferente. E enfrentaria as consequências. Rosemary também estava determinada.

Iris estremeceu.

E ela, Iris, não percebera coisa alguma! Sequer havia suspeitado. Havia tomado por certo que Rosemary estava feliz e conformada e que ela e George estavam muito satisfeitos um com o outro. Cega! Fora cega em não notar tal coisa a respeito da própria irmã.

Mas quem era o homem?

Lançou a mente para o passado, pensando, recordando. Sempre houve tantos homens em volta, que admiravam Rosemary, levavam-na para sair, telefonavam. Não houve nenhum em especial. Mas deve ter havido... O resto fora mera camuflagem para aquele, o único, o que importava. Iris franziu o cenho em uma expressão de perplexidade e se pôs a separar com cuidado as recordações.

Dois nomes se sobressaíram. Devia ser, sim, positivamente devia ser um ou outro. Stephen Farraday? Podia ser Stephen Farraday. O que Rosemary teria visto nele? Um jovem afetado e pomposo... e não muito jovem, pensando bem. Claro, as pessoas diziam que ele era brilhante. Um político em ascensão, com um subsecretariado em seu futuro próximo e todo o peso das influentes conexões dos Kidderminsters por trás dele. Um possível futuro primeiro-ministro! Teria sido isso o que lhe dera encanto aos olhos de Rosemary? Será que ela seria capaz de gostar de forma tão desesperada do homem propriamente dito... uma criatura tão fria e retraída? Mas também contavam que a esposa o amava apaixonadamente, que havia contrariado todas as aspirações de sua poderosa família para se casar com ele... um mero joão-ninguém com ambições políticas. Se uma mulher já se sentira daquele jeito por causa dele, outra também poderia. Sim, *devia* ser Stephen Farraday.

Porque, se não fosse Stephen Farraday, só podia ser Anthony Browne.

É verdade que ele havia sido um escravo de Rosemary, constantemente às suas ordens, seu rosto moreno e atraente expressando uma espécie de cômico desespero. Mas aquela devoção não fora aberta demais, declarada de forma livre demais para ser realmente profunda?

E por acaso ele havia desaparecido depois da morte de Rosemary, desde a qual ninguém mais o havia visto de novo.

Ainda que não tão por acaso, na verdade – era um homem que viajava muito. Ele havia contado suas estadas na Argentina, no Canadá, em Uganda e nos Estados

Unidos. Iris tinha a ideia de que ele era americano ou canadense, ainda que não tivesse sotaque algum. Não, não era assim tão estranho que não tivessem mais nenhuma notícia dele desde então.

Rosemary é que fora amiga dele. Não havia razão alguma pela qual devesse aparecer para visitá-los. Havia sido amigo de Rosemary. Mas não amante de Rosemary! Não queria que fosse ele o amante de Rosemary. Isso a magoaria, a magoaria terrivelmente.

Desceu os olhos até a carta em sua mão. Ela a amassaria, a jogaria fora, a queimaria...

Foi puro instinto o que a fez parar.

Algum dia poderia ser importante apresentar aquela carta...

Alisou-a, levou-a para baixo consigo e a trancou em seu porta-joias.

Poderia ser importante, algum dia, mostrar por que Rosemary havia tirado a própria vida.

V

– Mais alguma coisa?

A ridícula frase veio, inesperada, à mente de Iris, que retorceu os lábios em um sorriso contrariado. A polida pergunta da balconista parecia representar com exatidão seus próprios processos mentais desgovernados.

Não era exatamente aquilo que ela tentava fazer em sua revisão do passado? Havia repassado a surpreendente descoberta no sótão. E agora vinha "mais alguma coisa?" Qual seria essa outra coisa?

Certo que seria o comportamento de crescente estranheza de George, já de longa data. Pequenas coisas que a haviam intrigado agora se tornavam claras à luz do surpreendente achado da noite passada. Ações e comentários desconexos tomavam seu lugar apropriado no curso dos acontecimentos.

E havia também a reaparição de Anthony Browne. Sim, talvez aquilo devesse vir na sequência, já que acontecera apenas uma semana depois do episódio da carta.

Iris não conseguia recordar suas sensações com exatidão...

Rosemary havia morrido em novembro. No mês de maio seguinte, Iris, sob a asa de Lucilla Drake, debutara na vida social. Fora a jantares e a chás e a bailes sem, contudo, divertir-se. Sentia-se indiferente e insatisfeita. Foi durante uma dança algo tola lá pelo fim de junho que ela ouviu uma voz atrás de si:

– É mesmo Iris Marle, não é?

Ela se virou, corando, para olhar o rosto moreno e inquiridor de Anthony... Tony, que disse:

– Não espero que se lembre de mim, mas...

– Oh, mas eu me lembro. É claro que me lembro – ela interrompeu.

– Esplêndido! Temia que houvesse esquecido de mim. Faz muito tempo desde a última vez em que a vi.

– Eu sei... Desde o aniversário de Rosemary, a fest...

Ela silenciou. As palavras haviam aflorado a seus lábios, alegres e irrefletidas. E então a cor fugira de suas faces, deixando-as pálidas e sem um pingo de sangue. Os lábios tremeram, e os olhos arregalaram-se numa expressão de pavor.

Anthony Browne apressou-se a dizer:

– Lamento muitíssimo. Sou um bruto por fazê-la relembrar...

Iris engoliu em seco e disse:

– Está tudo bem.

(Não desde a noite da festa de aniversário de Rosemary, não desde a noite do suicídio de Rosemary... não pensaria... não *deveria* pensar naquilo!)

– Lamento muitíssimo. Por favor, me desculpe – Anthony Browne repetiu. – Gostaria de dançar comigo?

Ela assentiu. Embora já tivesse prometido aquela dança, flutuara pelo salão nos braços dele. Viu seu parceiro, um rapaz envergonhado e imaturo que parecia nadar no colarinho, olhando em volta para procurá-la. O tipo de companhia, ela pensara com desprezo, que uma debutante tem de suportar. Em nada semelhante a este homem... amigo de Rosemary.

Uma pontada brusca a atravessou. *Amigo de Rosemary.* Aquela carta. Teria sido escrita para este homem com quem ela dançava? Algo na graça suave e felina com que ele bailava emprestava substância ao apelido "Leopardo". Teriam Rosemary e ele...

– Por onde andou esse tempo todo? – ela perguntou, brusca.

Ele a afastou um pouco de si, olhando-a nos olhos. Não sorria mais, e a voz tinha uma certa frieza.

– Andei viajando... a negócios.

– Entendo – ela comentou, sem conseguir se controlar. – E por que voltou?

Ele sorriu e disse, alegre:

– Talvez... para vê-la, Iris Marle.

E de súbito, estreitando-a um pouco mais contra o corpo, ele fez um longo e ousado rodopio por entre os demais dançarinos, um milagre de condução e ritmo. Iris se perguntava por que, no meio de uma sensação que era de prazer quase completo, ainda assim se sentia assustada.

Desde então, Anthony havia se tornado parte definitiva de sua vida. Vira-o pelo menos uma vez por semana.

Encontrara-o no parque, em vários bailes, descobrira-se sentada ao lado dele em jantares.

O único lugar ao qual ele nunca ia era a casa em Elvaston Square. Levou algum tempo até ela notar, tão hábil ele fora em se evadir ou recusar os convites para uma visita. Quando percebeu, começou a se perguntar por quê. Seria porque ele e Rosemary...

E um dia, para seu assombro, George, o despreocupado George, que pouco era de interferir em sua vida, veio falar com ela:

– Quem é este camarada, Anthony Browne, com quem você tem sido vista? O que sabe sobre ele?

Ela o encarou:

– O que sei sobre ele? Por quê? Ele era amigo de Rosemary!

O rosto de George se contraiu. Ele piscou e disse, com uma voz triste e pesada:

– Sim, é claro que era.

Ela se lamentou, cheia de remorso:

– Desculpe. Não devia ter-lhe lembrado dela.

George sacudiu a cabeça e falou, com gentileza:

– Não, não, eu não quero esquecê-la. Isso nunca. No fim das contas – completou, desajeitado, afastando o olhar –, é isso o que o nome dela significa. Rosemary... Rosmaninho... Recordação.

Olhou-a firme:

– Não quero que você se esqueça de sua irmã, Iris.

– Eu nunca poderia – ela respondeu, com a respiração suspensa.

George prosseguiu:

– Mas a respeito desse rapaz, Anthony Browne. Rosemary podia gostar daquele homem, mas não creio que soubesse muito a respeito dele. Veja, é preciso ter cuidado, Iris. Você é uma jovem muito rica.

Foi tomada por uma espécie de ira ardente:

– Tony... Anthony... tem muito dinheiro. Ora, ele fica no Claridge quando está em Londres.

– Eminentemente respeitável... bem como dispendioso. De qualquer forma, minha querida, ninguém parece saber muito sobre esse camarada.

– Ele é americano.

– Talvez. Se é assim, estranho que não tenha amparo maior de sua embaixada. E ele não vem muito a esta casa, vem?

– Não. E posso entender por que, se você o julga de modo tão terrível.

George sacudiu a cabeça.

– Parece que atropelei as coisas. Oh, bem, Apenas queria dar-lhe um conselho oportuno. Vou ter uma palavra com Lucilla.

– Lucilla! – disse Iris com escárnio.

George emendou, ansioso:

– Está tudo certo? Quero dizer, Lucilla providencia para que você tenha o que precisa? Festas... esse tipo de coisa?

– Sim. Para falar a verdade, ela trabalha como um castor.

– Porque se não for assim, você só precisa falar, criança. Poderíamos arranjar outra pessoa. Alguém mais jovem e mais... atualizado. Quero que você se divirta.

– Eu me divirto, George, mesmo.

Ele disse de modo um tanto sombrio:

– Então está tudo certo. Não sou muito hábil para esse tipo de coisa... Nunca fui. Mas quero que tenha tudo o que desejar. Não há necessidade de medir despesas.

Aquele era o George de sempre: gentil, inábil e desajeitado.

Para cumprir sua promessa, ou sua ameaça, ele "tivera uma palavra" com a sra. Drake sobre Anthony Browne, mas quis o destino que o momento não fosse o mais apropriado para ganhar a atenção integral de Lucilla.

Ela havia recebido um telegrama daquele filho inútil que era a sua razão de viver e que sabia muito bem como chantagear seu coração maternal para obter vantagens financeiras.

Pode me mandar duzentas libras. Desesperado. Vida ou morte. Victor.

– Victor é tão honrado. Sabe o quanto minha situação é difícil e nunca apela para mim exceto em último caso. Nunca. Sempre tenho medo de que se mate.

– Ele? Não – disse George, insensível.

– Você não o conhece. Sou a mãe dele e naturalmente sei muito bem como é meu próprio filho. Nunca me perdoaria se não fizesse o que me pede. Poderia conseguir o dinheiro vendendo aquelas ações.

George suspirou.

– Escute, Lucilla. Vou mandar um telegrama solicitando informações completas de um dos meus correspondentes no estrangeiro. Vamos descobrir exatamente em que tipo de encrenca Victor se meteu. Mas meu conselho é que você o deixe arcar com as consequências do que aprontou. Senão, ele nunca vai se emendar.

– Você é tão rígido, George. O pobre menino foi sempre tão azarado...

Naquele ponto, George reprimiu suas opiniões. Não havia nada de bom em discutir com as mulheres. Simplesmente disse:

– Vou pedir a Ruth para tratar disso de uma vez. Amanhã já devemos ter notícias.

Lucilla se acalmou, em parte.

As duzentas libras foram eventualmente abatidas para cinquenta, quantia que Lucilla insistiu, firme, em mandar.

George, Iris sabia, providenciara ele mesmo o dinheiro, embora mentisse para Lucilla que vendera as ações. Iris o admirava pela sua generosidade e, quando disse isso a ele, a resposta foi simples:

– Da maneira que vejo as coisas, sempre haverá uma ovelha negra na família, alguém a quem sustentar. E alguém vai ter de pagar a conta por Victor até que ele morra.

– Mas não precisa ser você. Ele não é da *sua* família.

– A família de Rosemary é a *minha* família.

– Você é um doce, George. Mas não poderia ser *eu*? Está sempre me dizendo que eu sou riquíssima.

Ele fez uma careta.

– Você não pode fazer nada do gênero até que tenha 21, menina. E se for esperta, quando tiver não o fará. Mas darei um conselho. Quando um camarada manda um telegrama dizendo que estará morto a menos que consiga duzentas libras, normalmente você descobre que cinquenta libras serão mais do que suficientes. Ouso dizer que uma nota de dez já seria! Não se pode impedir uma mãe de dar o dinheiro, mas pode-se reduzir a quantia... lembre-se disso. Claro que Victor nunca faria nada de prejudicial a si mesmo, ele não! Esses tipos que ameaçam se suicidar nunca o fazem.

Nunca? Iris pensou em Rosemary para logo afastar o pensamento. George não tinha em mente Rosemary, e sim um rapaz mentiroso e sem escrúpulos no Rio de Janeiro.

A vantagem colateral obtida por Iris foi que aquelas preocupações maternais de Lucilla impediram-na de prestar completa atenção à sua amizade com Anthony Browne.

E então... houve "mais alguma coisa". A mudança em George! Iris não poderia ignorá-la por muito mais tempo. Quando havia começado? Qual a causa?

Mesmo agora, pensando em retrospectiva, não conseguia apontar em definitivo quando começara. Desde a morte de Rosemary, George já vinha distraído, predisposto a momentos de desatenção e alheamento. Parecia mais velho e pesado, o que era bastante natural. Mas quando exatamente sua distração se tornara algo mais?

Fora depois do embate que tiveram a respeito de Anthony Browne, pensou Iris, que notara pela primeira vez os olhos dele fixos nela, a fitá-la de um jeito preocupado e perplexo. Depois, desenvolvera o hábito novo de chegar em casa cedo do trabalho e trancar-se em seu escritório. Não parecia que fizesse coisa alguma lá. Ela havia entrado no aposento uma vez e o encontrara sentado em sua escrivaninha, mirando em frente com o olhar perdido. Quando ela entrou, ele voltou-se com olhos apáticos e sem brilho. Comportava-se como um homem que sofrera um choque, mas respondeu brevemente à pergunta que ela lhe fez sobre o que estava acontecendo: "nada".

À medida que os dias passavam, ele circulava com o olhar ansioso de alguém que tinha na cabeça uma aflição bem definida. Ninguém prestara muita atenção. Iris certamente não prestara. As preocupações de George eram sempre, muito convenientemente, "negócios".

Então, a intervalos casuais e sem nenhuma razão aparente, ele começou a fazer perguntas. Foi só aí que ela começou a qualificar as atitudes dele como definitivamente "esquisitas".

– Diga-me, Iris, Rosemary falava bastante com você?

Iris fixou os olhos nele.

– Ora, é claro, George. Ao menos... bem, a respeito do quê?

– Oh, dos assuntos dela... amigos... como as coisas estavam indo. Mesmo se era feliz ou infeliz. Esse tipo de coisa.

Iris pensou que sabia o que havia por trás daquela pergunta. Ele devia estar a par do caso de amor infeliz de Rosemary. Respondeu bem devagar:

– Nunca falou muito. Quer dizer... estava sempre ocupada... fazendo alguma coisa.

– E você era só uma criança, é claro. Sim, eu sei. De qualquer forma, achei que ela pudesse ter dito algo.

Olhou-a, inquisitivo – quase como um cachorro cheio de esperança.

Ela não queria magoar George. E, no fim das contas, Rosemary nunca *dissera* qualquer coisa. Negou com um aceno de cabeça. George suspirou e disse, pesaroso:

– Bem, não importa.

Em outra ocasião, ele perguntara, de súbito, quem haviam sido as melhores amigas de Rosemary.

Iris refletiu por um instante antes de responder:

– Gloria King. A sra. Atwell… Maisie Atwell. Jean Raymond.

– O quão íntimas elas eram?

– Bem, não sei com exatidão.

– Refiro-me a se você acha que ela poderia confiar em alguma delas.

– Realmente não sei... Não creio que seja muito provável... De que tipo de confiança está falando?

De imediato desejou não ter feito a última pergunta, mas a resposta de George a surpreendeu.

– Rosemary alguma vez comentou ter medo de alguém?

– Medo? – Iris o encarou.

– O que estou tentando saber é se Rosemary tinha alguma inimizade.

– Com outras mulheres?

– Não, não, não desse tipo. Inimizades reais. Havia alguém, que você saiba, que pudesse... ter algo contra ela?

O olhar arregalado e fixo de Iris pareceu preocupá-lo. Ele corou e disse, em um murmúrio:

– Soa idiota, eu sei, melodramático. Mas estava só pensando...

Poucos dias depois daquilo, ele começou a fazer perguntas sobre os Farraday. Rosemary costumava vê-los com que frequência?

Iris ficou em dúvida.

– Realmente não sei, George.

– Ela alguma vez falou deles com você?

– Não, acho que não.

– Ainda assim, eram íntimos?

– Rosemary andava muito interessada em política.

– Sim. Depois que conheceu os Farraday na Suíça. Nunca ligou a mínima para o assunto antes disso.

– Não. Acho que Stephen Farraday despertou seu interesse. Ele costumava emprestar a ela panfletos e coisas do gênero.

George disse:

– E o que Sandra Farraday achava disso?

– Disso o quê?

– De seu marido emprestar panfletos a Rosemary?

Iris sentiu-se desconfortável ao responder:

– Não sei.

George prosseguiu:

– Ela é uma mulher muito reservada. Parece fria como gelo. Mas dizem que é louca por Farraday. Do tipo que poderia levar a mal a amizade dele com outra mulher.

– Talvez.

– Rosemary se dava bem com a esposa de Farraday?

Iris disse, devagar:

– Não creio que se dessem bem. Rosemary ria de Sandra. Dizia que ela parecia uma dessas esposas de político, empalhadas como cavalo de balanço. (Sandra parece mesmo com um cavalo, você sabe.) Costumava dizer que "se alguém a furasse, a serragem se esvairia".

George grunhiu, e depois disse:

– Ainda vê Anthony Browne com frequência?

– Bastante – a voz de Iris tornou-se fria, mas George não repetiu suas advertências. Em vez disso, parecia interessado.

– Ele já perambulou por aí um bocado, não? Deve ter tido uma vida interessante. Conta algo a você sobre isso?

– Não muito. Ele já viajou bastante, é claro.

– Negócios, eu suponho.

– Também suponho.

– Em que ele trabalha?

– Não sei.

– Algo a ver com armamentos, não?

– Nunca me disse.

– Bem, não precisa contar que eu perguntei. Só estava pensando. Ele andava muito por aí no último outono em companhia de Dewsbury, diretor da United Arms Ltda... Rosemary via bastante Anthony Browne, não?

– Sim... Sim, via.

– Mas não o conhecia há muito tempo... Era mais um conhecido casual, não? Costumava levá-la para dançar?

– Sim.

– Fiquei bastante surpreso, você sabe, que ela o quisesse presente em sua festa de aniversário. Não imaginava que ela o conhecesse tão bem.

Iris disse com tranquilidade:

– Ele dança muito bem...

– Sim. Sim, é claro...

Sem que o desejasse, Iris deixou que uma imagem involuntária daquela noite cruzasse sua mente.

A mesa circular no Luxembourg, as luzes baças, as flores. O grupo de baile, com seu ritmo insistente. As sete pessoas ao redor da mesa: ela, Anthony Browne, Rosemary, Stephen Farraday, Ruth Lessing, George e, à direita deste, a mulher de Stephen Farraday, lady Alexandra Farraday*, com seu cabelo liso e descorado, suas narinas levemente arqueadas e a voz límpida e arrogante. Que festa alegre havia sido. Ou não havia?

E no centro de tudo, Rosemary... *Não, não, melhor não pensar nisso.* Melhor lembrar apenas dela sentada próxima a Tony – ali fora onde o conhecera de fato. Antes daquilo ele havia sido apenas um nome, uma sombra no saguão, um vulto de costas descendo as escadas em companhia de Rosemary até um táxi à espera na frente da casa.

* A pronúncia inglesa de Alexandra é Aleksandra, razão pela qual a personagem às vezes tem seu nome abreviado para "Sandra" Farraday. (N.T.)

Tony...

Voltou a si sobressaltada. George estava repetindo uma pergunta que fizera.

– Estranho ele haver partido logo depois daquilo. Sabe para onde ele foi?

Ela respondeu vagamente:

– Oh, Ceilão, eu acho. Ou Índia.

– Ele não mencionou a viagem naquela noite.

Iris retrucou, ríspida:

– E por que deveria? E temos mesmo que falar... daquela noite?

A face de George tingiu-se de vermelho.

– Não, não, é claro que não. Desculpe, é assunto velho. A propósito, convide Browne para jantar aqui uma noite dessas. Gostaria de vê-lo outra vez.

Iris estava encantada. George estava mudando de ideia. O convite foi apropriadamente transmitido e aceito, mas, na última hora, Anthony teve que viajar para o Norte a trabalho e não pôde comparecer.

Um dia, no fim de julho, George surpreendeu tanto Lucilla quanto Iris ao anunciar que havia comprado uma casa no campo.

– Comprou uma casa? – Iris estava incrédula. – Mas pensei que fôssemos alugar aquela residência em Goring por dois meses.

– É melhor ter um lugar só nosso, não? Pode-se ir passar os fins-de-semana durante o ano todo.

– E onde é? Perto do rio?

– Não exatamente. Na verdade, não. É em Sussex: Marlingham. É chamada Little Priors. Terreno de doze acres e uma casa pequena em estilo georgiano.

– Quer dizer que a comprou sem que sequer a tivéssemos visto?

– Foi um grande acaso. A casa foi posta à venda, agarrei a chance imediatamente.

A sra. Drake interveio:

– Suponho que será necessário reformar e redecorar bastante.

– Oh, quanto a isso não há problema. Ruth já cuidou de tudo – respondeu George em tom casual.

Elas receberam em respeitoso silêncio a menção a Ruth Lessing, a competente secretária de George. Ruth era uma instituição – praticamente parte da família. Atraente, de uma maneira cinzenta e severa, era a imagem da eficiência combinada com tato.

Quando Rosemary estava viva, era comum ouvi-la dizer: "Vamos deixar Ruth tomar conta disso. Ela é maravilhosa. Oh, deixe isso com Ruth."

Qualquer dificuldade podia sempre ser vencida pelas mãos hábeis da srta. Lessing. Sorridente, agradável, reservada, era capaz de superar qualquer obstáculo. Dirigia o escritório de George e, suspeitava-se, também o próprio George, que lhe era devotado e confiava absolutamente em seu julgamento. Ela parecia não ter necessidades ou desejos próprios.

Apesar disso, naquela ocasião Lucilla Drake ficou contrariada.

– Meu querido George, por mais competente que Ruth de fato seja, bem, quero dizer... as mulheres de uma família gostam de definir a combinação de cores de sua própria sala de visitas! Iris deveria ter sido consultada. Nem falo por mim, *eu* não conto. Mas é desagradável para Iris.

George pareceu ter um peso na consciência:

– Eu queria que fosse uma surpresa!

Lucilla teve de sorrir.

– Você é mesmo uma criança, George.

Iris disse:

– Não me importo com as cores. Estou certa de que Ruth fez a escolha perfeita. Ela é tão hábil... E o que vamos fazer por lá? Suponho que haja uma quadra de tênis.

– Sim, e campos de golfe a seis milhas, e fica a apenas quatorze milhas da costa. E além do mais teremos vizinhos. Penso que é sábio ir sempre a algum lugar do mundo onde você já conheça alguém.

– Que vizinhos? – perguntou Iris, de modo abrupto.

George não olhou em seus olhos enquanto respondia:

– Os Farraday. Eles moram a aproximadamente uma milha e meia, do outro lado do parque.

Iris o encarou. Em um instante, foi tomada pela convicção de que todo aquele elaborado empreendimento, comprar e mobiliar uma casa de campo, havia sido realizado com um único objetivo: dar a George a oportunidade de ter um relacionamento próximo com Stephen e Sandra Farraday. Vizinhas no campo, com propriedades adjacentes, as duas famílias com certeza se tornariam íntimas. Ou isso ou se tratariam com deliberada frieza!

Mas por quê? Por que aquela cantilena persistente sobre os Farraday? E por que usar deste método dispendioso para atingir um objetivo incompreensível?

Será que George suspeitava que Rosemary e Stephen Farraday haviam sido mais do que amigos? Seria uma estranha manifestação de ciúme post-mortem? Era, com certeza, um pensamento por demais esdrúxulo para ser posto em palavras.

Mas então *o que* George queria com os Farraday? Qual a razão para todas aquelas perguntas casuais com as quais vinha bombardeando Iris? Não havia alguma coisa esquisita se passando com George ultimamente?

A aparência estranha e aturdida que ele assumia à noite! Lucilla atribuía àquilo a um copo a mais de vinho do Porto... Bem Lucilla!

Não, havia sim algo esquisito acontecendo com George. Parecia agir com um misto de excitação intercalada com grandes espaços de completa apatia, como se afundasse em um coma.

A maior parte daquele agosto foi passada no campo, em Little Priors. Que casa horrível! Iris estremeceu. Ela a odiava. Um edifício gracioso e bem construído, mobiliado e decorado com harmonia (Ruth Lessing não falhava nunca!). E, curiosamente, *vazio*, de um jeito assustador. Eles não viviam ali, *ocupavam* o lugar. Como soldados, em uma guerra, ocupam postos de vigia.

O que tornava tudo tão horrível era a aparência de uma temporada de verão perfeitamente normal. Visitas nos fins-de-semana, partidas de tênis, jantares informais com os Farradays. Sandra Farraday os havia tratado de modo encantador... as maneiras perfeitas devidas a vizinhos que já eram amigos. Ela os apresentou à região, deu conselhos a George e Iris sobre cavalos e teve para com Lucilla o comportamento deferente que uma mulher mais velha merece.

E por trás da máscara de sua face pálida e sorridente ninguém podia saber o que ela estava pensando. Uma verdadeira esfinge.

Stephen eles viram menos. Era muito ocupado, ausentava-se com frequência por causa de seus assuntos políticos. Para Iris, parecia claro que ele deliberadamente evitava encontrar os moradores de Little Priors mais do que o necessário.

E então agosto se foi, e também setembro, e ficou decidido que em outubro eles voltariam para a residência de Londres. Iris soltou um profundo suspiro de alívio. Talvez, no momento em que estivessem de volta, George retornasse a seu normal.

E então, na noite passada, ela foi acordada por uma batida leve em sua porta. Acendeu a lâmpada e olhou para o relógio. Era recém uma da manhã. Havia ido para a cama às dez e meia, e pareceu-lhe que era bem mais tarde. Enfiou-se em um roupão e foi até a porta. De algum modo, achou aquilo mais natural do que simplesmente gritar “entre”.

George estava parado do lado de fora. Ele ainda não havia ido dormir e estava com as mesmas roupas de ontem. Sua respiração vinha entrecortada, e o rosto tinha uma curiosa coloração azulada. Ele disse:

– Venha até meu gabinete, Iris. Preciso falar com você. Preciso falar com alguém.

Surpresa, ainda pasma de sono, ela obedeceu.

Uma vez dentro do estúdio, ele trancou a porta e mandou-a sentar-se na cadeira em frente à escrivaninha. Estendeu para ela uma cigarreira, ao mesmo tempo em que pegava um cigarro e o acendia, depois de algumas tentativas, com a mão trêmula.

– Há alguma coisa errada, George? – disse Iris.

Estava realmente alarmada, agora. Ele tinha um aspecto horrível.

George falou, ofegante, como um homem que estivera correndo.

– Não posso continuar com isso sozinho. Não aguento mais. Precisa me dizer o que acha... se é verdade... se é possível...

– Mas do que você está falando, George?

– Você deve ter notado algo, visto algo. Deve ter havido alguma coisa que ela *disse.* Deve ter havido uma *razão...*

Ela o encarou. Ele passou a mão sobre a testa.

– Você não compreende o que estou falando, posso ver. Não me olhe assim tão assustada, menina. Precisa me ajudar. Precisa se lembrar de qualquer maldito detalhe que puder. Agora, agora, eu sei que estou soando um tanto incoerente, mas você vai entender em um minuto... quando eu lhe mostrar as cartas.

Ele destrancou uma das gavetas da escrivaninha e retirou duas folhas de papel.

Eram de uma cor azul inócua, com palavras datilografadas em pequenas e cuidadosas letras de imprensa.

– Leia – disse George.

Iris baixou os olhos para o papel. O que leu ali era bastante claro e sem rodeios:

Você pensa que sua esposa cometeu suicídio. não cometeu. ela foi assassinada.

A segunda carta dizia:

Sua esposa rosemary não se matou. ela foi assassinada.

Enquanto Iris continuava olhando fixamente para as palavras no papel, George prosseguiu.

– Chegaram há cerca de três meses. De início pensei que fosse um trote – algum tipo de brincadeira nojenta e cruel. Então comecei a pensar. *Por que* Rosemary se mataria?

Iris disse, em uma voz mecânica:

– Gripe seguida de depressão.

– Sim, mas quando você realmente pensa a respeito, é uma grande bobagem, não é? Digo, um monte de gente tem gripe e se sente um pouco deprimida em consequência disso... Mas e daí?

Iris respondeu, com esforço:

– Ela poderia estar... infeliz?

– Sim, suponho que poderia – George ponderou, com calma. – Mas, ao mesmo tempo, não consigo imaginar Rosemary pondo um fim à própria vida porque estivesse infeliz. Poderia ameaçar, mas não acho que ela realmente iria tão longe.

– Mas ela *foi*, George! Que outra explicação pode haver? Ora, o veneno estava na bolsa dela.

– Eu sei. Tudo parece se encaixar. Mas desde que recebi isto – ele bateu de leve na carta anônima com a ponta do dedo – tenho revirado o assunto em minha mente. E quanto mais penso a respeito mais tenho certeza de que há alguma coisa suspeita. Foi por isso que lhe fiz todas aquelas perguntas: se Rosemary tinha inimigos, se alguma coisa que ela disse pode ter soado como se estivesse com medo de alguém. Quem quer que a tenha matado deve ter tido um *motivo*.

– George, você está louco...

– Algumas vezes acho que estou. Outras, sei que estou na pista certa. Mas preciso saber. Preciso descobrir. Você tem de me ajudar, Iris. Precisa pensar. Precisa recordar. É isso: recordar. Volte até aquela noite várias vezes. Porque você entende, não é, que, se ela foi assassinada, *deve ter sido por alguém que estava à mesa naquela noite*? Compreende isso?

Sim, ela compreendera. Não havia como afastar por muito mais tempo a recordação daquela cena. Precisava se lembrar de tudo. A música, o toque dos tambores, as luzes baças, a apresentação, as luzes acesas outra vez e Rosemary estendida sobre a mesa, a face azul e convulsa.

Iris estremeceu... Agora estava assustada... Terrivelmente assustada.

Ela precisava pensar... voltar ao passado... recordar.

Rosemary é o mesmo que recordação.

Não podia mais haver esquecimento.

Capítulo 2

Ruth Lessing

Ruth Lessing, em um momento de tranquilidade em sua rotina atarefada, estava recordando a esposa de seu patrão, Rosemary Barton.

Antipatizara um bocado com Rosemary, mas só percebera o quanto naquela manhã de novembro em que falara pela primeira vez com Victor Drake.

O encontro com Victor havia sido o começo de tudo, havia posto a engrenagem inteira em movimento. Antes disso, as coisas que ela sentira e pensara haviam se depositado tão fundo em sua consciência que não havia realmente tomado conhecimento delas.

Era dedicada a George Barton. Sempre fora. Desde que viera trabalhar com ele, ainda uma jovem fria e competente de 23 anos, percebera que George precisava de alguém que cuidasse dele. E ela cuidara. Poupara-lhe tempo, dinheiro e preocupações. Escolhera seus amigos e dirigira sua atenção para as distrações mais adequadas. Impedira-o de embarcar em aventuras empresariais imprudentes e encorajara-o a correr riscos calculados em algumas ocasiões. Nunca, nenhuma vez, em sua longa parceria de trabalho, George suspeitara dela como outra coisa que não subserviente, atenta e inteiramente dedicada. Ele também se comprazia com sua aparência: os cabelos pretos bem penteados, sempre limpos e brilhantes; as blusas modernas e elegantes, feitas sob medida; os pequenos brincos de pérola nas orelhas bem desenhadas; o rosto pálido maquiado com discrição e a bem delineada linha rósea de batom em seus lábios.

Ruth, ele sentia, era absolutamente correta.

Também aprovava as suas maneiras impessoais e distintas, a completa ausência de sentimentos ou familiaridade. Em consequência disso, contava-lhe muitas coisas sobre sua vida privada, coisas que ela ouvia com atenção e para as quais sempre tinha uma palavra útil de aconselhamento.

Ela não tivera nada a ver, contudo, com o casamento dele – e não o aprovara. Entretanto, aceitara-o e prestara uma ajuda inestimável nos preparativos para a cerimônia, poupando à sra. Marle bastante trabalho.

Por algum tempo depois do casamento, Ruth mantivera um relacionamento um pouco menos confidente com seu patrão. Restringira-se estritamente aos assuntos do escritório – os quais George deixava em boa parte nas mãos delas.

Ainda assim, tal era sua eficiência que Rosemary logo descobriria que a srta. Lessing, a secretária de George, era uma ajuda preciosa para todo tipo de coisas. A srta. Lessing sempre agradável, sorridente e educada.

George, Rosemary e Iris tratavam-na por Ruth, e ela ia almoçar com frequência em Elvaston Square. Estava agora com 29 anos e mantinha a mesma aparência dos 23.

Sem que uma única palavra de intimidade fosse trocada entre eles, sempre estivera perfeitamente a par das mais leves reações emocionais de George. Soubera quando o entusiasmo inicial de sua vida conjugal tornara-se um contentamento enlevado. Percebera quando aquele contentamento dera lugar a algo que não era fácil definir. Uma certa desatenção para os detalhes de que ele dera mostras naquela época fora corrigida pela previdência dela.

Não importava o quanto George estivesse distraído, Ruth Lessing nunca demonstrava notar. Ele era grato a ela por isso.

Em uma manhã de novembro, ele falara-lhe a respeito de Victor Drake.

– Preciso que me faça um trabalho deveras desagradável, Ruth.

Ela lançou-lhe um olhar inquisitivo. Não havia necessidade de dizer-lhe que certamente faria o que ele pedisse. Estava implícito.

– Toda família tem uma ovelha negra – disse George.

Ela sacudiu a cabeça, compreensiva.

– Neste caso é um primo de minha esposa... Um perfeito cafajeste. Praticamente arruinou a própria mãe – uma alma tola e sentimental que já vendeu a maior parte das parcas ações que possuía em favor dele. Começou falsificando um cheque em Oxford... Conseguiram abafar o caso, e desde então ele tem navegado pelo mundo sem dar certo em parte alguma.

Ruth ouvia sem muito interesse. O tipo lhe era familiar: começam a cultivar laranjas, passam para um aviário, embarcam para as fazendas da Austrália, arranjam emprego em frigoríficos na Nova Zelândia. Nunca fazem nada direito, nunca ficam muito tempo em um lugar e invariavelmente torram todo o dinheiro que tiver sido investido em seu benefício. Nunca havia se interessado por gente assim. Ela preferia o sucesso.

– Ele agora deu as caras em Londres, e descobri que tem incomodado minha esposa. Ela não põe os olhos nele desde que era estudante, mas é o típico escroque mentiroso e tem-lhe escrito pedindo dinheiro. Não vou tolerar isso. Marquei um encontro com ele para meio-dia em ponto no hotel em que está hospedado. Quero que você trate do assunto para mim. A verdade é que não quero entrar em contato com esse camarada. Nunca o encontrei nem desejo, nem quero que Rosemary o veja. Penso que a coisa toda pode ser mantida como algo absolutamente prático se for negociada por meio de uma terceira pessoa.

– Sim, sempre é um bom plano. Qual o acordo a ser feito?

– Cem libras em dinheiro e uma passagem para Buenos Aires. O dinheiro será entregue somente a bordo do navio.

Ruth sorriu.

– Compreendo. O senhor quer ter certeza de que ele realmente embarcou!

– Vejo que me entende.

– Não é um caso incomum – ela disse, com indiferença.

– Não, há exemplos de sobra – ele hesitou. – Tem certeza de que não se incomoda em fazer isso?

– Claro que não – ela riu. – Posso assegurar que estou perfeitamente capacitada para tratar do assunto.

– Você está capacitada para qualquer coisa.

– E que tal já agendar a passagem? Qual o nome dele, a propósito?

– Victor Drake. O bilhete está aqui. Telefonei ontem mesmo para a companhia de navegação. É para o vapor *San Cristobal*, que parte de Tilbury amanhã.

Ruth tomou a passagem, examinou-a para ter certeza de que estava tudo em ordem e a colocou na bolsa.

– Combinado. Irei ao encontro. Meio-dia em que endereço?

– Hotel Rupert, ao lado da Russell Square.

Ela tomou nota.

– Ruth, minha querida, não sei o que faria sem você... – pôs a mão sobre o ombro dela afetuosamente; era a primeira vez que fazia tal coisa. – Você é meu braço direito, minha outra metade.

Ela enrubesceu, enlevada.

– Nunca pude dizer-lhe tais coisas... Acostumei-me como se tudo o que faz fosse banal... mas não é. Não sabe o quanto dependo de você para tudo... – ele repetiu: – Tudo. Você é a garota mais gentil, amável e prestativa deste mundo!

Ruth respondeu sorrindo para esconder o prazer e o embaraço:

– O senhor vai me estragar dizendo coisas tão gentis.

– Oh, mas sou sincero. Você é parte da firma, Ruth. Seria impensável uma vida sem você.

Ela saiu sentindo o calor ardente das palavras dele, calor que ainda estava com ela quando chegou ao Hotel Rupert para desincumbir-se de sua missão.

Ruth não sentia nenhum embaraço na tarefa que a aguardava. Era bastante confiante em sua própria capacidade para lidar com qualquer situação. Pessoas e histórias desafortunadas nunca a comoviam. Estava preparada para encarar Victor Drake como o fazia com tudo o mais em seu dia de trabalho.

Ele era quase igual ao que ela havia imaginado, embora mais atraente. Ela não havia se equivocado ao adivinhar-lhe o caráter. Não havia muita coisa boa em Victor Drake. A personalidade mais desapiedada e calculista que poderia existir, bem encoberta atrás de um ar maroto e agradável. Mas Ruth não estava preparada para a capacidade que ele tinha de ler a alma dos outros, ou para o desembaraço experimentado com que brincava com as emoções alheias. Talvez tivesse superestimado, também, sua própria resistência ao charme dele. Porque, sim, ele tinha charme.

Victor saudou-a com um ar de deliciada surpresa:

– A emissária de George? Mas que maravilha. E que surpresa!

Em um tom ainda seco, ela expôs os termos de George. Victor concordou com tudo da maneira mais amigável.

– Cem libras? Nada mal. Pobre e velho George, eu teria me contentado com sessenta... mas não conte a ele! Condições: "Não perturbe a amável prima Rosemary..." "Não contamine a inocente prima Iris..." "Não embarace o valoroso primo George." De acordo! Quem irá me ver partir no *San Cristobal*? Você, minha cara srta. Lessing? Que encantador! – Victor fez uma careta, e seus olhos negros cintilaram com simpatia. Tinha um rosto magro e moreno, havia nele um certo ar de toureiro... que pensamento romântico! Era atraente para as mulheres e sabia disso.

– Trabalha para Barton já há algum tempo, não é mesmo, srta. Lessing?

– Seis anos.

– E ele não saberia o que fazer sem você. Oh, sim, sei tudo a respeito disso. E sei tudo a seu respeito, srta. Lessing.

– Como sabe? – perguntou Ruth, ríspida.

Victor sorriu, malicioso:

– Rosemary me contou.

– Rosemary? Mas…

– Tudo bem. Não pretendo perturbar mais Rosemary. Ela já foi muito gentil comigo... bastante simpática. Arranquei cem libras dela, na verdade.

– O senhor...

Ruth se calou, e Victor riu, um riso tão contagioso que ela se viu sorrindo também.

– Isso foi muito ruim de sua parte, sr. Drake.

– Sou um parasita muito talentoso. Com uma técnica de elevado acabamento. Minha mãe, por exemplo, sempre virá em meu socorro se eu enviar um bilhete com a sugestão de um suicídio iminente.

– Deveria se envergonhar.

– Eu desaprovo profundamente minha própria conduta. Sou um mau tipo, srta. Lessing. E gostaria que soubesse o *quão* mau.

– Por quê? – ela perguntou, curiosa.

– Não sei. A senhorita é diferente. Eu não poderia aplicar a técnica habitual. Está claro nos seus olhos que não cairia nela. Não, um papo de "mais malfadado do que malfeitor, pobre de mim" não me valeria de nada, porque não há piedade na senhorita.

A face dela se tornou rígida.

– Eu desprezo a piedade.

– Apesar de seu nome? Ruth é seu nome, não é? Que pungente. Ruth, a Rude.*

– Não tenho simpatia pelos fracos – ela disse.

– Quem disse que sou um fraco? Não, não, está errada nesse ponto, minha cara. Perverso, talvez. Mas há uma coisa que deve ser dita a meu respeito.

Os lábios dela se retorceram de leve. Aí vinha a inevitável desculpa:

– E o que é?

– Eu me divirto. Sim – ele disse, com um meneio de cabeça –, eu me divirto imensamente. Já vivi uma boa vida, Ruth, e já fiz de quase tudo. Fui ator, lojista, garçom, biscateiro, carregador e contrarregra em um circo! Já viajei como grumete em um cargueiro a vapor. Já concorri a presidente em uma república sul-americana. E já estive na prisão! Há só duas coisas que eu nunca fiz na vida: um dia de trabalho honesto e pagar minhas próprias contas.

Olhou-a, rindo. Ela sabia que devia se sentir revoltada, mas a força de Victor Drake era a força do demônio, poderia fazer o mal parecer divertido, e a olhava com uma expressão incrivelmente penetrante.

– Não precisa me olhar assim tão convencida, Ruth! Você não tem tantos preceitos morais quanto pensa! Seu fetiche é o sucesso. É o tipo de garota que acaba se casando com o patrão. Isso é o que você deveria ter feito com George. Ele não deveria ter se casado com Rosemary, aquela pequena imbecil, e sim com *você*. Teria sido muito, mas muito melhor para ele.

---

* No original, "Ruth the Ruthless", um trocadilho com o nome da personagem, "Ruth", que também carrega o significado de compaixão, e "Ruthless": "impiedoso", "cruel", "insensível". (N.T.)

– Considero o que está dizendo um grande insulto.

– Rosemary é uma maldita tola, sempre foi. Amável como o paraíso e estúpida como um coelho. É o tipo de garota pela qual os homens se encantam mas à qual nunca se apegam por muito tempo. Agora você... você é diferente. Meu Deus, um homem que se apaixonasse por você não se cansaria nunca.

Ele havia atingido o ponto vulnerável. Ela disse com uma sinceridade crua e súbita:

– Mas ele não se apaixonou por mim!

– Refere-se a George, não? Não se engane, Ruth. Se alguma coisa acontecesse a Rosemary, George se casaria com você rápido como um raio.

(Sim, fora isso. Aquilo fora o começo de tudo.)

Victor prosseguiu, observando-a:

– Mas você sabe disso tão bem quanto eu.

(A mão de George na dela, a voz afetuosa, cálida... sim, era verdade, seguramente... Ele se dirigira a ela, dependia dela...)

Victor disse, gentil:

– Devia ter mais confiança em você, minha querida... Poderia fazer de George gato e sapato. Rosemary é só uma tolinha simplória.

"É verdade", Ruth pensou. "Se não fosse por Rosemary, eu poderia ter feito George me pedir em casamento. Eu seria boa para ele. Cuidaria bem dele."

Sentiu uma raiva cega e súbita, o emergir de um ressentimento passional.

Victor Drake a observava com grande divertimento. Gostava de pôr ideias nas cabeças das pessoas. Ou, como neste caso, mostrar-lhes as ideias que já estavam lá.

Sim, fora como tudo começara... aquele encontro casual com um homem que estava de partida para o outro lado do mundo no dia seguinte. A Ruth que voltara ao escritório não era a mesma que dali havia saído, embora ninguém pudesse notar nada de diferente em suas maneiras ou em sua aparência.

Logo depois de seu retorno, Rosemary telefonara.

– O sr. Barton acaba de sair para o almoço. Posso fazer alguma coisa pela senhora?

– Oh, Ruth, poderia me ajudar? Aquele enfadonho coronel Race mandou um telegrama dizendo que não estará de volta a tempo para minha festa. Pergunte a George quem ele gostaria de convidar em substituição. Temos de ter outro cavalheiro. Há quatro mulheres... Iris estará lá, e Sandra Farraday e... quem diabos é a outra? Não consigo me lembrar.

– Creio que eu sou a quarta. A senhora muito gentilmente havia me convidado.

– Oh, é claro. Havia esquecido de você por completo!

O riso de Rosemary veio pelo telefone leve e sibilante. Ela não podia ver o súbito rubor e a rígida linha formada pela mandíbula de Ruth.

Fora convidada para a festa de Rosemary como um favor... uma concessão para George! "Oh, sim, teremos também a sua Ruth Lessing. Afinal, ela ficará feliz em ser convidada, e ela é tremendamente prestativa. E bem apresentável, também."

Naquele momento, Ruth Lessing soube que odiava Rosemary Barton.

Odiava-a por ser rica e linda e despreocupada e desmiolada. Nada da rotina de trabalho duro em um escritório para Rosemary... tudo era entregue a ela em uma bandeja dourada: casos amorosos, um marido apaixonado – sem necessidade de trabalhar ou fazer planos...

Uma beldade odiosa, condescendente, convencida e frívola...

– Queria que você morresse – Ruth disse em voz baixa para o telefone mudo.

Suas próprias palavras a aterrorizaram. Eram tão pouco características dela. Nunca fora passional, veemente, nunca havia sido qualquer outra coisa que não impassível e controlada e eficiente.

"O que está acontecendo comigo?", pensou consigo própria.

Odiara Rosemary Barton naquela tarde. Ainda odiava Rosemary Barton neste dia, um ano depois.

Algum dia, talvez, ela seria capaz de esquecer Rosemary Barton. Mas não ainda.

Enviou deliberadamente seu pensamento de volta àqueles dias de novembro: ela sentada olhando para o telefone... sentindo o ódio aflorar em seu coração... dando o recado de Rosemary a George em sua voz controlada e agradável. Sugerindo que poderia não ir para emparelhar o número de homens e mulheres (George havia rapidamente rejeitado a proposta!), vindo relatar na manhã seguinte a partida do *San Cristobal.* O alívio e a gratidão de George...

– Então ele embarcou sem problemas?

– Sim, entreguei-lhe o dinheiro logo antes do passadiço ser recolhido – ela hesitou e disse: – Ele acenou enquanto o barco zarpava do cais e gritou: "Mande beijos para o George e diga-lhe que beberei à saúde dele esta noite".

– Que descaramento! – disse George, e perguntou, curioso: – O que acha dele, Ruth?

Sua voz tinha uma estudada entonação incolor quando respondeu:

– Oh, como eu esperava. Um fraco.

E George não vira nada, não notara nada! Ela se sentia como se gritasse: "Por que me mandou vê-lo? Não sabia o que ele poderia fazer comigo? Não percebe que eu sou uma pessoa diferente desde ontem? Não consegue ver que eu estou *perigosa*? Que não tenho noção alguma do que posso fazer?"

Em vez disso, disse em sua voz profissional: "Sobre aquela carta de São Paulo..."

Era a secretária competente e eficaz.

Cinco dias mais.

O aniversário de Rosemary...

Um dia tranquilo no escritório... uma visita ao cabeleireiro... um vestido preto novo, um toque de maquiagem habilmente aplicada. Um rosto olhando-a no espelho que não era mais o seu próprio rosto. Um rosto pálido, determinado, amargo.

Era verdade o que Victor Drake havia dito. Não havia piedade nela.

Mais tarde, quando olhava, com os olhos arregalados, para o rosto azul e convulso de Rosemary no outro lado da mesa, ela ainda assim não sentia pena.

Agora, onze meses depois, ao pensar em Rosemary, ela subitamente sentia medo.

Capítulo 3

Anthony Browne

Anthony Browne mirava carrancudo à frente enquanto pensava em Rosemary Barton.

Tinha sido um maldito idiota por haver se envolvido com ela. Embora se pudesse desculpar um homem por isso! Ela era agradável aos olhos, com certeza. Aquela noite em Dorchester ele não havia sido capaz de olhar para mais nada. Tão linda quanto uma huri* – e, o que era provável, tão inteligente quanto.

Ainda assim, ele havia se apaixonado perdidamente por ela. Gastara um bocado de energia tentando encontrar alguém que pudesse apresentá-lo a ela. Algo um tanto imperdoável, de fato, uma vez que ele devia manter a atenção focada nos negócios. Afinal, não estava passando seus dias à toa em Claridge, buscando prazer.

Mas Rosemary Barton era amável o bastante para que qualquer um em sã consciência desculpasse um descuido momentâneo com suas obrigações. Tudo muito bem, mas ele, descontente consigo mesmo, agora imaginava por que havia sido tão tolo. Felizmente não havia nada do que se arrepender. Quase no mesmo momento em que falou com ela, um pouco do encanto desapareceu. As coisas reassumiram suas proporções normais. Aquilo não fora amor – tampouco paixão. Uma diversão, no final das contas, nem mais, nem menos.

Bem, e ele a aproveitara. Bem como Rosemary. Ela dançava como um anjo, e, onde quer que a levasse, os

* Huri é a designação para as virgens de grande beleza prometidas como recompensa no paraíso aos crentes muçulmanos. (N.T.)

homens se viravam para olhá-la, o que dava a um sujeito uma sensação agradável. Desde que não abrisse a boca. Agradecia aos céus por não ser casado com ela. Uma vez que houvesse desfrutado de toda aquela perfeição do rosto e das formas, o que faria? Ela não sabia sequer ouvir com alguma inteligência. Era o tipo de garota que espera que você diga todos os dias à mesa do café que a ama apaixonadamente!

Oh, muito apropriado pensar nessas coisas agora.

Ele havia se apaixonado por ela, não havia?

Fora seu acompanhante em bailes. Telefonara, levara-a a passeios, dançara com ela, a beijara no táxi. Estivera no caminho de tornar-se ainda mais perdido por ela até aquele dia incrível e aterrador.

Podia lembrar-se bem da aparência dela, o cacho de cabelo castanho caído sobre a orelha, as pestanas semicerradas, através das quais se tinha um vislumbre de seus olhos azuis escuros. Os lábios macios e vermelhos em uma expressão de amuo.

– Anthony Browne. É um belo nome!

Ele respondeu, irônico:

– Eminente, muito bem estabelecido e respeitável. Houve um camareiro de Henrique VIII chamado Anthony Browne.

– Um ancestral, eu suponho?

– Não poria a mão no fogo por isso.

– Melhor não, mesmo!

Ele ergueu as sobrancelhas.

– Minha linhagem é colonial.

– Não é italiana?

– Oh – ele riu. – Minha cor azeitonada? Minha mãe era espanhola.

– Está explicado.

– O que está explicado?

– Uma porção de coisas, sr. Anthony Browne.

– Gostou mesmo de meu nome.

– Eu disse antes. É um belo nome – e, mais rápida que um raio, ela complementou: – Bem melhor do que "Tony Morelli".

Por um instante ele mal pôde acreditar no que ouvia! Aquilo era incrível! Impossível!.

Agarrou-a pelo braço com tamanha rispidez que ela estremeceu.

– Oh, está me machucando!

– Onde você ouviu esse nome?

A voz dele era cruel e ameaçadora.

Ela riu, deliciada com o efeito que havia produzido. Que idiota incrível!

– Quem lhe contou?

– Alguém que o reconheceu.

– Quem? É sério, Rosemary. Preciso saber.

Ela atirou-lhe um olhar enviesado.

– Um primo meu, de péssima reputação, chamado Victor Drake.

– Nunca conheci ninguém com esse nome.

– Imagino que ele não estivesse usando esse nome na época em que o conheceu. Para resguardar os sentimentos da família.

Anthony disse devagar:

– Entendo. Foi... na prisão?

– Sim. Eu estava passando uma violenta descompostura em Victor... dizendo que ele era uma desgraça para todos nós. Não deu a mínima, é claro. Sorriu e disse: "Você não é tão cautelosa consigo mesma, querida. Vi-a uma noite dessas dançando com um ex-passarinho engaiolado... um dos seus melhores acompanhantes, na verdade. Ele se apresenta como Anthony Browne, eu ouvi, mas na cadeia era Tony Morelli."

Anthony suavizou a voz:

– Preciso reestabelecer minhas relações com esse amigo da juventude. Nós, velhos prisioneiros, temos de nos manter unidos.

Rosemary sacudiu a cabeça:

– Tarde demais. Ele embarcou para a América do Sul. Zarpou ontem.

– Entendo – Anthony soltou um longo suspiro. – Então você é a única pessoa que sabe de meu segredo?

Ela acenou com a cabeça:

– Não vou trair seu segredo.

– É bom mesmo – a voz dele tornou-se dura. – Olhe aqui, Rosemary, esse assunto é perigoso. Não vai querer seu adorável rostinho retalhado, vai? Há pessoas que não teriam o mínimo escrúpulo em arruinar a beleza de uma garota. E há uma coisa que se conhece por "apagar alguém", e não acontece apenas nos filmes e nos livros. Também acontece na vida real.

– Está me ameaçando, Tony?

– Dando um aviso.

Ela entendera o recado? Percebera que ele estava falando mortalmente sério? Aquela pequena idiota. Não tinha nenhum juízo na cabeça adoravelmente oca. Não se podia confiar que ela fosse manter a boca fechada. Não importava, precisava tentar enfiar isso na cachola dela.

– Esqueça que sequer ouviu o nome de Tony Morelli, entendeu?

– Mas não me importo nem um pouco, Tony. Sou uma pessoa de mente aberta. Para mim é tão excitante conhecer um criminoso! Não precisa se envergonhar.

Aquela idiotinha absurda. Ele a olhava com frieza, perguntando-se como pudera sequer imaginar que gostava dela. Nunca fora capaz de tolerar imbecis alegremente – nem mesmo com rostos lindos como o dela.

– Esqueça Tony Morelli, eu insisto – ele disse, inflexível. – Nunca mais mencione esse nome.

Tinha de ir embora. Era a única coisa a fazer. Não confiava no silêncio daquela garota, ela contaria tudo no momento em que tivesse vontade.

Ela sorriu – um sorriso encantador, que o deixou imóvel.

– Não fique tão brabo. Leve-me para dançar no Jarrows na semana que vem.

– Não estarei aqui. Estou indo embora.

– Não antes da minha festa de aniversário. Não me desaponte, estou contando com você. Não diga que não vai, estive miseravelmente adoentada com aquela gripe horrorosa e ainda me sinto tão fraca! Não posso ser contrariada. Você tem que vir.

Ele poderia ter permanecido firme. Poderia ter desistido de tudo... e ido embora de vez.

Em vez disso, através da porta aberta, via Iris descer as escadas. Iris, muito ereta e esguia, com seu rosto pálido e cabelos negros e olhos cinzentos. Menos bela que Rosemary, mas com toda a personalidade que esta nunca teria.

Naquele momento odiou-se por ter se deixado levar, ainda que por pouco tempo, pelo encanto simplório de Rosemary. Sentia-se como Romeu ao lembrar de Rosalina na primeira vez em que avistara Julieta.*

Anthony Browne mudou de ideia.

No lampejo de um segundo, comprometeu-se com um curso de ação totalmente diverso.

---

* Referência a *Romeu e Julieta*, de William Shakespeare. Rosalina não aparece na peça, mas é citada mais de uma vez como a jovem por quem Romeu se enamora antes de conhecer Julieta. (N.T.)

Capítulo 4

Stephen Farraday

Stephen Farraday estava pensando em Rosemary – com aquela perplexidade que a imagem dela sempre lhe despertava. Normalmente ele expulsava de sua mente qualquer pensamento a respeito dela tão logo surgisse – mas havia vezes em que, tão insistente na morte quanto fora em vida, ela se recusava a ser descartada de modo tão arbitrário.

A primeira reação de Stephen era sempre a mesma: um tremor rápido e involuntário ao relembrar a cena no restaurante. Ao menos não precisava pensar de novo *naquilo*. Seus pensamentos recuaram um pouco mais, até Rosemary viva, Rosemary sorrindo, respirando, olhando-o nos olhos...

Que idiota... que incrível idiota ele tinha sido!

Foi tomado de uma estupefação completa e confusa. Como tudo aquilo acontecera? Ele simplesmente não conseguia entender. Era como se sua vida houvesse se dividido em duas partes: uma delas, a maior, um progresso saudável, ordeiro e bem equilibrado; a outra, uma loucura breve e pouco característica. As duas partes não se encaixavam.

Apesar de toda sua capacidade, esperteza e intelecto, Stephen não tinha o discernimento para perceber que, na verdade, as duas partes se encaixavam muito bem.

Algumas vezes ele olhava para a sua vida, avaliando-a friamente e sem emoções indevidas, mas com uma espécie de autossatisfação esnobe. Sempre tivera crenças e pontos de vista simples. Acreditava na vontade. O que um homem quisesse de verdade, conseguiria! Desde tenra idade estivera determinado a ter sucesso na vida, e a despeito das dificuldades e de certas desvantagens iniciais, ele *tivera* sucesso.

O pequeno Stephen Farraday havia cultivado uma força de vontade inflexível. Podia apontar poucos momentos em sua vida em que tivera outro tipo de ajuda que não aquela obtida por seus próprios esforços. Garotinho pálido, de sete anos, com uma testa ampla e um queixo determinado, já pretendia subir na vida – e subir bem alto. Seus pais, já sabia, não seriam de utilidade alguma para ele. Sua mãe havia se casado com um homem abaixo de sua posição – e se arrependido. Seu pai, um pequeno empreiteiro, esperto, trapaceiro e sovina, era desprezado pela esposa, bem como pelo filho... Pela mãe, indecisa, sem objetivo algum e dada a extraordinárias mudanças de humor, Stephen sentia apenas uma confusa incompreensão – até que o dia em que a encontrou derrubada a um canto da mesa, com um vidro vazio de água-de-colônia pendendo das mãos. Nunca havia pensado na bebida como uma explicação para os humores da mãe. Ela nunca bebia cerveja ou destilados, e ele jamais pensou que sua paixão por água-de-colônia tivesse qualquer outra origem além de suas vagas explicações a respeito de dores de cabeça.

Percebeu naquele momento que tinha pouco afeto pelos pais. E suspeitava, astutamente, que eles também não tinham muito por ele. Era pequeno para a sua idade, retraído, com uma leve gagueira. Seu pai o chamava de "chorão": uma criança bem-comportada, que não causava quase nenhum problema em casa. Teria preferido um filho mais barulhento: "*Eu* estava sempre aprontando alguma quando tinha essa idade". Algumas vezes, olhando para Stephen, sentia, para seu desagrado, sua própria inferioridade social diante da esposa. O filho havia puxado à família dela.

Em silêncio, com crescente determinação, Stephen traçou uma rota de fuga da própria vida. Teria sucesso. Como um primeiro teste para sua vontade, estava determinado a dominar sua gagueira. Praticava falando bem devagar, com uma leve hesitação entre cada palavra. Com o tempo, seus esforços foram coroados com êxito. Ele não gaguejava mais. Na escola, aplicou-se às aulas com afinco. Queria garantir sua educação – com ela poderia ser alguém. Logo seus professores, interessados, passaram a encorajá-lo. Ganhou uma bolsa de estudos. Os pais foram procurados pelas autoridades escolares – o garoto prometia. O sr. Farraday, bem de vida graças a muitas casas porcamente construídas, foi convencido a investir dinheiro na educação de seu filho.

Aos 22 anos, Stephen voltou de Oxford com um bom diploma, uma reputação de espirituoso e bem-falante e um jeito para escrever artigos. Fez também algumas amizades úteis. A política o atraía. Aprendeu a superar sua natural timidez e a cultivar maneiras socialmente admiráveis: modesto, amável e com aquele toque de inteligência que leva as pessoas a dizerem: "Esse rapaz vai longe". Embora fosse, por preferência, um liberal, Stephen percebeu que, ao menos naquele momento, o Partido Liberal estava morto. Juntou-se às fileiras do Partido Trabalhista. Seu nome logo se tornou conhecido como uma futura liderança. Mas o Partido Trabalhista não era o bastante para Stephen. Descobrira que eles eram menos abertos a novas ideias e mais aferrados às tradições que seus grandes e poderosos rivais. Os conservadores, por outro lado, estavam em busca de um jovem e promissor talento.

Eles aprovaram o ingresso de Stephen Farraday – era exatamente o tipo que procuravam. Concorreu por um distrito em que os trabalhistas tinham um sólido eleitorado e venceu por uma margem estreita. Foi com uma sensação de triunfo que tomou seu assento na Câmara dos

Comuns. Sua carreira havia começado, a carreira que ele havia escolhido. Nela, poderia colocar toda sua competência, todas as suas ambições. Sentia em si mesmo a vocação para governar – e governar bem. Tinha talento para manipular as pessoas, para saber quando elogiar e quando se opor. Um dia, ele jurou, estaria no Ministério.

Contudo, tão logo a excitação de realmente estar na Câmara se dissipara, sofrera imediata desilusão. A eleição duramente disputada o colocara sob os holofotes, mas agora ele submergira na rotina, um mero e insignificante soldado raso, submetido ao comando do partido e mantido sempre em seu lugar. Não era fácil sair da obscuridade. A juventude ali era vista com suspeita. Era preciso algo mais do que competência. Era preciso influência.

Havia certos interesses. Certas famílias. Mas você precisava estar casado.

Considerou a hipótese do casamento. Até ali, havia pensado muito pouco sobre o assunto. Tinha apenas, no fundo da mente, uma imagem enevoada de alguma bela criatura que ficaria a seu lado, compartilhando sua vida e suas ambições; que lhe daria filhos e com quem poderia desabafar seus pensamentos e receios. Uma mulher que sentiria o mesmo que ele, que estaria ansiosa pelo seu sucesso e orgulhosa quando ele o alcançasse.

Um dia, foi a uma das grandes recepções na casa dos Kidderminster. Os Kidderminster tinham o mais poderoso círculo de relações da Inglaterra. Eram, e sempre haviam sido, uma família de grandes políticos. Lorde Kidderminster, com sua barba imperial e sua figura alta e distinta, era reconhecido em toda parte. O rosto grande e equino de lady Kidderminster era familiar em comitês e palanques públicos em toda a Inglaterra. Tinham cinco filhas, três delas lindas, e um filho que ainda estudava em Eton.

Os Kidderminster estavam sempre dispostos a encorajar os jovens membros do partido – daí o convite a Stephen.

Não conhecia muita gente na festa e, vinte minutos após sua chegada, estava parado, sozinho, próximo a uma janela. Quando o círculo de convidados ao redor da mesa de chá se dispersou e passou às outras salas, Stephen notou uma garota alta, vestida de preto, em pé junto à mesa, parecendo momentaneamente perdida.

Stephen Farraday era um bom fisionomista. Havia, naquela manhã mesmo, apanhado no trem um exemplar da *Home Gossip* que uma passageira jogara fora e o folheara para se distrair. Havia nas páginas uma imagem borrada de lady Alexandra Hayle, terceira filha do Conde de Kidderminster, e, abaixo, uma nota sobre ela: "Sempre de temperamento tímido e retraído – e dedicada aos animais –, lady Alexandra fez um curso de Ciências Domésticas, uma vez que lady Kidderminster acredita que suas filhas devam ser inteiramente preparadas para todos os assuntos domésticos."

Era a mesma lady Alexandra Hayle parada à mesa, e, com o discernimento inequívoco de uma pessoa acanhada, Stephen percebeu que ela também era tímida. A mais sem graça das cinco filhas, Alexandra sempre padecera de um complexo de inferioridade. Com a mesma criação e a mesma instrução de suas irmãs, nunca conseguira alcançar o mesmo *savoir faire*, o que irritava consideravelmente sua mãe. Sandra precisava fazer um esforço – era absurdo parecer tão desajeitada, tão *gauche*.

Stephen não sabia disso, mas percebeu que a garota estava desconfortável e infeliz. E, de súbito, a convicção lhe veio em um ímpeto: aquela era sua chance! "*Agarre-a, seu tolo. Agarre-a. É agora ou nunca*!"

Cruzou a sala em direção ao longo bufê. Parado ao lado da garota, pegou um sanduíche. Virou-se e, nervoso, falando com esforço (não fingia – *estava* nervoso), disse:

– Importa-se se eu conversar com a senhorita? Não conheço muita gente aqui e posso ver que a senhorita também não. Não me esnobe, por favor. Para falar a verdade, sou terrivelmente t-t-tímido – sua gagueira de anos atrás voltara no momento mais oportuno. – E acho que a senhorita t-t-também, não?

A garota corou... Seus lábios se abriram, mas, como ele havia previsto, não conseguia falar nada. Era muito difícil encontrar as palavras para dizer "sou filha do dono da casa". Em vez disso, admitiu, calmamente:

– Na verdade, eu... sou tímida sim. Sempre fui.

Stephen prosseguiu, rápido:

– É uma sensação horrível. Não sei se alguém consegue superá-la. Algumas vezes sinto a língua presa por completo.

– Eu também.

Ele continuou... falando mais rápido, gaguejando um pouco... seus trejeitos eram infantis, atraentes. Modos que eram naturais para ele até poucos anos atrás e que agora conservava e cultivava com toda consciência. Parecia jovem, ingênuo, irresistível.

Logo, conduziu a conversa para peças de teatro, mencionou uma delas, em cartaz, que estava atraindo bastante interesse. Sandra a havia visto. Discutiram-na. Apresentava algumas questões do serviço social, e eles logo estavam debatendo profundamente aquelas medidas.

Stephen não era de exagerar. Viu lady Kidderminster entrar na sala, correndo os olhos em busca da filha. Não era parte do plano ser apresentado agora. Murmurou uma despedida:

– Gostei muito de conversar com a senhorita, estava simplesmente odiando este espetáculo todo até encontrá-la. Obrigado.

Deixou a casa dos Kidderminster com uma sensação de enlevo. Havia aproveitado a chance. Agora era consolidar o que havia começado.

Por dias depois daquilo, ele assombrou os arredores da mansão Kidderminster. Uma vez, viu Sandra sair em companhia de uma das irmãs. Outra vez, ela deixou a casa sozinha, mas com um passo apressado. Ele sacudiu a cabeça. Não ia funcionar, ela estava obviamente a caminho de algum compromisso particular. Então, mais ou menos uma semana depois da festa, sua paciência foi recompensada. Certa manhã, ela saiu com um pequeno terrier escocês preto e rumou, com um passo despreocupado, na direção do parque.

Cinco minutos depois, um jovem andando rapidamente na direção oposta ergueu a cabeça por um breve momento e parou na frente de Sandra. Exclamou, jovial:

– Ora, mas que sorte! Fiquei imaginando se a veria de novo.

Seu tom de voz era tão satisfeito que ela corou de leve.

Ele se curvou na direção do cachorro.

– Que belo rapazinho. Qual o nome?

– MacTavish.

– Oh, bem escocês.

Falaram do cachorro por alguns instantes. E então Stephen disse, com um indício de embaraço:

– Não lhe dei meu nome no outro dia. É Farraday. Stephen Farraday. Sou um obscuro parlamentar.

Olhou-a de modo inquiridor e pôde ver a cor aflorar às faces dela enquanto a moça dizia:

– Eu sou Alexandra Hayle.

Ele reagiu àquilo muito bem. Era como estar de volta à Sociedade Dramática Universitária de Oxford. Surpresa, reconhecimento, espanto e embaraço!

– Oh, a senhorita é... é lady Alexandra Hayle... a senhorita... meu Deus! O quanto deve ter me considerado tolo e estúpido naquele dia!

A reação dela era inevitável. Estava obrigada tanto por sua educação quanto por sua gentileza natural a fazer tudo o que pudesse para pô-lo à vontade, tranquilizá-lo.

– Devia ter lhe dito na ocasião.

– Eu deveria saber. Deve achar que sou um tolo!

– Como poderia o senhor saber? E, de todo jeito, o que importa? Por favor, sr. Farraday, não fique tão preocupado. Vamos dar um passeio até o Serpentine.* Olhe, MacTavish está me puxando.

Depois disso, ele a encontrou diversas vezes no parque. Contou a respeito de suas ambições. Discutiram juntos assuntos políticos. Ele a achou inteligente, bem-informada e simpática. Tinha uma boa cabeça e um juízo singularmente imparcial. Tornaram-se amigos.

O avanço seguinte veio quando ele foi convidado para um jantar seguido de baile na mansão dos Kidderminster. Um convidado havia desmarcado na última hora. Quando lady Kidderminster estava quebrando a cabeça para arranjar um substituto, Sandra disse, calmamente:

– Que tal Stephen Farraday?

– Stephen Farraday?

– Sim, ele esteve na sua festa dia desses, e eu o encontrei uma vez ou duas depois disso.

Lorde Kidderminster foi consultado e gostou da ideia de encorajar um jovem aspirante ao mundo político:

– Um rapaz brilhante – brilhante de verdade. Nunca ouvi falar de sua família, mas algum dia ele fará nome por si próprio.

Stephen veio e se portou bem.

– Um rapaz que vale a pena conhecer – disse lady Kidderminster com inconsciente arrogância.

Dois meses depois, Stephen pôs à prova sua sorte. Estavam à margem do Serpentine, e MacTavish sentara-se com a cabeça sobre o pé de Sandra.

– Sandra, deve saber que eu a amo. Quero me casar com você. Não lhe pediria se não acreditasse que posso

---

* O Serpentine é um lago artificial de onze hectares que atravessa o Hyde Park, em Londres. (N.T.)

construir meu próprio nome no futuro. E eu realmente acredito nisso. Você não se envergonhará de sua escolha. Eu juro.

Ela disse:

– Eu não me envergonho.

– Então gosta de mim?

– Não sabia?

– Tinha esperanças... mas não podia ter certeza. Eu a amo desde a primeira vez em que a vi, no outro lado da sala, e muni-me de toda minha coragem para ir falar com você. Nunca estive tão aterrorizado em toda minha vida.

– Acho que também o amei naquele instante... – Sandra respondeu.

Nem tudo foi tão fácil. Quando Sandra anunciou, com tranquilidade, que iria se casar com Stephen Farraday, sua família de imediato rompeu em protestos. Quem era ele? O que sabiam a seu respeito?

Stephen foi bastante franco com lorde Kidderminster a respeito de sua família e de suas origens. Afastou o pensamento momentâneo de que era ótimo para seus projetos que, àquela altura, seus pais já tivessem morrido.

Para a esposa, lorde Kidderminster confidenciou: "Humm. Poderia ser pior." Conhecia bem sua filha e sabia que seus modos tranquilos ocultavam uma determinação inflexível. Se quisesse mesmo ficar com aquele tipo, ficaria. E não abriria mão!

– O rapaz tem uma carreira à frente. Com algum apoio, irá longe. Deus sabe o que poderíamos fazer com um pouco de sangue novo. E ele parece um sujeito decente, também.

Lady Kidderminster concordou de má vontade. Não era a ideia que fazia de um bom par para sua filha. Ainda assim, Sandra era certamente a mais difícil da família. Susan sempre fora uma beleza, e Esther era inteligente. Diana, garota esperta, havia se casado com o jovem Duque de Harwich – o melhor partido da estação. Era certo que Sandra tinha menos encanto – havia ainda aquela timidez –, e se o rapaz tinha futuro como todos pareciam pensar...

Por fim, capitulou, murmurando:

– Mas, é claro, teremos de usar nossa influência...

E assim, Alexandra Catherine Hayle uniu-se a Stephen Leonard Farraday na saúde e na doença, em um vestido de cetim branco com renda de Bruxelas, com seis damas de honra e dois pequenos pajens, além de todos os acessórios de um casamento elegante. Foram à Itália para a lua-de-mel e, na volta, instalaram-se em uma casa pequena e encantadora em Westminster. Pouco tempo depois, a avó de Sandra morreu e deixou-lhes de herança um aprazível solar ao estilo Rainha Anne, no campo. Tudo corria bem para o jovem casal. Stephen mergulhou na vida parlamentar com renovado ardor, auxiliado e encorajado de todas as formas por Sandra, que se identificava de corpo e alma com as ambições do marido. Às vezes, Stephen refletia, com uma percepção quase incrédula, sobre o quanto a Fortuna o havia favorecido! Sua aliança com o poderoso clã dos Kidderminster assegurara-lhe uma rápida ascensão na carreira. Suas próprias competência e habilidade consolidariam a posição que a oportunidade havia lhe garantido. Acreditava com honestidade em suas próprias capacidades e estava preparado para trabalhar sem descanso pelo bem de seu país.

Com frequência, olhando para sua mulher no outro lado da mesa, percebia, alegre, a esposa perfeita que ela era – exatamente o que sempre havia imaginado. Atraíam-no as linhas graciosas e bem-definidas da cabeça e do pescoço, os olhos francos, cor de amêndoa, sob as sobrancelhas finas, a testa muito alta e clara e a leve arrogância de seu nariz aquilino. Achava-a bastante parecida com um cavalo de corrida – tão bem tratada, tão impulsiva e treinada, tão orgulhosa. Descobriu nela uma companheira ideal, suas mentes chegavam quase ao mesmo tempo às mesmas sagazes conclusões. Sim, pensava ele, Stephen Farraday, aquele garotinho desconsolado, havia se saído muito bem. Sua vida estava tomando exatamente o rumo que havia imaginado. Tinha pouco mais de trinta anos e o sucesso já repousava na palma de sua mão.

E foi naquela disposição satisfeita e triunfante, ao passar uma quinzena com a esposa em St. Moritz, que viu Rosemary Barton do outro lado do saguão do hotel.

Nunca entendeu o que havia acontecido naquele momento. Por uma espécie de justiça poética, as palavras que dissera para outra mulher haviam se tornado realidade. Apaixonara-se depois de um olhar através do salão. Apaixonara-se louca, esmagadora e profundamente. O tipo de amor desesperado, impetuoso e adolescente que ele deveria ter vivido e superado anos antes.

Sempre admitira o fato de não ser um homem do tipo passional. Um ou dois casos efêmeros, um flerte discreto – isso, até onde ele sabia, fora tudo o que o "amor" significara para ele. Os prazeres da carne simplesmente não o atraíam. Dizia para si mesmo que era enjoado demais para aquele tipo de coisa.

Se lhe perguntassem se amava a esposa, responderia: "Certamente que sim" – ainda que soubesse bem o bastante que sequer sonharia em casar se ela fosse, por exemplo, a filha de um nobre do campo arruinado. Gostava dela, admirava-a e nutria profundo afeto e uma gratidão genuína por tudo o que a posição dela havia lhe assegurado.

Que pudesse se apaixonar com a entrega e a angústia de um garotinho imaturo fora para ele uma revelação. Não conseguia pensar em nada além de Rosemary. Seu rosto amável e sorridente, o castanho precioso de seus cabelos, sua figura ondulante e voluptuosa. Não conseguia comer... Não conseguia dormir. Foram esquiar juntos. Dançou com ela. Quando a apertou contra o corpo, soube que a queria mais do que qualquer outra coisa na Terra. Então era assim? Esta angústia, esta ardente e dolorosa agonia... isto era o amor!

Em meio àquelas atribulações, abençoou o destino por lhe haver dado maneiras naturalmente imperturbáveis. Ninguém podia adivinhar, ninguém podia saber o que ele estava sentindo – com exceção da própria Rosemary.

Os Barton foram embora uma semana antes dos Farraday. Stephen disse a Sandra que não havia muito que fazer em St. Moritz. Poderiam abreviar seu tempo ali e voltar para Londres? Ela concordou com muita cordialidade. Duas semanas após o retorno, ele se tornou amante de Rosemary.

Foi um período estranho, cheio de agitação e êxtase – febril, irreal. Durou... quanto tempo? Seis meses, quando muito. Seis meses durante os quais Stephen dedicou-se ao trabalho como sempre, visitou seu eleitorado, dirigiu consultas ao Parlamento, participou de vários encontros, discutiu política com Sandra e pensou em apenas uma coisa o tempo todo: Rosemary.

Seus encontros secretos em um pequeno apartamento, a beleza dela, as carícias apaixonadas com que ele a cumulava, a paixão dos abraços apertados que ela lhe dava. Um sonho. Um sonho encantado e sensual.

E depois do sonho... o despertar.

Que pareceu acontecer de modo bastante abrupto.

Como sair de um túnel para a luz do dia.

Em um dia ele era um amante atormentado, no outro ele era outra vez Stephen Farraday, pensando que talvez devesse ver Rosemary com menos frequência. Com a breca, eles haviam corrido riscos terríveis. Se Sandra sequer suspeitasse – lançou um olhar furtivo à esposa do outro lado da mesa do café. Graças a Deus, ela não suspeitava. Não tinha a mínima ideia. Ainda que algumas das desculpas que havia apresentado para suas ausências fossem bastante frágeis. Outras mulheres já teriam pensado que algo ali não cheirava bem. Ainda bem que Sandra não era uma mulher desconfiada.

Inspirou profundamente. De fato, ele e Rosemary haviam sido muito inconsequentes! Era um milagre que nada tivesse chegado ao conhecimento do marido dela – um desses sujeitos tolos e sem malícia... bem mais velho que ela..

E que adorável criatura ela era...

Pensou, de súbito, em campos de golfe. O ar fresco soprando por sobre as dunas de areia, a caminhada com os tacos... gingar o de madeira para a primeira tacada... um ótimo tiro inicial... um toque curto com o de ferro. Homens. Homens de calças largas, fumando cachimbo. E mulheres proibidas de entrar!

Perguntou, de repente, a Sandra:

– Por que não vamos para Fairhaven?

Ela o olhou, surpresa:

– Quer ir? Você pode se ausentar?

– Poderíamos pegar o meio da semana. Gostaria de jogar um pouco de golfe. Ando muito parado.

– Podemos ir amanhã mesmo, se quiser. Mas para isso terei de adiar o compromisso com os Astley e preciso cancelar um encontro na terça-feira. E quanto aos Lovats?

– Oh, vamos cancelar também. Podemos pensar em alguma desculpa. Quero dar o fora daqui.

Foram dias bastante pacíficos em Fairhaven, com Sandra e os cachorros no terraço e no velho jardim murado, e os jogos de golfe em Sandley Heath, e os passeios noturnos pela propriedade com MacTavish em seus calcanhares.

Sentia-se como alguém que estivesse convalescendo de uma doença.

Ficou carrancudo ao receber a carta de Rosemary. Dissera a ela para não escrever, era muito perigoso. Não que Sandra alguma vez tivesse perguntado de quem eram as cartas que ele recebia, mas era insensato, de qualquer forma. Não se podia confiar sempre nos criados.

Levou a carta para seu gabinete e abriu o envelope com desagrado. Páginas. Páginas e mais páginas.

À medida que lia, foi sendo tomado outra vez pelo velho encanto. Ela o adorava, ela o amava mais do que antes, não conseguia suportar sua ausência por cinco dias inteiros. Ele sentia o mesmo? O Leopardo sentia falta de sua Etíope?

Sua reação foi metade um sorriso e metade um suspiro. Aqueles apelidos ridículos – surgidos quando ele comprara para ela um roupão que ela havia gostado: de corte masculino, estampado com manchas. Um leopardo trocando suas pintas, disse Stephen. "Mas você não precisa trocar de pele, querida." E depois daquilo ela o apelidara de Leopardo e ele a chamava de sua Beleza Negra.

Uma tolice abominável, de fato. Sim, abominável tolice. Fora doce da parte dela ter escrito aquelas páginas. Mas ainda assim ela não devia ter feito isso. Com os diabos, eles precisavam ter *cuidado*! Sandra não era o tipo de mulher que toleraria uma coisa daquelas. Se tivesse a mais leve suspeita... Cartas eram perigosas. Alertara Rosemary. Por que ela não podia esperar pela sua volta à cidade? Ora bolas, ele a veria de novo em um ou dois dias.

Havia outra carta na mesa do café na manhã seguinte. Desta vez, Stephen praguejou em pensamento. Pensou ter visto Sandra pousar os olhos sobre o envelope por alguns segundos. Mas ela não dissera nada. Graças aos céus, não era o tipo de mulher que fazia perguntas sobre a correspondência de um homem.

Depois do desjejum ele foi de carro até uma cidade distante oito milhas. Não se arriscaria a telefonar da aldeia mais próxima. Rosemary atendeu.

– Alô... É você, Rosemary? Não me escreva mais cartas.

– Stephen, querido, como é bom ouvir sua voz!

– Cuidado. Há alguém perto que possa ouvir?

– Claro que não. Oh, meu anjo, senti tanto a sua falta. Sentiu saudades?

– Sim, claro, mas não escreva mais. É muito arriscado.

– Gostou da minha carta? Ela o fez sentir que eu estava com você? Querido, eu quero estar com você a cada minuto. Sente o mesmo?

– Sim... mas não no telefone, meu bem.

– Você é tão ridiculamente cauteloso. O que isso importa?

– Penso também em você, Rosemary. Não suportaria lhe causar qualquer problema.

– Não me importo com o que possa me acontecer, você sabe.

– Bom, eu me importo, querida.

– Quando você volta?

– Terça-feira.

– E nos encontraremos no apartamento, na quarta-feira.

– Sim... ahn... sim.

– Querido, mal posso suportar a espera. Não pode dar alguma desculpa e vir para cá hoje? Oh, Stephen, você pode! Política ou alguma outra coisa estúpida.

– Temo que esteja fora de questão.

– Não acredito que sinta metade da saudade que eu sinto.

– Absurdo, é claro que eu sinto.

Quando desligou, sentia-se cansado. Por que as mulheres insistiam em ser tão terrivelmente imprudentes? Rosemary e ele deviam ser mais cuidadosos no futuro. Tinham de se encontrar com menos frequência.

Depois daquilo as coisas ficaram difíceis. Ele estivera ocupado – muito ocupado. Fora impossível dedicar o mesmo tempo de antes a Rosemary – e o mais desagradável era que ela não parecia capaz de entender isso. Já explicara, mas ela não o ouvira.

– Ah, essa sua política velha e estúpida. Como se *isso* fosse importante.

– Mas *é*.

Ela não compreendia. Não se importava. Não tinha nenhum interesse pelo seu trabalho, por suas ambições, por sua carreira. Tudo o que ela queria era ouvi-lo reiterar o tempo todo que a amava. "Tanto quanto antes? Diga de novo que você me ama *de verdade*."

Certamente, ele pensava, ela já devia estar certa disso àquela altura! Era uma criatura adorável, adorável – mas não se podia *conversar* com ela.

O problema era que estavam se vendo demais. Não se pode manter a temperatura de um caso o tempo todo em ponto de fervura. Deviam se encontrar com menos frequência. Relaxar um pouco.

Mas aquela ideia a fez sentir-se ofendida, muito ofendida. Ela agora estava sempre repreendendo-o.

– Você não me ama mais como antes.

E ele precisava reconquistar sua confiança, jurar que a amava, claro que sim. E ela ressuscitava constantemente qualquer coisa que ele já houvesse dito.

– Lembra-se quando você disse que seria maravilhoso se morrêssemos juntos? Dormir para sempre nos braços um do outro? Lembra-se quando disse que pegaríamos uma caravana e partiríamos para o meio do deserto? Apenas as estrelas e os camelos... e como nós esqueceríamos de tudo o mais que houvesse no mundo?

Que coisas terrivelmente idiotas uma pessoa diz quando está apaixonada! Naquela época não pareciam tão insensatas, mas ao tê-las outra vez jogadas à sua frente a sangue-frio! Por que as mulheres não tinham a decência de deixar as coisas em paz? Um homem não quer ser lembrado continuamente das asneiras que já cometeu.

Ela começou a fazer exigências súbitas e irracionais. Por que ele não podia viajar para o Sul da França para encontrá-la? Ou para a Sicília ou a Córsega – um desses lugares onde nunca se encontra ninguém conhecido? Stephen respondeu, severo, que não havia um lugar assim no mundo. Até nos mais remotos rincões sempre se poderia encontrar algum antigo amigo do colégio com quem não se falava há anos.

E então ela dissera algo que o apavorara.

– Bem, mas na verdade isso não importa, não é mesmo?

Ele se pusera em alerta, vigilante, seu íntimo subitamente gelado.

– O que quer dizer?

Ela sorria, o mesmo sorriso encantador que certa vez já fizera seu coração se revirar e seus ossos doerem de desejo. Agora, deixava-o apenas impaciente.

– Leopardo, meu querido, penso às vezes que temos sido estúpidos em tentar manter esse assunto confidencial. Não vale a pena. Vamos fugir juntos. Vamos parar de fingir. Eu me divorcio de George e você se divorcia de sua mulher e então poderemos nos casar.

Simples assim! Desastre! Ruína! E ela não conseguia perceber!

– Jamais deixaria que fizesse tal coisa.

– Mas querido, não me importo. Eu não sou assim tão convencional, na verdade.

"Mas eu sou, eu sou" – pensou Stephen.

– Penso que o amor é a coisa mais importante no mundo. Não interessa o que os outros pensem de nós.

– Interessa para mim, minha querida. Um escândalo público dessa natureza seria o fim da minha carreira.

– E isso importa? Há centenas de outras coisas que você poderia fazer.

– Não seja tola.

– E além do mais, por que você precisa fazer alguma coisa? Eu tenho muito dinheiro, você sabe. Dinheiro meu, quero dizer, não do George. Poderíamos vagar pelo mundo todo, ir até os lugares mais longínquos – lugares onde talvez ninguém mais tenha estado. Ou para alguma ilha no Pacífico... Imagine só: o sol quente, o mar azul e os recifes de coral.

Ele imaginou. Uma ilha nos mares do Sul! A mais estúpida das ideias. Que tipo de homem ela pensava que ele fosse – um catador de conchas?

Olhou-a com olhos dos quais haviam sido removidos os últimos vestígios de um véu. Ela era uma criatura amável com os miolos de uma galinha! Estivera louco – total e completamente louco. Mas agora estava são outra vez. E precisava sair daquele apuro. A menos que tivesse cuidado, ela arruinaria sua vida inteira.

Disse todas as coisas que centenas de homens antes dele já haviam dito. Eles deviam pôr um fim naquilo tudo – foi o que escreveu. Era o melhor para ela. Não poderia correr o risco de provocar sua infelicidade. Ela não compreendia o perigo... e assim por diante.

Está tudo acabado – precisava fazê-la entender.

Mas aquilo era justamente o que ela se recusava a entender. Não seria tão fácil. Ela o adorava, ela o amava mais do que nunca, ela não podia viver sem ele! Para ela, a única coisa honesta a fazer era contar ao marido, assim como Stephen deveria dizer a verdade à sua esposa. Recordava do calafrio que sentira, sentado, segurando a carta que ela enviara. Aquela tola. Aquela tola estúpida e pegajosa! Iria até George Barton e entregaria a coisa toda. E George pediria o divórcio e o implicaria judicialmente como cúmplice no adultério. E Sandra pediria o divórcio, também. Não tinha dúvida disso. Ao comentar certa vez o caso de uma amiga, dissera, com uma vaga surpresa: "É claro, a partir do momento em que descobriu que o marido estava tendo um caso com outra mulher, o que mais ela poderia fazer a não ser se divorciar dele?" Era como Sandra pensava. Era orgulhosa, jamais compartilharia um homem.

E então ele estaria acabado, destruído – o apoio influente dos Kidderminster seria retirado. O tipo de escândalo que ele não seria capaz de apagar, mesmo que a opinião pública hoje em dia fosse mais compreensiva do que em outros tempos. Não em um caso flagrante como aquele! Adeus aos seus sonhos, suas ambições. Naufragadas, destroçadas, tudo por causa da obsessão de uma mulher estúpida. Amor adolescente, era o que havia sido. Um amor adolescente contraído no período errado da vida.

Perderia tudo no que havia apostado. Falência! Ignomínia!

Perderia Sandra...

E de repente, com um choque de surpresa, percebeu que aquilo era o que mais lamentaria. *Perderia Sandra.* Sandra, com sua testa branca e reta e seus olhos claros, cor de amêndoa. Sandra, sua querida amiga e companheira, sua arrogante, orgulhosa e leal Sandra. Não, ele não podia perder Sandra... Não podia... Tudo menos isso.

O suor irrompeu em sua testa.

De algum jeito, ele *precisava* sair daquela confusão.

De algum jeito, ele precisava fazer Rosemary dar ouvidos à razão...

Daria? Rosemary e a razão não combinavam. E se ele dissesse que, no fim das contas, amava sua esposa? Não. Ela simplesmente não acreditaria. Era uma mulher tão estúpida. Cabeça-oca, pegajosa, possessiva. E ainda o amava – esse era o grande problema na coisa toda.

Uma espécie de raiva cega cresceu dentro dele. Como diabos faria para mantê-la em silêncio? Com a boca fechada? Nada menor do que uma dose de veneno conseguiria isso, pensou, com amargura.

Uma vespa zumbia perto dele. Fitou-a distraído. O inseto havia entrado em um pote de geleia feito de vidro trabalhado e tentava sair.

Como eu, pensou, atraído pela doçura e sem poder sair. Pobre bicho.

Mas ele, Stephen Farraday, sairia de alguma forma. Tempo, ele precisava ganhar tempo.

Rosemary estava derrubada por uma gripe naquele momento. Havia feito as convencionais perguntas sobre seu estado – e mandara um grande buquê de flores. Aquilo havia lhe dado um breve intervalo. Na próxima semana, Sandra e ele estariam jantando com os Barton – na festa de aniversário de Rosemary. Ela própria havia dito: "Não farei nada até depois de meu aniversário... seria muito cruel com George. Ele está fazendo um grande estardalhaço por isso. É tão querido... Depois que estiver tudo terminado, poderemos chegar a um entendimento."

E se dissesse a ela, com brutalidade, que estava tudo acabado, que não gostava mais dela? Estremeceu. Não, não ousaria fazer tal coisa. Ela poderia correr para George, histérica. Poderia até mesmo procurar Sandra. Já podia até ouvir a voz dela, confusa e lacrimosa:

"Ele diz que não gosta mais de mim, mas sei que não é verdade. Está tentando ser *leal*, agir corretamente com você. Mas sei que concorda comigo que quando as pessoas se amam a honestidade é o *único* caminho. É por isso que estou pedindo a você para devolver-lhe a liberdade."

Sandra não ia acreditar – como poderia? Mas e se Rosemary apresentasse aquelas cartas... as cartas que ele fora estúpido o bastante para escrever? Deus sabe o que dissera nelas. O suficiente – mais até do que o suficiente – para convencer Sandra. Cartas tais como ele nunca escrevera para *ela*.

Precisava pensar em alguma coisa – alguma forma de manter Rosemary em silêncio. "É uma pena...", ele pensou, rígido "...que não vivamos mais nos tempos dos Bórgia."

Um copo de champanhe envenenado era a única coisa que manteria Rosemary calada.

Sim, ele de fato pensara nisso.

Cianureto de potássio na taça de champanhe, um frasco de cianureto de potássio na bolsa dela. Gripe seguida de depressão.

E por sobre a mesa, os olhos de Sandra encontrando os dele.

Quase um ano atrás – e ele não conseguia esquecer.

CAPÍTULO 5

Alexandra Farraday

Sandra Farraday não havia esquecido Rosemary Barton.

Estava pensando nela neste exato minuto – pensando nela caída sobre a mesa do restaurante naquela noite.

Recordava-se de seu próprio suspiro sufocado e lancinante, e de como, erguendo os olhos, deparou com Stephen observando-a.

Teria ele lido a verdade em seus olhos? Teria visto o ódio, o misto de horror e triunfo?

Quase um ano atrás – e ainda tão fresco em sua memória como se houvesse ocorrido ontem! Rosemary... *rosmaninho, serve para lembrança.** Que terrível verdade era aquela. Para que servia a morte de uma pessoa se ela continuava viva em sua mente? Era exatamente o que Rosemary havia feito. Na mente de Sandra – e na de Stephen também? Não sabia, mas considerava provável.

O Luxembourg – aquele lugar odioso com sua comida excelente, seu serviço rápido e eficiente, sua luxuosa decoração. Um lugar impossível de se evitar, era sempre convidada para alguma coisa lá.

Ela teria adorado esquecer – mas tudo conspirava para fazê-la recordar. Até mesmo Fairhaven não estava mais a salvo agora que George Barton fora morar em Little Priors.

Fora mesmo extraordinário da parte dele. George Barton era um homem muito estranho. Nem de longe o

---

* Rosemary em inglês significa rosmaninho, a flor de alecrim. O trecho em itálico é uma citação de *Hamlet*, de William Shakespeare: Quarto Ato, Cena V. (N.T.)

tipo de vizinho que gostaria de ter. Sua presença em Little Priors arruinara o encanto e a paz de Fairhaven. Até este verão, sempre fora um local de repouso e restauração, um lugar onde ela e Stephen haviam sido felizes – isto é, se eles haviam sido felizes algum dia.

Seus lábios se apertaram. Sim, mil vezes sim! Poderiam ter sido felizes se não fosse por Rosemary. Fora Rosemary quem despedaçara o delicado edifício de confiança e ternura mútuas que ela e Stephen estavam começando a construir. Alguma coisa, um instinto talvez, havia ordenado que escondesse de Stephen sua paixão, sua devoção aberta por ele. Ela o havia amado desde o momento em que ele atravessou a sala em sua direção aquele dia na mansão dos Kidderminster, fingindo timidez, fingindo não saber quem ela era.

Porque ele *sabia*. Não conseguia dizer em que momento havia percebido esse fato. Algum tempo depois do casamento, em um dia em que ele estava explicando uma hábil estratégia de manipulação política necessária para a aprovação de uma lei.

Foi aí que o pensamento cruzou sua mente. "Isto me lembra de algo. O quê?" Só mais tarde percebeu que era, em essência, a mesma tática que ele havia usado aquele dia na mansão dos Kidderminster. Aceitou o fato sem surpresa, como se fosse algo de que ela estivera ciente há tempos, mas que só agora havia emergido à superfície de sua mente.

Desde o dia do casamento compreendera que ele não a amava como ela o amava. Mas concluiu que, possivelmente, ele não era de fato capaz daquele tipo de amor. O poder do amor havia sido sua própria herança infeliz. Gostar com um desespero, uma intensidade que era, sabia, incomum entre as mulheres! Teria morrido por ele de boa vontade; estava pronta para mentir, conspirar, sofrer por ele! Em vez disso, aceitara com orgulho e discrição o lugar que ele queria que ocupasse. Desejava sua cooperação, sua simpatia, seu auxílio intelectual ativo. Queria não o coração, mas o cérebro, e as vantagens materiais que o nascimento havia concedido a ela.

Uma coisa ela nunca faria: envergonhá-lo com a manifestação de uma devoção que ele não poderia retribuir de forma adequada. Acreditava com sinceridade que ele gostava dela, que sentia prazer em sua companhia. Previa um futuro no qual aquela carga seria imensamente aliviada: um futuro de ternura e amizade.

A seu modo, pensava, ele a amava.

E então apareceu Rosemary

Às vezes se perguntava, com os lábios retorcidos em um doloroso esgar, como ele pudera imaginar que ela não sabia. Soubera desde o primeiro minuto – lá em St. Moritz –, ao ver o modo como ele olhara para aquela mulher.

Soubera o dia exato em que aquela mulher se tornara sua amante.

Conhecia até o perfume que a criatura usava.

Podia ler no rosto cortês de Stephen, em seu olhar distraído, quais eram suas lembranças, no que estava pensando – naquela mulher, a mulher da qual ele há pouco se despedira!

Era difícil, pensou desapaixonadamente, avaliar o sofrimento pelo qual havia passado. Suportara, dia após dia, a tortura dos condenados, com nada para levá-la adiante a não ser sua crença na coragem – seu próprio orgulho natural. Não demonstraria, jamais, o que estava sentindo. Perdeu peso, ficou pálida e magra, os ossos do rosto e dos ombros desenhando-se mais distintos, a carne retesada sobre eles. Forçava-se a comer, mas não podia forçar-se a dormir. Passava longas noites deitada, os olhos secos, fixos na escuridão. Desprezava como fraqueza o ato de tomar remédios. Ela suportaria. Mostrar-se magoada, suplicar, protestar – eram coisas para ela repugnantes.

Tinha uma migalha de consolo, ainda que escasso – Stephen não pensava em deixá-la. Por óbvio que o motivo fosse o bem de sua carreira, mais do que qualquer afeto pela esposa, ainda assim, esse fato permanecia. Ele não queria deixá-la.

Um dia, talvez, aquela paixão passaria.

O que, afinal, ele poderia ver naquela garota? Era linda e atraente – mas outras mulheres também eram. O que ele encontrara em Rosemary Barton que o fizera se apaixonar?

Ela era burra... tola... e nem era – apegava-se a esse ponto em especial – particularmente divertida. Se pelo menos ela tivesse humor, charme, maneiras provocantes – aquelas eram as qualidades que seguravam os homens. Sandra aferrava-se à crença de que aquilo acabaria – que Stephen se cansaria dela.

Estava convencida de que o principal interesse da vida dele era o trabalho. Estava predestinado a grandes feitos, e sabia disso. Tinha o cérebro refinado de um estadista e se deliciava em empregá-lo. Era seu destino na vida. Tão logo aquela paixão começasse a desvanecer, ele perceberia.

Nunca, nem por minuto, Sandra cogitara em deixá-lo. A ideia nunca sequer passara pela sua cabeça. Pertencia a ele, de corpo e alma, pegar ou largar. O amor queimava dentro dela com uma intensidade medieval.

Houve um momento em que ela teve esperanças. Eles foram para Fairhaven. Stephen parecia em seu estado normal. Sentiu, de súbito, renovar-se a velha empatia entre eles. A esperança cresceu em seu coração. Ele ainda a queria, apreciava sua companhia, confiava em seu julgamento. Por um momento, havia escapado das garras daquela mulher.

Parecia mais feliz, mais ele mesmo.

Nada havia sido arruinado de modo irreparável. Estava superando. Se ele ao menos se decidisse a romper com ela...

Aí voltaram para Londres, e Stephen teve uma recaída. Parecia intratável, preocupado, doente. Estava se tornando incapaz de concentrar a mente no trabalho.

Ela achava que sabia o motivo. Rosemary queria que ele fugisse com ela... Estava tomando coragem para dar o último passo e romper com tudo o que lhe era mais caro. Insensatez! Loucura! Era o tipo de homem para quem o trabalho sempre vinha em primeiro lugar – um tipo bastante inglês. No fundo, devia saber aquilo por si próprio. Sim, mas Rosemary era muito atraente – e muito estúpida. Stephen não seria o primeiro homem a jogar fora sua carreira por uma mulher e a se arrepender mais tarde!

Sandra captou umas poucas palavras – uma frase certo dia em um coquetel.

"...contar ao George. Temos de nos decidir."

Fora logo depois daquilo que Rosemary caíra de cama, com uma gripe.

Uma tênue esperança cresceu no coração de Sandra. E se ela apanhasse uma pneumonia... as pessoas pegavam uma depois de uma gripe – uma jovem amiga havia morrido daquela maneira no inverno anterior. Se Rosemary morresse...

Nem tentou reprimir o pensamento – não estava horrorizada consigo mesma. Era medieval o bastante para odiar com a mente firme e imperturbável.

Odiava Rosemary Barton. Se pensamentos pudessem matar, ela já a teria matado.

Mas pensamentos não matam...

Pensamentos não bastam...

Como Rosemary estava linda aquela noite no Luxembourg, com a estola clara de pele de raposa deslizando de seus ombros no toalete feminino. Mais magra e pálida devido à doença – um ar de fragilidade tornara sua beleza mais etérea. Ela parara na frente do espelho retocando a maquiagem...

Sandra, logo atrás, comparava o reflexo de ambas no espelho. Seu rosto como algo esculpido, gélido, sem vida. Sem sentimentos, alguém poderia dizer – uma mulher dura e fria.

E então Rosemary dissera:

– Oh, Sandra, estou ocupando o espelho todo? Já terminei. Este horrível resfriado me derrubou mesmo. Pareço um fantasma. E ainda me sinto muito fraca e com dor de cabeça.

Sandra perguntara com polido interesse:

– Teve dor de cabeça hoje?

– Só um pouquinho. Você não teria uma aspirina?

– Tenho um Cachet Faivre.

Ela abrira a bolsa e retirara a cápsula de analgésico. Rosemary a aceitara:

– Vou guardar na bolsa, caso precise.

A garota morena e competente que era secretária de Barton assistira à breve transação. Virara-se para o espelho e empoara o rosto, de leve. Uma moça de boa aparência, quase bonita. Sandra tinha a impressão de que ela não gostava de Rosemary.

Saíram do toalete, Sandra primeiro, depois Rosemary, e por fim a srta. Lessing – oh, claro, a menina, Iris, irmã de Rosemary, também estivera lá. Muito agitada com seus grandes olhos cinzentos e um vestido branco de colegial.

Saíram e se juntaram aos homens no saguão.

E o maître viera apressado e os conduzira até a mesa para eles reservada. Passaram sob o arco abobadado da entrada e nada, absolutamente nada, advertira uma daquelas mulheres de que ela jamais sairia viva por aquela porta.

Capítulo 6

George Barton

Rosemary...

George Barton abaixou o copo e ficou olhando para a lareira, os olhos arregalados.

Havia bebido o bastante para se sentir embriagado de autopiedade.

Que garota adorável ela fora. Sempre fora louco por ela, e ela sabia. Sempre achara que ela riria na sua cara se declarasse seu amor.

Mesmo quando a pedira em casamento pela primeira vez, fizera-o sem nenhuma convicção.

Tartamudo e balbuciante. Agira como um bobo alegre:

– Sabe, garotinha, a qualquer hora... só precisa dizer. Sei que não vai dar em nada. Você nem olharia para mim. Sempre fui um perfeito idiota. Estou um pouco fora de forma, também. Mas sabe o que eu sinto, não sabe? Quer dizer... Sempre estive aqui. Sei que não tenho a mínima chance, mas pensei simplesmente em mencionar...

E Rosemary rira e o beijara no topo da cabeça.

– Você é um doce, George, e vou me lembrar de sua gentil oferta, mas não estou pensando em me casar com ninguém no momento.

E ele respondera com toda seriedade:

– Muito justo. Leve o tempo que quiser, olhe à sua volta. Você pode ser seletiva.

Ele nunca tivera esperança alguma – ao menos esperança real.

Por isso mostrara-se tão incrédulo e estupefato quando Rosemary disse que se casaria com ele.

Ela não o amava, era óbvio. Sabia disso muito bem. Ela mesma admitira.

– Você não me entende, não é mesmo, George? Eu quero me sentir sossegada, feliz e segura. E terei isso com você. Estou farta de me apaixonar. De alguma forma sempre dá errado e acaba em confusão. Gosto de você. É gentil, divertido, meigo e me acha maravilhosa. É isso o que eu quero.

Ele respondera de modo um tanto incoerente:

– Com calma chegamos lá. Seremos felizes como reis.

Bem, não estivera tão errado. Eles foram felizes. Em seu íntimo, sempre se sentira humilhado diante dela. Convencera-se de que os obstáculos viriam, com certeza. Rosemary não se satisfaria para sempre com um sujeito enfadonho como ele. Haveria incidentes! Disciplinou-se para aceitá-los. Prometera se agarrar, firme, à crença de que tais incidentes não durariam muito, que Rosemary sempre voltaria para ele. Uma vez que tivesse aceitado aquele ponto de vista, tudo correria bem.

Porque ela tinha carinho por ele. Sua afeição por ele era constante e invariável, uma dimensão à parte de seus flertes e casos amorosos.

Ele havia se disciplinado a aceitá-los. Convencera-se de que eram inevitáveis para alguém com o temperamento suscetível e a beleza incomum de Rosemary. Não conseguira, contudo, entrar em acordo com suas próprias reações.

Os flertes com este ou aquele rapaz não eram nada. Mas quando suspeitou pela primeira vez de um caso mais sério...

Percebeu bastante rápido, sentiu o quanto ela andava diferente. A excitação crescente, cada vez mais bela, cada vez mais radiante. E logo o que o instinto havia lhe soprado foi confirmado pelos desagradáveis fatos concretos.

Certo dia, entrara na sala de estar e a vira cobrir instintivamente a carta que estava escrevendo. Soubera de imediato que estava escrevendo para o amante.

Depois que ela saiu, ele atravessou a sala em direção à mesa. Ela havia levado a carta, mas a tinta na folha de mata-borrão estava quase fresca. Levou-a para o outro lado da sala e pressionou-a contra o espelho – e pôde ver as palavras escritas com a caligrafia enérgica de Rosemary: "Meu querido amado...".

O sangue lhe afluíra à cabeça. Entendera naquele instante o que Otelo havia sentido. Resoluções sensatas? Qual! Só a natureza humana contava. Queria estrangulá-la e assassinar o sujeito a sangue-frio! Quem era ele? Aquele tal de Browne? Ou o sonso do Stephen Farraday? Ambos vinham lançando olhares cobiçosos para cima dela.

Viu a própria face no espelho. Os olhos estavam injetados de sangue. Parecia prestes a ter um ataque.

Enquanto recordava daquele momento, George Barton deixou o copo cair de sua mão. Mais uma vez teve aquela sensação asfixiante, o martelar do sangue nos ouvidos. Mesmo agora...

Com esforço, afastou a recordação. Não devia passar por ela outra vez. Rosemary estava morta. Morta e em paz. E ele também estava em paz. Não sofria mais...

Era engraçado pensar que aquilo era o que a morte de Rosemary significava para ele: paz...

Nunca admitira, nem mesmo para Ruth. Boa garota. Cabeça boa. De fato, não sabia o que faria sem ela. A forma como ela o ajudara, como manifestara solidariedade. E sem insinuação alguma de sexo. Não era uma louca por homem, como Rosemary...

Rosemary... Rosemary sentada na mesa redonda do restaurante. O rosto mais magro depois da gripe... um pouco abatida... mas adorável, tão adorável. E apenas uma hora depois...

Não, ele não pensaria naquilo. Não agora. Seu plano. Pensaria no plano.

Falaria primeiro com Race. Mostraria a ele as cartas. Iris ficara aturdida com a hipótese. Era evidente que não fazia a menor ideia.

Bem, ele estava encarregado da situação agora. Tinha tudo sob controle.

O plano. Tudo preparado: a data, o lugar.

Dois de novembro. Dia de Finados. Isso acrescentaria um belo toque. O Luxembourg, claro. Tentaria reservar a mesma mesa.

E os mesmos convidados. Anthony Browne, Stephen Farraday, Sandra Farraday. E, é claro, Ruth, Iris e ele. Como o elemento ímpar, Race, que, pelo planejamento original, deveria ter ido àquele jantar.

E haveria um lugar vazio.

Seria esplêndido!

Dramático!

Uma reconstituição do crime.

Bem, não exatamente uma reconstituição...

Sua mente retrocedeu...

O aniversário de Rosemary...

Rosemary, estatelada sobre aquela mesa... morta...

Livro 2

Dia de Finados

"Este é um rosmaninho, serve para lembrança"

Capítulo I

Lucilla Drake estava gorjeando – o termo sempre usado na família, e realmente muito apropriado, para descrever os sons emitidos pelos lábios gentis de Lucilla.

Naquela manhã em particular, estava preocupada com muitas coisas... tantas que considerava difícil prestar atenção em uma de cada vez. Havia a iminência da mudança de volta para a cidade e os problemas domésticos dela decorrentes. Criados, o dinheiro para as despesas, provisões de inverno, mil pequenos detalhes – todos disputando espaço com a apreensão pela aparência de Iris.

– De verdade, querida, estou muito preocupada com você... está tão pálida e sem vida... como se não tivesse pregado o olho. Você dormiu? Se não, há um preparado maravilhoso do dr. Wyllie, ou seria do dr. Gaskell? O que me faz lembrar: preciso ir até a mercearia e falar eu mesma com o dono. Ou as criadas estão comprando coisas para si próprias ou ele está nos logrando deliberadamente. Caixas e caixas de sabão em pó, quando eu nunca autorizo mais do que três pacotes por semana. Ou talvez um tônico lhe assentasse melhor? Xarope Eaton, era o que eu tomava quando menina. E espinafre, é claro. Direi à cozinheira para preparar espinafre para o almoço de hoje.

Iris estava tão fraca e já se acostumara tanto ao estilo discursivo da sra. Drake que resolveu não perguntar por que a menção ao dr. Gaskell a fizera lembrar do merceeiro local – e mesmo que o tivesse feito, receberia a resposta imediata: "Porque o nome do dono da mercearia é Cranford, minha querida". As explicações de tia Lucilla eram sempre perfeitamente claras – para ela própria.

Apenas disse, com o máximo de energia que conseguiu reunir:

– Estou em perfeitas condições, tia.

– Está com olheiras – respondeu Lucilla –, anda se cansando demais...

– Não faço nada há semanas.

– É o que você pensa, querida. Jogar muito tênis é extenuante para as garotas. E penso que o ar por aqui tende a nos debilitar. Este lugar é um buraco. Se George tivesse *me* consultado ao invés daquela garota.

– Garota?

– Aquela srta. Lessing que ele considera tanto. Não tenho dúvidas de que ela faz tudo muito bem no escritório... mas é um grande erro tirá-la de seu lugar e encorajá-la a pensar em si própria como parte da família. Não que ela precise de encorajamento para isso, a bem dizer.

– Ora, tia Lucilla, Ruth *é* praticamente da família.

A sra. Drake fungou:

– Ela almeja ser... isto está muito claro. Pobre George... quando se trata de mulheres, é uma criança indefesa. Mas não vai ser assim, Iris. George precisa ser protegido de si mesmo, e se eu fosse você deixaria muito claro que, por melhor que a srta. Lessing seja, qualquer plano de casamento está fora de questão.

Iris foi arrancada de sua apatia por um momento.

– Nunca imaginei George casando-se com Ruth.

– Você não vê as coisas acontecendo debaixo do seu nariz, criança. Claro, não tem a minha experiência de vida...

Ainda que não pretendesse, Iris sorriu. Tia Lucilla era realmente muito engraçada, às vezes.

– Aquela moça está à caça de um matrimônio.

– E isso importa? – perguntou Íris.

– Importar? É claro que importa.

– Não seria ótimo, na verdade? – a tia fixou os olhos nela. – Para o George, quero dizer. Acho que a senhora está certa, ela gosta dele. E seria uma ótima esposa, cuidaria bem dele.

A sra. Drake bufou. Uma expressão quase indignada surgiu em um rosto sempre agradável e cândido.

– George está sendo muito bem cuidado agora. Gostaria de saber o que mais ele pode querer. Tem quem lhe faça comida excelente e costure suas roupas. É muito agradável para ele ter uma garota jovem e atraente como você pela casa e quando, um dia, você se casar, espero ainda ser capaz de olhar pelo conforto e zelar pela saúde dele. Tão bem ou melhor do que poderia fazer uma moça saída de um escritório. O que ela sabe sobre administrar uma casa? Cifras, contabilidade, estenografia e datilografia... Para que servem essas coisas no lar de um homem?

Iris sorriu e balançou a cabeça, mas não discutiu. Pensava no cetim negro e liso dos cabelos de Ruth, em sua pele clara e em seu talhe tão bem ajustado nas roupas severas e sob medida que usava. Pobre tia Lucilla, toda concentrada em conforto e em administração, com a noção de romance tão distante no passado que provavelmente já havia esquecido o que aquilo significava – se, pensou Iris ao lembrar do tio, o marido dela alguma vez chegou a significar alguma coisa.

Lucilla Drake era meia-irmã de Hector Marle, nascida de um casamento anterior. Quando a mãe deles morrera, havia assumido o papel de cuidar do irmão mais novo. Administrando a casa para o pai, envelhecera com a pecha de solteirona. Estava perto dos quarenta anos quando conheceu o Reverendo Caleb Drake, ele próprio passado dos cinquenta. A vida conjugal foi curta, meros dois anos, e logo ficou viúva e com um filho pequeno. A maternidade, tardia e inesperada, fora a suprema experiência da vida de Lucilla Drake. Seu filho tornara-se uma angústia, uma fonte de aflições e uma constante sangria financeira – mas nunca fora um desapontamento. A sra.

Drake se recusava a reconhecer qualquer coisa errada no filho a não ser uma bondosa fraqueza de caráter. Victor era muito confiante... facilmente desencaminhado pelas más companhias devido à boa-fé que tinha nos amigos. Victor era azarado. Victor era iludido. Victor fora enganado. Era presa fácil para homens perversos que exploravam sua inocência. O rosto agradável, inocente como o de uma ovelha, endurecia-se com obstinação diante de qualquer crítica a Victor. Conhecia o próprio filho. Era um rapaz precioso, cheio de boas intenções, e os seus pretensos amigos tiravam vantagem disso. Sabia melhor do que ninguém o quanto Victor odiava ter de pedir dinheiro a ela. Mas quando o pobre rapaz estava em uma situação tão terrível, o que mais poderia fazer? Não era como se tivesse alguém mais a quem apelar além dela.

Ao mesmo tempo, ela admitia que o convite de George para morar naquela casa e cuidar de Iris havia sido uma graça de Deus, em um momento em que realmente enfrentava os apuros desesperados de uma pobreza distinta. Havia vivido de modo muito feliz e confortável no último ano, e não era da natureza humana olhar com gentileza para a possibilidade de ser substituída por uma moça surgida do nada, toda cheia de capacidade e eficiência modernas, e que de qualquer forma, estava convencida, só casaria com George pelo dinheiro. Claro que era do dinheiro que ela estava atrás. Uma boa casa e um rico e indulgente marido. Não se podia fazer tia Lucilla, em sua idade, acreditar que qualquer moça de fato *quisesse* trabalhar para viver! As mulheres eram do mesmo jeito que sempre foram – preferiam mais era agarrar, se pudessem, um homem que as mantivesse confortáveis. Era esperta aquela Ruth Lessing, insinuando-se até uma posição de confiança, aconselhando George sobre como mobiliar uma casa, tornando-se indispensável – mas, graças a Deus, havia ao menos *uma* pessoa que via o que ela estava fazendo.

Lucilla Drake sacudiu a cabeça várias vezes, causando um tremor em sua leve papada, sobrancelhas erguidas em um ar de soberba sabedoria, e abandonou aquele assunto para se dedicar a outro igualmente interessante e, era possível, mais premente.

– Não consigo me decidir a respeito dos cobertores, querida. Ainda não está claro para mim se voltaremos só na primavera ou se George pretende descer para cá nos finais de semana. Ele não disse.

– Suponho que ele mesmo não saiba – Iris tentou prestar atenção naquele ponto que lhe parecia de completa desimportância. – Se o tempo estiver bom pode ser divertido vir ao campo ocasionalmente. Ainda que eu particularmente não ache que queira fazer isso. Ainda assim, a casa estará aqui se quisermos vir.

– Sim, querida, mas eu gostaria de *saber*. Porque se não voltarmos para cá até o ano que vem, os cobertores devem ser guardados com naftalina. Mas, se vamos voltar, isso não será necessário, porque os cobertores serão usados... e o cheiro de naftalina é muito desagradável.

– Bom, então não use.

– Sim, mas devido a esse verão tão quente há um monte de traças por aí. Todos dizem que está sendo um ano ruim por causa das traças. E das vespas, também, é claro. Hawkins me contou ontem que acabou com trinta ninhos de vespas neste verão... Trinta... imagine só...

Iris pensou em Hawkins – à espreita no crepúsculo, o vidro de cianureto nas mãos... *Cianureto – Rosemary...* Por que tudo levava de volta a ela...?

O gotejar miúdo que era a voz de tia Lucilla continuava – alcançara um ponto diferente agora.

–...e se devemos mandar a prataria para o banco ou não. Lady Alexandra falou de tantos arrombamentos... apesar, é claro, de termos umas venezianas muito boas. Pessoalmente, não gosto do jeito que ela arruma o cabelo... faz seu rosto parecer tão rígido... Mas acho que é uma mulher dura. E nervosa, também. Todo mundo é tão nervoso hoje em dia. Quando eu era menina, as pessoas não sabiam o que era o nervosismo. O que me lembra que não ando gostando da aparência do George ultimamente... Imagino se ele não está pegando uma gripe. Cheguei a me perguntar algumas vezes se ele estava febril. Mas talvez seja alguma preocupação de negócios. Sabe, me parece que ele está com alguma coisa na cabeça.

Iris estremeceu, e Lucilla Drake exclamou, triunfante:

– Aí está, eu disse que você tinha pegado um resfriado.

Capítulo 2

– Como eu gostaria que eles nunca tivessem vindo para cá.

Sandra Farraday proferiu aquelas palavras com uma amargura tão incomum que seu marido, surpreso, virou-se para olhá-la. Foi como se ela verbalizasse seus próprios pensamentos – que ele tentava com tanto esforço esconder. Então Sandra também sentia o mesmo? Ela também sentia que Fairhaven havia sido estragada, a paz do lugar diminuída por aqueles novos vizinhos a uma milha através do parque. Disse em um impulso, expressando sua surpresa:

– Não sabia que você também se sentia assim a respeito deles.

De imediato, ou assim pareceu, ela se retraiu:

– É impossível ignorar os vizinhos no campo. A gente tem de ser ou rude ou amistoso, não há, como em Londres, a possibilidade de manter apenas conhecidos cordiais.

– Não – concordou Stephen –, não há.

– E agora estamos comprometidos com essa festa extravagante.

Ficaram ambos em silêncio, repassando em suas mentes a cena do almoço. Os modos de George Barton haviam sido afáveis, exuberantes até, com um leve toque de agitação que ambos perceberam. George Barton estava realmente bastante esquisito naqueles dias. Stephen nunca havia prestado muita atenção nele antes da morte de Rosemary. George só estava lá, em segundo plano, o marido gentil e maçante de uma jovem e linda mulher. Stephen nunca sentira sequer uma pontada de inquietação por estar traindo George. Era o tipo de marido que havia nascido para ser traído. Bem mais velho, destituído dos atrativos necessários para segurar uma mulher caprichosa e atraente. George teria iludido a si próprio? Stephen achava que não, que ele conhecia Rosemary muito bem. Amava-a e era o tipo de homem consciente a respeito de suas próprias capacidades de manter o interesse de uma esposa.

Ao mesmo tempo, George devia ter sofrido...

Ele e Sandra haviam-no visto muito pouco nos meses seguintes à tragédia. Não até ele aparecer de súbito como vizinho próximo em Little Priors e reentrar em suas vidas. Ao mesmo tempo, ou assim Stephen pensava, parecia diferente: mais vivo, positivo. E sim, decididamente esquisito.

Ele estivera estranho hoje. Aquele convite súbito e impensado. Uma festa para o aniversário de dezoito anos de Iris. Esperava que tanto Stephen quanto Sandra comparecessem. Haviam sido tão gentis com eles.

Sandra dissera, rápido: É claro, seria um prazer. Naturalmente Stephen estaria um tanto ocupado quando voltassem para Londres, e ela mesma tinha um grande número de compromissos muito cansativos, mas esperava que pudessem dar um jeito.

– Então vamos marcar um dia agora, por que não? – o rosto de George estava corado, risonho, insistente. – Quarta ou quinta-feira? Quinta-feira é dia 2 de novembro. Estaria bom para vocês? Podemos agendar qualquer outro dia que sirva para os dois.

Fora o tipo de convite de aceitação obrigatória – havia uma certa falta de *savoir-faire* social. Stephen notou que Iris Marle enrubescera e parecia embaraçada. Sandra fora perfeita. Rendera-se, sorridente, ao inevitável, e dissera que, por eles, estava muito bem na quinta-feira, dia 2 de novembro.

Súbito, dando voz a seus pensamentos, Stephen disse, severo:

– Não precisamos ir.

Sandra virou de leve o rosto na direção dele. Tinha um ar pensativo e ponderado.

– Acha que não?

– É fácil arranjar uma desculpa.

– Ele apenas insistiria para que fôssemos em uma outra ocasião... ou adiaria. Ele... parece disposto a insistir bastante em nossa presença.

– Não consigo imaginar por quê. É a festa de Iris, e não acredito que ela esteja particularmente ansiosa por nossa companhia.

– Não... Não... – a voz de Sandra soou pensativa, e então perguntou: – Sabe onde vai ser essa festa?

– Não.

– No Luxembourg.

A surpresa quase o privou da fala, e sentiu a cor fugir do seu rosto. Dominou-se e olhou-a nos olhos. Estava imaginando ou havia algum sentido oculto no modo direto como o encarava?

– Mas é um absurdo! – exclamou, vociferando em uma tentativa de disfarçar suas próprias emoções. – O Luxembourg, onde... para reviver tudo aquilo. O homem deve estar louco.

– Também pensei nisso – disse Sandra.

– Então nós com certeza devemos recusar o convite. A... A coisa toda foi terrivelmente desagradável. Você se lembra de toda a publicidade... as fotos nos jornais.

– Lembro-me de todo o dissabor daquilo – disse Sandra.

– Ele não percebe o quão desagradável seria para nós?

– Sabe, ele tem um motivo, Stephen. Ele me deu um motivo.

– E qual é?

Sentiu-se grato por ela não estar olhando para ele quando falou:

– Ele me chamou de lado depois do almoço. Disse que queria se explicar. Contou-me que a garota, Iris, nunca se recuperou por completo do choque da morte da irmã.

Ela se interrompeu e Stephen concordou, relutante:

– Ouso dizer que pode ser verdade, ela parecia muito longe de estar bem. No almoço cheguei a pensar no quanto parecia doente.

– Sim, também notei... apesar de ela ter-me parecido bem de saúde e disposição o tempo todo antes disso. Mas estou contando o que George Barton me disse. Falou que Iris tem insistentemente evitado o Luxembourg o quanto pode desde aquele dia.

– Não me admira.

– Mas de acordo com George está errado. Parece que ele consultou um médico especialista nos nervos, um desses homens modernos, cuja recomendação foi a de que, após um choque de qualquer tipo, o problema deve ser enfrentado, não evitado. O princípio, deduzo, é igual ao de mandar um aviador decolar de novo imediatamente após um acidente.

– E esse especialista sugere outro suicídio?

Sandra retrucou, tranquila:

– Sugere que as associações ligadas ao restaurante devem ser superadas. É só um restaurante, no fim das contas. Ele propôs uma festa comum e agradável com, na medida do possível, as mesmas pessoas presentes.

– Que agradável para as pessoas!

– Isso o incomoda tanto assim, Stephen?

Uma rápida pontada de alarme o atravessou. Emendou, rápido:

– Claro que não. Só acho que é uma ideia repulsiva. Pessoalmente, *eu* não deveria me importar, de qualquer forma... Estava mesmo era pensando em *você*. Se você não se incomoda.

Ela o interrompeu.

– Sim, me incomoda. Muito. Mas a forma como George Barton apresentou a ideia tornou-a muito difícil de recusar. Afinal, eu estive muitas vezes no Luxembourg desde... e você também. Alguém sempre nos convida.

– Mas não sob tais circunstâncias.

– Não.

Stephen continuou:

– Como você diz, é difícil recusar... e se nos esquivarmos, o convite será feito de novo. Mas não há razão, Sandra, pela qual *você* deva suportar isso. Eu irei e você pode desistir no último minuto... uma dor de cabeça, um resfriado... algo do tipo.

Viu-a empinar o queixo enquanto respondia.

– Seria covardia. Não, Stephen, se você vai, eu vou. Afinal – pôs a mão no braço dele –, por menos que nosso casamento signifique, deveria ao menos significar que compartilhamos nossas dificuldades.

Ele a encarava, rendido em silêncio pela frase dolorosa que ela havia deixado escapar tão facilmente, como se verbalizasse um fato bastante familiar e sem importância.

Recuperando-se, disse:

– Por que diz isso? *Por menos que nosso casamento signifique*?

Ela o olhou, firme, os olhos muito abertos com uma expressão sincera.

– E não é a verdade?

– Não, mil vezes não. Nosso casamento significa tudo para mim.

Ela sorriu.

– Suponho que sim... de certo modo. Somos uma grande equipe, Stephen. Colaboramos com resultados satisfatórios.

– Não quis dizer isso. – Notou a própria respiração irregular. Tomou a mão dela entre as suas, segurando-as bem firme. – Sandra, não percebe que é tudo no mundo para mim?

E, de súbito, ela percebeu. Era incrível – imprevisto –, mas era verdade.

Estava nos braços dele, que a apertava com força, beijava-a, balbuciava palavras incoerentes.

– Sandra... Sandra... querida. Eu a amo... Tive tanto medo... tanto medo de perdê-la.

Ela se ouviu dizer:

– Por causa de Rosemary?

– Sim – ele a soltou e recuou um passo, o espanto em sua face chegava a ser cômico. – Você sabia... sobre Rosemary?

– É claro... todo o tempo.

– E você compreende?

– Não, eu não compreendo. Não acho que sequer poderia. Você a amava?

– Não de verdade. Era você que eu amava.

Uma onda de amargura a arrebatou. Citou as palavras dele:

– Desde a primeira vez em que me viu, no outro lado da sala? Não repita essa mentira, porque foi uma mentira.

Ele não recuou diante daquele ataque repentino. Pareceu pensar nas palavras dela com atenção.

– Sim, era uma mentira... e, de um modo estranho, não era. Começo a acreditar que era verdade. Oh, tente entender, Sandra. Conhece aquele tipo de pessoa que sempre tem uma razão boa e nobre para mascarar suas atitudes mesquinhas? Os tipos que "têm de ser honestos" quando querem na verdade ser indelicados, que "pensam que é seu dever repetir isto e aquilo", que são tão hipócritas consigo mesmos que chegam ao fim da vida convencidos de que cada uma de suas atitudes egoístas e bestiais foi tomada com um espírito de altruísmo? Tente imaginar que o oposto desse tipo de gente também pode existir. Pessoas que são tão cínicas, desconfiadas de si mesmas e da vida que só acreditam em seus piores motivos. Você era a mulher que eu precisava. Isso, ao menos, é verdade. E eu acredito honestamente, agora, olhando para trás, que se isso não fosse verdade, eu nunca teria ido adiante.

Ela disse, com rancor:

– Você não estava apaixonado por mim.

– Não. Eu nunca havia estado apaixonado. Era uma criatura faminta e assexuada que se orgulhava (sim, eu me orgulhava) da frieza obstinada de sua natureza. E então eu me apaixonei por uma mulher "do outro lado da sala"... um amor estúpido, violento e adolescente. Algo como uma tempestade de verão, breve, irreal, que passa rápido – acrescentou, áspero: – de fato, "uma história contada por um idiota, cheia de som e fúria e vazia de significado".

Fez uma breve pausa e então prosseguiu

– Foi aqui, em Fairhaven, que eu acordei e percebi a verdade.

– A verdade?

– Que a única coisa que me importava na vida era você... você e seu amor.

– Se eu tivesse sabido...

– O que você pensava?

– Achava que você estava planejando partir com ela.

– Com Rosemary? – ele deu uma risada curta. – Isso teria de fato sido uma condenação para a vida toda!

– Ela não queria que vocês fossem embora?

– Sim, ela queria.

– E o que aconteceu?

Stephen deu um profundo suspiro. Haviam voltado ao mesmo ponto, encarando uma vez mais aquela ameaça intangível. Disse:

– O Luxembourg aconteceu.

Ficaram ambos em silêncio, vendo, sabiam, a mesma imagem. A face azul cianótica de uma outrora linda mulher.

Olhavam para a mulher morta, e então... erguiam o rosto para encontrar o olhar um do outro.

Stephen disse:

– Esqueça, Sandra, pelo amor de Deus, deixe-nos esquecer!

– É inútil esquecer. Não teremos a permissão para esquecer.

Houve uma pausa, após a qual Sandra continuou:

– O que faremos?

– O que você disse há pouco. Encarar as coisas... juntos. Iremos a essa festa horrível seja qual for a razão para ela.

– Não acredita no que George disse a respeito de Iris?

– Não. Você acredita?

– Poderia ser verdade. Mas mesmo que fosse, não é o motivo real.

– E qual seria o motivo real, na sua opinião?

– Não sei, Stephen, mas tenho medo.

– De George Barton?

– Sim. Eu acho que ele... sabe.

Stephen perguntou, de modo abrupto:

– Sabe o quê?

Ela virou o rosto devagar até que os olhos de ambos se encontrassem, e disse, em um sussurro:

– Não devemos ter medo. Devemos ter coragem... toda a coragem do mundo. Você será um grande homem, Stephen... um homem de quem o mundo precisa... e nada deve interferir. Sou sua esposa e o amo.

– O que acha que essa festa é, Sandra?

– Uma armadilha.

Ele respondeu, vagaroso:

– E vamos cair nela?

– Não podemos deixar que percebam que sabemos que é uma armadilha.

– Não, é verdade.

De súbito, Sandra lançou a cabeça para trás e riu, enquanto dizia:

– Faça o pior que pode, Rosemary. Você não vai vencer.

Ele a agarrou pelos ombros:

– Cale-se, Sandra. Rosemary está morta.

– Está? Às vezes ela parece bem viva...

Capítulo 3

Quando estavam na metade do parque, Iris disse:

– Importa-se se eu não voltar com você, George? Gostaria de caminhar um pouco. Acho que vou subir até Friar's Hill e descer pelo bosque. Tive uma dor de cabeça horrorosa o dia inteiro.

– Pobre criança. Vá. Não irei com você... Estou esperando um amigo esta tarde e não tenho certeza da hora em que ele vai chegar.

– Certo. Até a hora do chá.

Ela se virou abruptamente e seguiu direto para o ponto em que um cinturão de lariços encimava a colina.

Quando chegou ao topo, inspirou longamente. Era um daqueles dias úmidos e nublados, comuns em outubro. Uma umidade abafada pingava das folhas das árvores, e as nuvens cinzentas dispostas muito baixo no céu prometiam ainda mais chuva para logo. Não havia de fato muito mais ar puro em cima da colina do que lá embaixo, no vale, mas Iris, apesar disso, sentia que respirava mais livremente.

Sentou-se no toco de uma árvore caída e desceu o olhar para o vale, onde Little Priors aninhava-se timidamente em uma depressão arborizada. Mais além, à esquerda, Fairhaven Manor dava um vislumbre de seus tijolos róseo-avermelhados.

Iris lançou um olhar sombrio para a paisagem, o queixo apoiado na mão. O leve ruído atrás dela foi, quando muito, um pouco mais alto que o cair de uma folha, mas ela virou a cabeça com rapidez quando os galhos se afastaram para que Anthony Browne passasse.

Reclamou um pouco irritada:

– Tony! Por que você tem de chegar sempre como... como o diabo em uma pantomima?

Anthony jogou-se no chão ao lado dela. Tirou sua cigarreira, ofereceu um cigarro e, quando ela sacudiu a cabeça em negação, tomou um para si e o acendeu. Só então, aspirando a primeira tragada, respondeu:

– Porque eu sou o que os jornais chamam de "um homem misterioso". Eu *gosto* de aparecer do nada.

– Como soube onde eu estava?

– Um excelente par de binóculos. Ouvi dizer que você estava almoçando com os Farraday e a observei da colina quando saiu.

– Por que não foi até a casa, como uma pessoa normal?

– Eu não sou uma pessoa normal – disse Anthony em um tom surpreso. – Sou bastante extraordinário.

– Sei que é.

Ele lançou a ela um olhar rápido:

– Algo a incomoda?

– Não, claro que não. A não ser...

Ela fez uma pausa. Anthony insistiu:

– A não ser...

Ela suspirou profundamente.

– Estou cansada de ficar aqui. Odeio este lugar. Quero voltar para Londres.

– Voltará logo, não?

– Semana que vem.

– Então aquela foi uma festa de despedida com os Farraday?

– Não foi uma festa, apenas eles e uma velha prima.

– Gosta dos Farraday, Iris?

– Não sei. Acho que não muito... embora eu não devesse dizer isso, já que eles têm sido muito amáveis conosco.

– Acha que gostam de você?

– Não. Acho que nos odeiam.

– Interessante.

– É mesmo?

– Oh, não o ódio... se ódio houver. Refiro-me ao uso da palavra "nos". Minha pergunta era sobre você, especificamente.

– Oh, entendo... Acho que eles me querem muito bem, ainda que por vias tortas. Acho que se incomodam é conosco como família vivendo perto deles. Não éramos amigos íntimos... eles eram amigos de Rosemary.

– Sim – comentou Anthony –, como você diz, eram amigos de Rosemary... não que você deva pensar em Sandra Farraday e Rosemary como amigas do peito, não?

– Não – concordou Iris. Ela parecia vagamente apreensiva, mas Anthony continuou fumando, com calma. Por fim, disse:

– Sabe o que mais me enche a paciência a respeito dos Farraday?

– O quê?

– Eles são os Farraday... só isso. Sempre os considerei assim. Não como Stephen e Sandra, Dois indivíduos ligados pelo Estado e pela Igreja oficial... mas como uma entidade dupla: os Farraday. Isto é mais raro do que se pode pensar. São duas pessoas com um objetivo em comum, um estilo de vida comum, e aspirações, medos e crenças idênticos. E a parte esquisita é que eles são, na verdade, muito diferentes em temperamento. Stephen Farraday, devo admitir, é um homem de espectro intelectual bastante amplo, sensível ao extremo à opinião alheia, terrivelmente inseguro e um pouco carente de coragem moral. Sandra, por outro lado, tem uma mente antiquada e estreita, é capaz de uma devoção fanática e é corajosa ao ponto da temeridade.

Iris disse:

– Ele sempre me pareceu um tanto pomposo e estúpido.

– Ele não é de todo estúpido. É apenas um daqueles infelizes bem-sucedidos, muito comuns.

– Infelizes?

– Muitas pessoas bem-sucedidas são infelizes. É por isso que são bem-sucedidas... têm de se afirmar conquistando alguma coisa que atraia a atenção do mundo.

– Que ideias extravagantes você tem, Anthony.

– Vai descobrir que elas são bem verdadeiras se as examinar de perto. As pessoas felizes são fracassadas porque estão tão bem consigo mesmas que não ligam a mínima para isso. Como eu. Também são normalmente companhias muito agradáveis. Como eu, outra vez.

– Tem uma opinião muito boa sobre si mesmo.

– Estou apenas chamando a atenção para meus pontos fortes, caso você não os tenha notado.

Iris riu. Seu espírito havia se recuperado. A depressão melancólica e o medo haviam se retirado de sua mente. Consultou o relógio.

– Venha à minha casa para um chá e dê a mais pessoas o privilégio de sua incomum amabilidade social.

Anthony sacudiu a cabeça.

– Hoje não. Preciso voltar.

Iris se virou para ele, ríspida:

– Por que você nunca vem à minha casa? Deve haver uma razão.

Anthony encolheu os ombros.

– Digamos que eu sou bastante excêntrico em minhas noções de hospitalidade. Seu cunhado não gosta de mim... ele deixou isso bem claro.

– Oh, não se preocupe com George. O convite é meu e de tia Lucilla... ela é uma senhora adorável... você iria gostar dela.

– Tenho certeza de que sim... mas minha objeção permanece.

– Você costumava vir na época de Rosemary.

– Aquilo – disse Anthony – era bem diferente.

Uma indistinta mão gélida tocou o coração de Iris. Ela mudou de assunto:

– O que o fez descer para cá hoje? Tem negócios nesta parte do mundo?

– Negócios muito importantes... com você. Vim para lhe fazer uma pergunta, Iris.

A mão gelada desapareceu. Em seu lugar, havia uma tímida palpitação, aquele pulsar de excitação que as mulheres conhecem desde tempos imemoriais. E com ele o rosto de Iris adquiriu o mesmo olhar de branca interrogação que sua bisavó deve ter assumido antes de dizer, minutos mais tarde: "Oh, sr. X, foi tão repentino!"

– Sim? – ela virou para Anthony aquele rosto de insustentável inocência.

Ele a olhava com os olhos sérios, quase ríspidos:

– Responda-me com sinceridade, Iris. Esta é minha pergunta: confia em mim?

Ficou perplexa. Não era a pergunta que ela havia esperado. E ele notou.

– Não achava que era isso o que eu queria dizer? Mas é uma pergunta muito importante, Iris. A pergunta mais importante do mundo para mim. Pergunto de novo. Confia em mim?

Ela hesitou, apenas um segundo, e então respondeu, baixando os olhos:

– Sim.

– Então sigo adiante perguntando uma coisa mais. Iria para Londres e se casaria comigo lá sem contar a ninguém sobre o assunto?

Ela o encarou.

– Eu não poderia! Simplesmente não poderia.

– Não poderia se casar comigo?

– Não desse jeito.

– Ainda que me ame. Você me ama, não ama?

Ela ouviu a própria voz responder:

– Sim, eu o amo, Anthony.

– Você me ama, nas não virá comigo para se casar na Igreja de Santa Elfrida, em Bloomsbury, a paróquia na qual resido há algumas semanas e onde posso, consequentemente, obter uma autorização para casamento a qualquer hora?

– Como posso fazer tal coisa? George ficaria terrivelmente magoado, e tia Lucilla nunca me perdoaria. E, de qualquer modo, não tenho idade. Tenho só dezoito anos.

– Teria de mentir sobre sua idade. Não sei em quais penalidades eu poderia incorrer por casar com uma menor sem o consentimento de seu guardião legal. Quem é o seu tutor, a propósito?

– George. Ele é também meu curador.

– Como eu estava dizendo, sejam quais forem as penalidades em que eu incorra, eles não poderiam nos descasar, e isso é tudo o que me importa, na verdade.

Iris sacudiu a cabeça.

– Eu não poderia. Não poderia ser tão descortês. E seja como for, por quê? Qual é o motivo disso?

Anthony disse:

– Por isso perguntei primeiro se podia confiar em mim. Deve aceitar minhas razões em confiança. Digamos que é a maneira mais simples. Mas deixe para lá.

Iris disse, timidamente:

– Se George pudesse conhecer você um pouco melhor. Venha para Little Priors comigo. Estarão lá apenas ele e tia Lucilla.

– Tem certeza? Achei... – ele se interrompeu. – Enquanto subia a colina vi um homem a caminho da sua casa... e o engraçado é que pensei tê-lo reconhecido como um homem que... – ele hesitou – que eu já encontrei antes.

– Claro... Havia esquecido. George disse que estava esperando alguém.

– O homem que pensei ter visto se chama Race. coronel Race.

– É bastante provável. – Iris concordou. – De fato, George conhece um coronel Race. Ele deveria estar no jantar naquela noite, quando Rosemary...

Parou, com um tremor na voz. Anthony agarrou a mão dela.

– Não lembre daquilo, querida. Foi brutal, eu sei.

Ela balançou a cabeça.

– Não posso evitar. Anthony...

– Sim?

– Já lhe ocorreu... você já chegou a pensar... – deparava com a dificuldade de colocar em palavras o que queria dizer. – Já pensou que... que Rosemary pode não ter cometido suicídio? Que pode ter sido... *assassinada*?

– Pelo amor de Deus, Iris, o que colocou essa ideia na sua cabeça?

Ela não respondeu... apenas insistiu:

– Essa ideia nunca lhe ocorreu?

– Certamente que não. É claro que Rosemary cometeu suicídio.

Iris não disse nada.

– Quem andou sugerindo tais coisas a você?

Por um momento, esteve tentada a contar a ele a história incrível de George, mas conteve-se. Disse, devagar:

– Foi só uma ideia.

– Pois esqueça, tolinha querida. – Ele a pôs de pé e beijou-lhe as faces suavemente. – Tolinha querida e mórbida. Esqueça Rosemary. Pense apenas em mim.

Capítulo 4

Pitando seu cachimbo, o coronel Race* lançou um olhar especulativo para George Barton.

Conhecia George desde que este era um menino. O tio de Barton havia sido vizinho dos Race no campo. Havia uma diferença de mais de vinte anos entre os dois homens. Race tinha mais de sessenta, uma figura alta, ereta e marcial, com o rosto queimado de sol, o cabelo cinza-chumbo cortado rente e olhos negros sagazes.

Nunca houve qualquer intimidade especial entre os dois homens, mas Barton ainda recordava a Race o "jovem George" – uma das vagas figuras associadas à sua juventude.

Pensava naquele exato momento que não tinha, de fato, a menor ideia de como era o "jovem George". Nas breves ocasiões em que se encontraram, anos antes, descobriram que tinham pouco em comum. Race era um homem do campo aberto, essencialmente do tipo que construíra o Império Britânico – a maior parte de sua vida fora passada no exterior. George era o enfático cavalheiro da cidade grande. Seus interesses eram diversos, e quando se encontravam era para trocar mornas reminiscências dos "velhos tempos", após as quais um silêncio embaraçado estava pronto para ocorrer. O coronel Race não era bom de conversa fiada e poderia, de fato, ter servido de modelo para o tipo de homem calado e forte tão adorado por uma geração anterior de romancistas.

---

* Este é, dentre os romances de Agatha Christie, o quarto e último a trazer o coronel Race como personagem, depois de *O homem do terno marrom* (1924), *Cartas na mesa* (1936) e *Morte sobre o Nilo* (1937) – nestes dois últimos, Race contracena com o detetive belga Hercule Poirot. (N.T.)

Neste momento, estava em silêncio, imaginando por que o "jovem George" havia insistido tanto neste encontro. Pensando, também, que havia ocorrido uma mudança sutil naquele homem desde a última vez que o havia visto, um ano atrás. George Barton sempre lhe parecera a essência da estupidez: cauteloso, prático e sem imaginação.

Havia, Race pensou – algo de muito errado com aquele camarada. Nervoso como um gato. Já havia reacendido o charuto três vezes... o que não era muito do estilo de Barton.

Tirou o cachimbo da boca.

– Bem, jovem George, qual é o problema?

– Está certo, Race, é um problema. Preciso desesperadamente do seu conselho... e de sua ajuda.

O coronel anuiu com um aceno de cabeça e esperou.

– Aproximadamente um ano atrás você estava para vir jantar conosco em Londres... no Luxembourg, mas precisou viajar para o exterior na última hora.

De novo Race anuiu:

– África do Sul.

– Naquela festa minha esposa morreu.

Race se mexeu, desconfortável, em sua cadeira.

– Eu sei. Li nos jornais. Não mencionei o assunto ou lhe dei as condolências agora porque não quis remexer em tais coisas. Mas sinto muito, meu velho. Sabe disso.

– Oh, sim, sim. Não é esse o ponto. Supostamente, minha esposa cometeu suicídio.

Race agarrou-se à palavra-chave. Suas sobrancelhas se ergueram.

– Supostamente?

– Leia isto.

George empurrou as duas cartas para as mãos do outro. As sobrancelhas de Race ergueram-se ainda mais.

– Cartas anônimas?

– Sim, e acredito nelas.

Race sacudiu a cabeça com vagar.

– É algo perigoso de se fazer. Ficaria surpreso com quantas cartas mentirosas e desprezíveis são escritas após qualquer evento que tenha tido algum tipo de publicidade na imprensa.

– Sei disso. Mas estas não foram escritas naquela época... não foram escritas até seis meses depois.

Race meneou a cabeça.

– É um ponto. Quem acha que as escreveu?

– Não sei. Não importa. O ponto é que eu acredito que o que dizem é verdade. Minha esposa foi assassinada.

Race depôs o cachimbo. Sentou-se um pouco mais reto na cadeira.

– Por que acha isso? Teve alguma suspeita naquela época? A polícia teve?

– Eu estava em choque quando aconteceu... Completamente perplexo. Apenas aceitei a conclusão do inquérito. Minha esposa havia pegado uma gripe, estava abatida. Não se suspeitou de nada mais a não ser suicídio. A coisa estava na bolsa dela, não estava?

– O que era a "coisa"?

– Cianureto.

– Agora me lembro. Ela tomou-o no champanhe.

– Sim. Na época, tudo parecia bastante claro.

– Ela já havia alguma vez ameaçado cometer suicídio?

– Não, nunca – disse George. – Rosemary... vida minha.

Race anuiu. Ele havia encontrado a esposa de George apenas uma vez. Achara-a uma tonta especialmente adorável – mas, com certeza, não do tipo melancólica.

– E qual foi o relatório médico sobre o estado mental etc?

– O médico particular de Rosemary, um homem idoso que atendia a família Marle desde que ela era criança, estava fora, em uma viagem marítima. Seu sócio, um jovem, tratou Rosemary quando ela teve a gripe. Tudo o que disse, me lembro, foi que era "um tipo de gripe propensa a provocar depressão grave".

George fez uma pausa, depois continuou.

– Não falei com o médico de Rosemary senão depois de ter recebido estas cartas. Não disse nada sobre as cartas, é claro, apenas discuti o caso. Ele me disse que havia ficado muito surpreso com o que acontecera. Nunca teria acreditado, disse... Rosemary não era do tipo suicida. O que mostrava, segundo ele, o quanto mesmo uma paciente tão bem conhecida podia agir de um modo totalmente fora do comum.

Outra vez George se interrompeu e outra vez prosseguiu.

– Foi só depois de falar com ele que percebi o quão pouco convincente fora para *mim* o suicídio de Rosemary. Afinal, eu a conhecia muito bem. Era uma pessoa capaz de violentos acessos de infelicidade. Podia ficar bastante agitada com as coisas, às vezes, e em algumas ocasiões tomava atitudes muito precipitadas e irrefletidas, mas nunca soube que ela estivesse com a disposição de ânimo de querer "deixar esta vida".

Race murmurou, de modo levemente embaraçado:

– Ela poderia ter um motivo para o suicídio além da simples depressão? Ela estava, quero dizer, definitivamente infeliz por alguma coisa?

– Eu... não... talvez ela estivesse um tanto nervosa.

Evitando olhar para o amigo, Race disse:

– Ela era, de qualquer modo, uma pessoa melodramática? Só a vi uma vez, você sabe. Mas há um tipo de pessoa que... bem... poderia aproveitar a primeira oportunidade para tentar o suicídio, principalmente se estivesse brigada com alguém. O motivo, bastante infantil, de "fazer os outros sofrerem".

– Rosemary e eu não estávamos brigados.

– Não? Mas devo dizer que o fato de ter sido usado cianureto praticamente exclui a possibilidade. Não é o tipo de coisa com que se pode brincar com segurança... e todo mundo sabe disso.

– Esse é outro ponto. Se por acaso Rosemary tivesse pensado na ideia de dar cabo de si mesma, com certeza nunca o faria dessa maneira tão... dolorosa e feia. Uma overdose de algum remédio para dormir seria muito mais apropriada.

– Concordo. Há alguma prova de que ela tenha comprado ou arranjado o cianureto?

– Não, mas ela havia estado no campo com amigos e eles acabaram com um ninho de vespas certo dia. Sugere-se que ela possa ter obtido, na ocasião, um punhado de cristais de cianureto de potássio.

– Sim... não é algo difícil de se conseguir. Muitos jardineiros têm em estoque.

Fez uma pausa antes de continuar:

– Deixe-me resumir a situação. Não há evidência positiva de que tenha havido uma disposição para o suicídio ou qualquer preparativo para ele. Está tudo no condicional. Mas também não há indício positivo apontando para assassinato, ou a polícia o teria seguido. Eles são bastante atentos, você sabe.

– A simples ideia de assassinato teria parecido fantasiosa.

– Mas não pareceu tão fantasiosa para você seis meses depois.

George disse, devagar:

– Acho que devo ter ficado insatisfeito o tempo todo. Penso que vinha preparando meu subconsciente de tal modo que, quando vi a coisa por escrito, preto no branco, a aceitei sem duvidar.

– Sim – Race anuiu. – Bem, então, vamos lá. De quem você suspeita?

George se inclinou para o coronel – o rosto contraído.

– Isto é o que torna tudo tão terrível. *Se* Rosemary foi morta, uma daquelas pessoas ao redor da mesa, um de nossos amigos, pode ter cometido o crime. Ninguém mais chegou perto da mesa.

– Garçons? Quem serviu o vinho?

– Charles, o *maître* do Luxembourg. Conhece-o?

Race fez que sim. Todos conheciam Charles. De fato, parecia impossível imaginar Charles envenenando deliberadamente uma cliente.

– E o garçom que nos atendeu foi Giuseppe, e o conhecemos muito bem. Eu o conheço há anos. Sempre me atendeu lá. É um camarada jovial e encantador.

– O que nos leva de volta à mesa. Quem estava lá?

– Stephen Farraday, o parlamentar; sua esposa, lady Alexandra; minha secretária, Ruth Lessing; um sujeito chamado Anthony Browne; a irmã de Rosemary, Iris, e eu. Sete ao todo. Deveríamos estar em oito se você tivesse ido, Quando cancelou, não conseguimos pensar em ninguém a quem pudéssemos fazer um convite de última hora.

– Entendo. Bem, Barton, quem você acha que fez isso?

George começou a se lamuriar:

– Não sei... já disse que não sei. Se tivesse a menor ideia...

– Está certo. Apenas pensava que pudesse ter um suspeito definido. Bem, não deve ser difícil. Como as pessoas estavam dispostas, a começar por você?

– Sandra Farraday estava à minha direita, é claro. Ao lado dela, Anthony Browne. Depois, Rosemary. Ao lado dela, Stephen Farraday, seguido de Iris e então de Ruth Lessing, sentada à minha esquerda.

– Compreendo. E sua esposa havia bebido champanhe mais cedo naquela noite?

– Sim... As taças foram cheias muitas vezes. Aconteceu... durante o espetáculo das coristas. Havia muito barulho... era um desses shows de ritmos negros e todos nós estávamos assistindo. Ela caiu para frente, sobre a mesa, logo antes de as luzes se acenderem. Ela deve ter gemido... ou engasgado... mas ninguém ouviu nada. O médico disse que a morte havia sido praticamente instantânea. Graças a Deus por isso.

– Sim, de fato. Bem, Barton... Diante disso, parece perfeitamente óbvio.

– O que quer dizer?

– Stephen Farraday, é claro. Estava à direita dela. A taça de champanhe poderia estar próxima à mão esquerda dele. Teria sido a coisa mais fácil do mundo despejar a coisa tão logo as luzes fossem diminuídas e a atenção geral estivesse voltada para o palco. Não consigo imaginar ninguém mais que houvesse tido uma oportunidade tão boa. Conheço aquelas mesas do Luxembourg. Há muito espaço entre elas, e duvido muito que alguém tivesse se inclinado sobre a mesa, por exemplo, sem ser notado, mesmo que as luzes estivessem baças. O mesmo se aplica ao sujeito à esquerda de Rosemary. Ele precisaria se inclinar à frente dela para pôr qualquer coisa na taça. Há outra possibilidade, mas vamos examinar a pessoa mais óbvia, primeiro. Havia alguma razão pela qual Stephen Farraday, um parlamentar, poderia querer se livrar de sua esposa?

George respondeu, com a voz entrecortada:

– Eles... eles eram amigos muito... íntimos. Se Rosemary o tivesse... abandonado, por exemplo, ele poderia querer vingança.

– Soa bastante melodramático. É o único motivo que você pode sugerir?

– Sim – disse George, com o rosto muito vermelho. Race lançou a ele o mais fugaz dos olhares e prosseguiu:

– Vamos examinar a possibilidade número 2: uma das mulheres.

– Por que elas?

– Meu caro George, por acaso escapou à sua capacidade de observação que em uma reunião com sete pessoas, quatro mulheres e três homens, é provável que tenha havido uma ou duas ocasiões ao longo da noite em que três casais dançavam e uma mulher estava sentada à mesa, sozinha? Todos vocês dançaram?

– Oh, sim.

– Ótimo. Agora, antes da apresentação, consegue se recordar qual delas esteve sozinha em alguma ocasião?

George pensou por um minuto.

– Acho que... sim. Iris ficou sem par na última dança, e, antes dela, Ruth.

– Não se lembra de quando foi a última vez que sua esposa bebeu champanhe?

– Deixe-me ver... Ela havia dançado com Browne. Lembro-me dela voltando à mesa e dizendo que fora uma dança muito vigorosa... Ele dança muito bem. Ela bebeu vinho em sua taça, naquela hora. Poucos minutos depois, tocaram uma valsa, e ela... ela dançou comigo. Sabia que era a única dança na qual sou razoavelmente bom. Faraday dançou com Ruth, e lady Alexandra, com Browne. Iris sentou-se. Imediatamente depois disso, começou o espetáculo.

– Então vamos pensar na sua cunhada. Ela herdou algum dinheiro com a morte da irmã?

George começou a gaguejar.

– Meu caro Race, não diga absurdos. Iris era só uma criança, uma colegial!

– Conheci duas colegiais que cometeram assassinato.

– Mas Iris! Ela gostava de Rosemary.

– Não faça caso, Barton. Ela teve a oportunidade. Quero saber se também tinha motivo. Creio que sua esposa era uma mulher rica. Para quem foi o dinheiro dela? Para você?

– Não, para Iris... em um fundo de confiança.

Ele explicou o caso, e Race ouviu, muito atento...

– Situação bastante curiosa. A irmã rica e a irmã pobre. Algumas moças poderiam se ressentir disso.

– Tenho certeza de que Iris nunca se ressentiu.

– Talvez não... mas tinha um motivo muito bom. Vamos tentar agora seguir esse curso de ação. Quem mais tinha um motivo?

– Ninguém... Ninguém, em absoluto. Rosemary não tinha um único inimigo no mundo, estou certo disso. Estive investigando, fazendo perguntas, tentando descobrir algo. Até mesmo comprei uma casa próxima à dos Farraday assim como...

Ele se calou. Race segurou o cachimbo e começou a raspar o interior do fornilho.

– Não seria melhor me contar tudo, jovem George?

– O que quer dizer?

– Está escondendo alguma coisa. Dá para ver a uma milha de distância. Pode sentar aí e defender a reputação de sua esposa ou pode tentar descobrir se ela foi morta ou não... mas, se a última alternativa é mais do seu interesse, precisa jogar às claras.

Houve um silêncio, ao fim do qual George disse em voz abafada:

– Certo, então. Você venceu.

– Tinha razões para acreditar que sua esposa tinha um caso, é isso?

– Sim.

– Stephen Farraday?

– Não sei! Juro para você que não sei! Poderia ser ele ou o outro sujeito, Browne. Não consegui ter certeza. Foi um inferno.

– Diga-me o que sabe a respeito desse Anthony Browne. Engraçado, parece-me já ter ouvido esse nome.

– Não sei nada sobre ele. Ninguém sabe. É o tipo do camarada divertido e atraente... mas ninguém sabe coisa alguma a seu respeito. Parece que é americano, mas não tem sotaque.

– Oh, bem, talvez a Embaixada saiba alguma coisa. Não tem mesmo ideia de qual deles?

– Não... não tenho. Vou lhe contar tudo, Race. Ela estava escrevendo uma carta, e depois eu... eu examinei o mata-borrão. Era uma carta de amor, com certeza... mas não havia nenhum nome.

Race revirou os olhos, cuidadosamente.

– Bem, isso nos dá um pouco mais com o que prosseguir. Lady Alexandra, por exemplo... ela passa a fazer parte, se o marido estava tendo um caso com Rosemary. Ela é o tipo de mulher, você sabe, que sente as coisas de modo muito intenso. O tipo silencioso, profundo, que cometeria um assassinato numa emergência. Estamos chegando lá. Há o misterioso Browne, Farraday e a esposa, e a jovem Iris Marle. E o que me diz da outra mulher, Ruth Lessing?

– Ruth não poderia ter nada a ver com isso. Ao menos, não tinha motivo algum.

– É sua secretária, não foi o que disse? Que tipo de moça ela é?

– A garota mais preciosa do mundo – George falou, com entusiasmo. – É praticamente da família. E meu braço direito... Não há ninguém sobre quem eu tenha uma opinião tão elevada ou uma confiança mais absoluta.

– Gosta muito dela – disse Race, observando-o, pensativo.

– Tenho afeição por ela. Race, aquela garota é uma grande conquista. Dependo dela em todos os sentidos. É a criatura mais verdadeira e querida deste mundo.

Race murmurou algo que soou como "Um-hum" e não tocou mais no assunto. Não havia nada em suas maneiras que denunciasse, para George, que ele já havia mentalmente esboçado um motivo muito bem definido para a desconhecida Ruth Lessing. Conseguia imaginar a razão decisiva que a "garota mais preciosa" teria para querer a transferência da sra. George Barton para o outro mundo. Podia ser um motivo mercenário – imaginava-se como a segunda sra. Barton. Ou podia estar apaixonada de verdade pelo patrão. Mas o motivo para a morte de Rosemary estava ali.

Em vez disso, falou, gentil:

– Suponho que já tenha lhe ocorrido que você mesmo, George, tinha um motivo muito bom.

– Eu? – George parecia perplexo.

– Bem, lembre-se de Otelo e Desdêmona.

– Entendo o que quer dizer. Mas... Mas não era assim entre mim e Rosemary. Eu a adorava, é claro, mas sempre soube que haveria coisas como essa... e que eu teria que suportar. Não que ela não gostasse de mim... ela gostava. Tinha muito afeto e sempre foi muito carinhosa comigo. Mas é claro que eu sou um sujeito insípido, não há como negar. Não sou nada romântico, você sabe. De qualquer maneira, quando me casei com ela pus na cabeça que não seria tudo uma festa. Ela mesma me havia prevenido. Sofri, é claro, quando aconteceu... mas daí a sugerir que eu tenha tocado em um só fio do cabelo dela...

Calou-se e depois prosseguiu, em um tom de voz diferente.

– De todo modo, se eu fiz isso, por que diabos estaria remexendo no caso? Digo, depois de uma conclusão de suicídio no inquérito, tudo já calmo e superado, seria loucura.

– Realmente. É por isso que eu não suspeito a sério de você, meu caro amigo. Se você fosse um assassino bem-sucedido e tivesse recebido um par de cartas como essas, tudo o que teria a fazer seria jogá-las ao fogo de modo discreto e não dizer nada sobre o assunto a ninguém. O que me traz ao que considero o único ponto interessante de fato na coisa toda. Quem escreveu as cartas?

– Ahn? – George parecia bastante surpreso: – Não tenho a menor ideia.

– O detalhe não parece ter interessado a você, mas interessa a mim. Foi a primeira pergunta que fiz. Podemos aceitar, acho, a hipótese de que não tenham sido escritas pelo assassino. Por que iria estragar seu próprio lance quando, como você diz, tudo está tranquilo e a tese do suicídio foi aceita por todo mundo? Sendo assim, quem as escreveu? A quem interessa remexer a coisa toda outra vez?

– Criados? – arriscou George, em tom vago.

– Possivelmente. Se forem, quais criados e o que sabem? Rosemary tinha alguma aia de confiança?

George negou com a cabeça.

– Não. Na época tínhamos uma cozinheira, sra. Pound, que ainda está conosco, e duas criadas. Acho que ambas já foram embora. Não ficaram conosco muito tempo.

– Bem, Barton, se quer meu conselho, e eu deduzo que quer, preciso pensar em toda essa questão com muito cuidado. De um lado há o fato de que Rosemary está morta. Não se pode trazê-la de volta à vida, seja lá o que se faça. Se os indícios de suicídio não são particularmente bons, também não o são os de assassinato. Digamos, em favor do argumento, que Rosemary *foi* assassinada. Você quer mesmo revirar o assunto? Pode significar muita publicidade desagradável, um monte de roupa suja lavada em público, os casos amorosos de sua mulher tornados assunto de domínio público...

George Barton estremeceu e disse, com violência:

– Está mesmo me aconselhando a deixar que algum porco se safe disso? Aquele estúpido do Farraday, com seus discursos pomposos e sua preciosa carreira... e o tempo todo, talvez, um assassino covarde.

– Apenas quero deixar claro o que tudo isso envolve.

– Eu quero chegar à verdade.

– Muito bem. Nesse caso, eu deveria ir à polícia com essas cartas. Eles provavelmente estão aptos para descobrir com facilidade quem as escreveu e se o autor sabe de alguma coisa. Apenas lembre-se de que, uma vez que você os tenha colocado na pista, não terá como chamá-los de volta.

– Não irei à polícia. Por isso queria vê-lo. Vou preparar uma armadilha para o assassino.

– O que raios isso quer dizer?

– Ouça, Race. Darei uma festa no Luxembourg e gostaria que viesse. Com as mesmas pessoas: os Farraday, Anthony Browne, Ruth, Iris e eu. Tenho tudo planejado.

– O que vai fazer?

George deu um leve sorriso.

– É o meu segredo. Estragaria tudo se eu contasse a todo mundo antes... até mesmo a você. Quero que venha com a mente sem preconceitos e... veja o que acontece.

Race se inclinou para a frente. De súbito, sua voz tornou-se brusca.

– Não gosto disso, George. Essas ideias melodramáticas não dão certo fora dos livros. Vá à polícia... não há corporação melhor. Sabem como lidar com tais problemas. São profissionais. Showzinhos de amadores em uma investigação de crime não são recomendáveis.

– É por isso que quero você aqui. Você não é um amador.

– Querido amigo. Porque eu uma vez trabalhei para o M.I.5? E de qualquer modo, sua proposta era me manter nos bastidores.

– É necessário.

Race sacudiu a cabeça.

– Lamento, mas me recuso. Não gosto de seu plano e não farei parte dele. Desista, George, seja sensato.

– Não vou desistir. Tenho tudo planejado.

– Não seja um maldito teimoso. Sei um pouco mais sobre esses showzinhos do que você. Não gosto da ideia. Não vai funcionar. Pode até ser perigoso, já pensou nisso?

– Será perigoso para alguém de qualquer jeito.

Race suspirou.

– Não sabe o que está fazendo. Oh, bem, não diga que eu não avisei. Pela última vez, imploro que desista dessa sua ideia maluca.

George Barton apenas negou com a cabeça.

Capítulo 5

A manhã do dia 2 de novembro nasceu úmida e sombria. Estava tão escuro na sala de jantar da casa em Elvaston Square que tiveram de acender as luzes para o desjejum.

Contrariando seus hábitos, Iris desceu, em vez de receber o café e as torradas em seu quarto, e sentou-se, branca e fantasmagórica, revirando a comida no prato. George folheava seu *Times* com as mãos nervosas, e na outra ponta da mesa Lucilla Drake chorava copiosamente, assoando-se com um lenço.

– Sei que o meu querido menino vai fazer alguma coisa terrível. Ele é tão sensível... e não diria que é uma questão de vida ou morte se não fosse.

Folheando o jornal, George disse, ríspido:

– Por favor, não se preocupe, Lucilla. Já disse que vou cuidar disso.

– Eu sei, George querido, sempre tão gentil. Mas sinto que qualquer atraso pode ser fatal. Todas essas investigações que você fala em fazer... todas tomarão *tempo*.

– Não, não, nós as apressaremos.

– Ele diz: "sem falta até o dia 3", e amanhã *é* dia 3. Nunca me perdoaria se algo acontecesse ao meu menino querido.

– Nada acontecerá – George tomou um longo gole de café.

– Ainda tenho aquelas minhas letras de câmbio...

– Olhe aqui, Lucilla, deixe tudo comigo.

– Não se preocupe, tia Lucilla – interveio Iris. – George vai ajeitar tudo. Afinal, isto já aconteceu antes.

– Faz muito tempo...

– Três meses – disse George.

– Desde que o pobre rapaz foi enganado por aqueles horríveis amigos velhacos naquela fazenda horrorosa.

George limpou o bigode no guardanapo, ergueu-se e dirigiu palavras gentis de encorajamento à sra. Drake enquanto saía da sala.

– Agora anime-se, minha querida. Direi a Ruth para telegrafar agora mesmo.

Ele saiu para o salão, seguido por Iris.

– George, não acha que devíamos adiar a festa de hoje à noite? Tia Lucilla está tão preocupada. Não seria melhor se ficássemos em casa com ela?

– Certamente que não! – A face rosada de George tornara-se púrpura. – Por que aquele maldito rapaz, vigarista e enganador, deveria perturbar nossas vidas? O que ele está fazendo é chantagem... a mais absoluta chantagem, é isso o que é. Se as coisas fossem do meu jeito, ele não receberia um centavo.

– Tia Lucilla jamais concordaria com isso.

– Lucilla é uma tola... sempre foi. Essas mulheres que têm filhos depois dos quarenta nunca parecem adquirir qualquer bom senso. Estragam os pirralhos desde o berço dando a eles cada maldita coisa que querem. Se houvessem dito ao jovem Victor ao menos uma vez para que saísse de uma confusão sozinho, isso teria sido construtivo para ele. Agora não discuta, Iris. Acertarei tudo antes da noite de hoje, e assim Lucilla poderá dormir feliz. Se for necessário, nós a levaremos conosco.

– Oh, não, ela odeia restaurantes... fica tão sonolenta, pobrezinha. Detesta o calor, e a fumaça a faz atacar-se da asma.

– Eu sei, não estava falando sério. Vá e anime-a, Iris. Diga-lhe que tudo vai ficar bem.

Ele se virou e saiu pela porta da frente. Iris retornou lentamente para a sala de jantar. O telefone tocou, e ela atendeu.

– Alô, quem fala? – Seu rosto mudou, a palidez desesperançada dissolvida em prazer. "Anthony!"

– Eu mesmo. Liguei para você ontem mas não a encontrei. Você anda amaciando o George?

– O que quer dizer?

– Bem, George insistiu muito no convite que me fez para sua festa de hoje. Bastante diverso do estilo habitual de "tire as mãos da minha adorável protegida"! Insistiu realmente que eu deveria ir. Pensei que poderia ser o resultado de alguma ação diplomática de sua parte.

– Não... não... não tem nada a ver comigo.

– Uma tal mudança de espírito por conta própria?

– Não exatamente. É...

– Alô? Você desligou?

– Não, estou aqui.

– Estava dizendo algo. Qual é o problema, querida? Posso ouvi-la suspirando pelo telefone. Algo a incomoda?

– Não... nada. Devo estar bem amanhã. Tudo vai estar bem amanhã.

– Que fé comovente. Não dizem que "o amanhã nunca chega"?

– Não.

– Iris... Está acontecendo alguma coisa?

– Não, nada. Não posso contar. Entenda, eu prometi.

– Conte-me, querida.

– Não... realmente não posso, Anthony. Você *me* contaria uma coisa?

– Se eu puder.

– Alguma vez você... esteve apaixonado por Rosemary?

Uma pausa momentânea e então uma gargalhada.

– Então é isso. Sim, Iris. Fui um pouco apaixonado por Rosemary. Ela era muito amável, você sabe. Mas um dia eu estava conversando com ela e vi você descendo a escadaria... e em um minuto estava tudo acabado, superado. Não havia mais ninguém além de você no mundo. Esta é a fria e crua verdade. Não fique cismada com uma coisa dessas. Até Romeu, você sabe, teve sua Rosalina antes de cair, perplexo, para todo o sempre, por Julieta.

– Obrigada, Anthony. Estou satisfeita.

– Vejo-a esta noite. É seu aniversário, não é?

– Na verdade, só daqui a uma semana... E, entretanto, é a minha festa de aniversário.

– Não parece muito entusiasmada com isso.

– Não estou.

– Suponho que George saiba o que está fazendo, mas me parece uma ideia maluca realizá-la no mesmo local em que...

– Oh, já estive no Luxembourg muitas vezes desde que... desde Rosemary... Quer dizer, não se pode evitar.

– Não... e daria na mesma. Tenho um presente de aniversário para você, Iris. Espero que goste. *Au revoir.*

Ele desligou.

Iris voltou até onde estava Lucilla Drake, para argumentar, persuadir, tranquilizar.

George, na chegada ao escritório, mandou chamar Ruth Lessing de imediato.

Seu semblante preocupado relaxou um pouco com a entrada dela, calma e sorridente, em seu conjunto preto de saia e casaco, muito correto.

– Bom dia.

– Bom dia, Ruth. Temos problemas de novo. Olhe isto.

Ela tomou o telegrama que ele estendeu.

– Victor Drake de novo!

– Sim, maldito seja.

Ela ficou um minuto em silêncio, segurando o telegrama. Um rosto moreno, inclinado em sua direção, uma careta que se encrespava em volta do nariz quando ele ria. Uma voz sarcástica que dizia: "o tipo de garota que acaba se casando com o patrão...". Como tudo voltara de forma tão vívida.

"Parece que foi ontem..." – ela pensou.

A voz de George a despertou.

– Não faz mais ou menos um ano que nós o embarcamos para longe daqui?

Ela refletiu.

– Acho que sim. Na verdade, creio que foi em 27 de outubro.

– Que garota incrível você é. Que memória!

Pensou consigo mesma que tinha uma razão melhor do que ele supunha para recordar. Fora ainda sob a influência recente de Victor Drake que ela ouvira a voz descuidada de Rosemary pelo telefone e decidira que odiava a mulher de seu empregador.

– Acho que tivemos sorte – disse George – de ele ter permanecido no estrangeiro por tanto tempo. Mesmo que ele tenha nos custado cinquenta libras há três meses.

– Trezentas libras agora parecem muito.

– Oh, sim. Ele não receberá tanto. Temos de fazer as investigações de hábito.

– Melhor fazer contato com o sr. Ogilvie.

Alexander Ogilvie era o agente de George em Buenos Aires – um escocês sóbrio e cabeça-dura.

– Sim, mande um telegrama agora mesmo. A mãe dele está em péssimo estado, como sempre. Praticamente histérica. Está tornando a reunião de hoje à noite muito difícil.

– Gostaria que eu ficasse com ela?

– Não – ele rejeitou a ideia de modo enfático. – Não, de fato. Você é a única pessoa que tem de estar lá. Preciso de você, Ruth – tomou a mão dela. – Você é muito altruísta.

Ela abriu um sorriso e sugeriu:

– Não valeria a pena tentar um contato telefônico com o sr. Ogilvie? Poderíamos ter a coisa toda esclarecida até a noite.

– Boa ideia. Vale bem a despesa.

– Vou me ocupar disso de uma vez.

Recolheu a mão, muito gentil, e saiu.

George tratou de vários assuntos que clamavam por sua atenção.

Ao meio-dia e meia ele saiu e tomou um táxi para o Luxembourg.

Charles, o notório e popular maître, veio até ele com um sorriso de boas-vindas, curvando a cabeça majestosa.

– Boa tarde, sr. Barton.

– Boa tarde, Charles. Tudo certo para hoje à noite?

– Creio que o senhor ficará satisfeito.

– A mesma mesa?

– A mesa central do recanto, está correto?

– Sim... E você entendeu o que eu disse a respeito do lugar extra?

– Tudo arranjado.

– Conseguiu o... rosmaninho?

– Sim, sr. Barton. Temo que não será muito decorativo. Não gostaria de amoras silvestres incorporadas ao arranjo... ou mesmo alguns crisântemos?

– Não, não. Apenas o rosmaninho.

– Muito bem, senhor. Gostaria de olhar o menu? Giuseppe!

Com um estalar de dedos, Charles fez aparecer um pequeno e sorridente italiano de meia-idade.

– O menu para o sr. Barton.

O cardápio foi providenciado.

Ostras, consomê, linguado ao Luxembourg, galo silvestre, peras Hélène*, fígado de galinha com bacon.

George examinou tudo com um olhar indiferente.

– Sim, sim. Está bastante bem – disse, devolvendo o menu.

Charles o acompanhou até a porta. Diminuindo um pouco o tom de voz, murmurou:

– Posso dizer o quanto apreciamos, sr. Barton, que esteja... ahn... voltando para nós?

---

* Peras cozidas com baunilha, recheadas com sorvete e cobertas de chocolate derretido. (N.T.)

Um sorriso – ou melhor, um sorriso medonho – assomou ao rosto de George. Ele disse:

– Temos de esquecer o que passou... Não podemos viver no passado. Tudo aquilo já foi, chega.

– Grande verdade, sr. Barton. Sabe o quanto ficamos chocados e aflitos naquela ocasião. Tenho certeza de que mademoiselle terá uma festa de aniversário muito feliz e que tudo sairá como o senhor deseja.

Com uma reverência cortês, Charles retirou-se, dardejando como uma libélula irritada na direção de um garçom subalterno que estava fazendo algo errado na arrumação de uma mesa próxima à entrada.

George saiu com os lábios retorcidos em um esgar. Não era um homem com imaginação suficiente para sentir uma ponta de simpatia pelo Luxembourg. Não era, no fim das contas, culpa do restaurante se Rosemary havia decidido cometer suicídio lá ou se alguém havia decidido assassiná-la no mesmo lugar. Fora tudo decidido à revelia do Luxembourg. Mas, como a maioria das pessoas com uma ideia fixa, George pensava apenas naquela ideia.

Almoçou em seu clube e, em seguida, dirigiu-se para uma reunião de diretoria.

No caminho de volta para o escritório, deu um telefonema, de uma cabine pública, para um número de Maida Vale.*

Terminou a ligação com um suspiro de alívio. Tudo estava correndo de acordo com o planejado.

Voltou para o escritório, e Ruth veio até ele de imediato.

– É sobre Victor Drake.

– Sim?

– Temo que desta vez seja um negócio bastante ruim. Há possibilidade de um processo criminal. Victor vinha tirando dinheiro da firma há um tempo considerável.

– Foi o que Ogilvie disse?

* Distrito residencial na parte oeste de Londres. (N.T.)

– Sim. Entrei em contato com ele esta manhã, e ele nos telefonou de volta há aproximadamente dez minutos. Ele diz que Victor foi bastante descarado com a coisa toda.

– Só podia!

– Mas ele insiste que não vão processá-lo se o dinheiro for restituído. O sr. Ogilvie falou com o sócio sênior, e isso parece ser verdade. A soma verdadeira em questão é de 135 libras.

– Então mestre Victor estava esperando embolsar na transação o adicional de 165 libras?

– Temo que sim.

– Bem, nós o frustramos, de qualquer forma – disse George, com austera satisfação.

– Disse ao sr. Ogilvie para ir em frente e acertar o negócio. Fiz certo?

– Pessoalmente seria um deleite ver aquele jovem escroque ir para a prisão... mas é preciso pensar na mãe dele. Uma idiota, mas com uma alma gentil. Então mestre Victor vai se safar, como sempre.

– Como você é bom – disse Ruth.

– Eu?

– Acho que você é o melhor homem do mundo.

Ele ficou comovido. Sentiu-se contente e embaraçado ao mesmo tempo. Em um impulso, pegou a mão dela e deu um beijo.

– Querida Ruth. Minha melhor e mais querida amiga. O que eu faria sem você?

Estavam em pé, muito perto um do outro.

Ela pensou: "Eu poderia ter sido feliz com ele. Poderia tê-lo feito feliz. Se ao menos..."

Ele pensou: "Devo seguir o conselho de Race? Devo desistir de tudo? Não seria de fato o melhor a fazer?"

A indecisão pairou sobre ele, mas logo passou. Ele lembrou-a:

– Nove e meia no Luxembourg.

Capítulo 6

Vieram todos.

George deixou escapar um suspiro de alívio. Até minutos antes temera uma defecção de última hora – mas ali estavam todos. Stephen Farraday, alto e teso, de modos um tanto pomposos. Sandra Farraday, em um severo vestido de veludo preto e usando um colar de esmeraldas. A mulher tinha classe, não havia dúvida. Suas maneiras eram completamente naturais, talvez um pouco mais corteses que o normal. Ruth também vestia preto, sem qualquer enfeite além de um broche. Seus cabelos macios, negros como um corvo, caíam sobre seu pescoço e seus braços muito brancos – mais brancos que os das outras mulheres. Ruth era uma trabalhadora, não tinha muito tempo livre para se bronzear ao sol. Os olhos dele encontraram-se com os dela, e, ao notar sua ansiedade, ela abriu um sorriso tranquilizador. Seu coração deu um pulo. A leal Ruth. Ao lado dele, Iris estava em um silêncio incomum. Só ela mostrava a consciência de que aquela era uma festa singular. Estava pálida, mas de algum modo aquilo lhe assentava bem, lhe concedia uma beleza grave e imperturbável. Trajava um vestido simples, verde-musgo. Anthony Browne chegou por último. Veio, assim pareceu a George, com o passo rápido e furtivo de um animal selvagem – uma pantera, talvez, ou um leopardo. O sujeito não era de fato muito civilizado.

Estavam todos lá – todos acomodados na armadilha de George. Agora, a peça poderia começar...

Beberam os coquetéis e passaram, por sob o arco, para o salão do restaurante propriamente dito.

Casais dançando, um ritmo africano suave, garçons hábeis e apressados.

Charles veio até eles e, sorridente, conduziu-os até a mesa, localizada no fundo do salão, em um recanto sombrio formado por um arco, que abrigava três mesas – uma grande no centro e duas menores, para duas pessoas, uma de cada lado. Um estrangeiro de meia-idade, de uma palidez amarelada, e uma garota ocupavam uma delas. Um jovem casal estava na outra. A do meio estava reservada para a reunião de Barton.

George, cordial, indicou aos outros os seus lugares.

– Sandra, você vai sentar aqui, à minha direita. Browne, ao lado dela. Iris, minha querida, a festa é sua. Quero ter você aqui perto de mim, e você ao lado dela, Farraday. E depois dele, você, Ruth...

Ele fez uma pausa. Entre Ruth e Anthony havia uma cadeira vazia... a mesa havia sido posta para sete.

– Meu amigo Race deve se atrasar um pouco e disse para não esperarmos por ele. Ele chegará a qualquer momento. Gostaria que todos o conhecessem... é um camarada esplêndido, já rodou o mundo todo e pode contar algumas histórias muito boas.

Iris sentou-se, ciente da própria raiva. George havia feito aquilo de propósito: a separara de Anthony. Ruth devia sentar onde ela estava, ao lado do anfitrião. Então George ainda não gostava e desconfiava de Anthony.

Lançou um olhar furtivo por sobre a mesa. Anthony estava carrancudo e não olhou para ela. Dirigiu apenas um olhar de viés, atento, para a cadeira vazia ao lado dele. Depois disse:

– Que bom que você convidou outro cavalheiro, Barton. Há uma chance de eu precisar ir embora cedo. Um compromisso inevitável, por acaso encontrei um homem que conheço aqui.

George disse, sorridente:

– Negócios em horas de lazer? Ainda é jovem demais para isso, Browne. Não que eu saiba exatamente em que ramo de negócios você atua.

Houve um silêncio na conversação, e a resposta de Anthony veio fria e ponderada:

– Crime organizado, Barton, é o que eu sempre digo quando me perguntam. Extorsão, roubo, cárcere privado de famílias em suas próprias residências.

Sandra Farraday riu enquanto dizia:

– Você tem alguma coisa a ver com armamentos, não, sr. Browne? Um rei do mercado de armas é sempre o vilão da peça nos dias de hoje.

Iris viu os olhos de Anthony se arregalarem por um momento em uma expressão de súbita surpresa. Ele disse, em tom amistoso:

– Não deve me entregar assim, lady Alexandra, é tudo confidencial. Os espiões das potências estrangeiras estão por toda parte. Que modo descuidado de falar...

Sacudiu a cabeça com fingida solenidade.

O garçom retirou os pratos com as ostras. Stephen perguntou a Iris se ela gostaria de dançar.

Logo todos dançavam. A atmosfera tornou-se mais leve.

Dali a pouco, foi a vez de Iris dançar com Anthony. Ela disse:

– Maldade de George não nos permitir sentar juntos.

– Foi gentil da parte dele. Desta forma posso olhar para você do outro lado da mesa o tempo todo.

– Você precisa mesmo ir embora cedo?

– Preciso.

Em seguida, ele disse:

– Sabia que o tal coronel Race estava vindo?

– Não, não tinha a menor ideia.

– Bastante esquisito, não?

– Você o conhece? Oh, sim, já disse, no outro dia.

Ela acrescentou.

– Que tipo de homem ele é?

– Ninguém sabe ao certo.

Voltaram para a mesa. A noite corria. Devagar, a tensão, que havia relaxado, acentuou-se. Havia uma atmosfera de nervos retesados ao redor da mesa. Apenas o anfitrião parecia cordial e despreocupado.

Iris o viu olhar para o relógio.

De súbito, houve um rufar de tambores. As luzes foram reduzidas. Um palco se ergueu no salão. As cadeiras foram afastadas e viradas de lado. Três homens e três mulheres tomaram a pista, dançando. Foram seguidos por um homem que imitava ruídos. Trens, máquinas a vapor, aviões, máquinas de costura, tosse de vaca. Foi um sucesso. Lanny e Flo vieram depois com uma exibição de dança que era mais um número de trapézio do que um bailado. Mais aplausos. Então outro número do conjunto de dança dos "Seis do Luxembourg". As luzes voltaram ao normal.

Todos piscaram.

Ao mesmo tempo, uma onda de súbito alívio pareceu inundar a mesa. Foi como se estivessem subconscientemente esperando algo que não havia acontecido. Porque, em uma ocasião anterior, o reacender das luzes havia coincidido com a descoberta de uma mulher morta caída sobre a mesa. Era como se agora o passado fosse, em definitivo, passado – caído no esquecimento. A sombra de uma tragédia antiga havia se desvanecido.

Sandra virou-se, animada, para Anthony. Stephen fez um comentário para Iris, e Ruth se inclinou para frente para ouvi-los. Apenas George permanecia sentado em sua cadeira, mirando o horizonte, os olhos fixos na cadeira vazia no lado oposto. O lugar à frente dela estava pronto. Havia champanhe na taça. A qualquer momento, alguém chegaria, tomaria assento...

Uma cotovelada de Iris o despertou.

– Acorde, George. Vamos dançar. Ainda não dançou comigo.

Ele se levantou. Sorrindo para ela, ergueu a taça.

– Vamos fazer um brinde primeiro. À jovem cujo aniversário estamos celebrando. Iris Marle, saúde e prosperidade!

Beberam e riram. Depois, todos se levantaram para dançar: George e Iris, Stephen e Ruth, Anthony e Sandra.

A melodia era um jazz alegre.

Voltaram à mesa todos juntos, rindo e conversando. Sentaram-se.

Então, de súbito, George se inclinou para a frente.

– Tenho um pedido a fazer a todos vocês. Um ano atrás, mais ou menos, estivemos aqui para uma noite que terminou de forma trágica. Não quero recordar as tristezas do passado, só não quero sentir que Rosemary foi completamente esquecida. Peço a vocês que brindem à memória dela... em nome da recordação.

Ele ergueu sua taça. Todos os demais ergueram as suas, obedientes. Suas faces eram máscaras de polidez.

– *A Rosemary, o nome da recordação* – George disse.

As taças foram alçadas aos lábios. Todos beberam.

Houve uma pausa... e então George balançou para frente e deslizou da cadeira, as mãos frenéticas no pescoço, sua face tornando-se purpúrea enquanto lutava para respirar.

Levou um minuto e meio para morrer.

Livro 3

Iris

"Pois eu pensava que os mortos tivessem paz.
Mas não é assim..."

Capítulo I

O coronel Race surgiu na porta da Scotland Yard. Preencheu a ficha que lhe foi trazida e em poucos minutos estava apertando a mão do inspetor-chefe Kemp, na sala deste.

Os dois homens se conheciam bem. Kemp lembrava, de leve, os grandes e velhos veteranos do tipo de Battle.* De fato, uma vez que havia trabalhado sob as ordens de Battle por muitos anos, talvez tivesse, de modo inconsciente, copiado um bom número de maneirismos do velho. Passava a mesma impressão de que havia sido esculpido todo em uma só peça – mas enquanto Battle sugeria madeiras como a teca ou o carvalho, o inspetor-chefe Kemp dava a impressão de algo mais brilhante – mogno, digamos, ou o bom e velho pau-rosa.

– Foi gentil de sua parte nos ligar, coronel – disse Kemp. – Queremos toda a ajuda que pudermos obter nesse caso.

– Parece que ele está em mãos nobres – comentou Race.

Kemp não protestou modéstia. Aceitou o fato bastante simples de que apenas os casos de extrema delicadeza, ampla publicidade ou suprema importância eram entregues a ele. Disse, sério:

– São as conexões dos Kidderminster. Pode imaginar que isso significa que devemos agir com cautela.

Race sacudiu a cabeça. Havia encontrado muitas vezes lady Alexandra Farraday. Uma daquelas mulheres

* Referência ao superintendente Battle, oficial da Scotland Yard com aparições em cinco obras anteriores da autora: *O segredo de Chimneys* (1925), *O mistério dos sete relógios* (1929), *Cartas na mesa* (1936), *É fácil matar* (1939) e *Hora zero* (1944). (N.T.)

caladas de posição inatacável cuja mera associação com publicidade sensacionalista pareceria fantasiosa. Havia ouvido-a falar em discursos públicos – sem eloquência, mas com competência e clareza, com bom domínio do assunto e com uma dicção excelente.

O tipo de mulher cuja vida pública estava o tempo todo nos jornais, e cuja vida privada quase não existia, a não ser como um suave cenário doméstico.

Apesar disso, pensou, tais mulheres tinham uma vida privada. Conheciam o desespero, e o amor, e as agonias do ciúme. Podiam perder o controle e arriscar as próprias vidas em um lance passional.

Disse, curioso:

– Suponha que ela tenha "feito aquilo", Kemp?

– Lady Alexandra? Acha que foi ela?

– Não tenho a menor ideia. Mas suponha que foi. Ou o marido, que também está sob o manto dos Kidderminster.

Os olhos verde-mar confiantes do inspetor-chefe Kemp olharam, de um jeito imperturbável, para os de Race, muito escuros.

– Se qualquer um deles cometeu o homicídio, vamos fazer o melhor que pudermos para mandar a ele ou ela para a forca. Sabe disso. Não há medo ou privilégios para assassinos neste país. Mas temos que estar absolutamente certos de nossas provas... O promotor público vai insistir nisso.

Race anuiu e depois disse:

– Vamos ver os fatos.

– George Barton morreu de envenenamento por cianureto... o mesmo que a esposa, um ano atrás. Você estava mesmo no restaurante?

– Sim. Barton me convidou para a festa. Eu recusei. Não gostei do que ele estava fazendo. Apresentei meus protestos e o instiguei a, se tivesse dúvidas sobre a morte da esposa, procurar as pessoas apropriadas, ou seja: vocês.

Kemp concordou.

– É o que ele deveria ter feito.

– Em vez disso, ele insistiu em uma ideia própria: armar uma cilada para o assassino. Ele não me disse que cilada seria essa, mas eu estava alarmado com a coisa toda, tanto que fui ao Luxembourg na noite passada para manter os olhos atentos. Minha mesa, necessariamente, estava a alguma distância... Não queria ficar tão à vista. Infelizmente não tenho nada a dizer. Não vi nada suspeito. Os garçons e os próprios convivas foram os únicos que se aproximaram da mesa dele.

– Sim – disse Kemp –, o que estreita o campo, não? Foi um deles, ou o garçom, Giuseppe Bolsano. Trouxe-o aqui esta manhã, achei que você poderia querer interrogá-lo. Mas não creio que tenha alguma coisa a ver com o crime. Está no Luxembourg há doze anos... boa reputação, casado, três filhos, histórico impecável. Dá-se bem com todos os clientes.

– O que nos deixa os convidados.

– Sim. Os mesmos da festa em que a sra. Barton... morreu.

– E quanto ao caso dela, Kemp?

– Estou investigando, uma vez que parece bastante óbvio que os dois estão relacionados. Adams trabalhou nele. Não era o que chamamos de um caso claro de suicídio, mas o suicídio era a solução mais provável, e, na ausência de qualquer prova direta sugerindo homicídio, foi preciso fechá-lo daquele jeito. Não podíamos fazer mais nada. Temos um bom número de casos como aquele em nossos arquivos, você sabe. Suicídio escrito com um sinal de interrogação. O público não sabe sobre o ponto de interrogação, mas nós o mantemos à vista e às vezes prosseguimos em uma caçada silenciosa. Às vezes alguma coisa aparece. Outras vezes, não. Neste caso, não apareceu nada.

– Até agora.

– Até agora. Alguém informou ao sr. Barton que sua esposa havia sido assassinada. Ele se encarregou do assunto à própria maneira... Só faltou anunciar que estava na pista certa. Se estava ou não, não sei, mas o assassino deve ter pensado que sim. Perturbou-se e liquidou o sr. Barton. Até onde posso ver, tudo se passou assim... Espero que concorde.

– Oh, sim, essa parte parece clara o bastante. Deus sabe que "armadilha" George estava armando... Notei que havia uma cadeira vazia na mesa, talvez à espera de alguma testemunha inesperada. De qualquer modo, o efeito foi maior do que o pretendido. Alarmou tanto o culpado que ele ou ela não esperou a armadilha ser acionada.

– Bem – disse Kemp –, temos cinco suspeitos. E temos de retomar o primeiro caso, o da sra. Barton.

– Sua opinião agora é de que definitivamente *não foi* suicídio?

– Este homicídio parece provar que não foi. Ainda que não ache que possamos ser criticados por aceitar, naquela ocasião, a teoria do suicídio como a mais provável. Havia algumas evidências para isso.

– Gripe seguida de depressão?

No rosto de madeira de Kemp oscilou um sorriso.

– Isso é o que foi para a corte. Estava de acordo com as evidências médicas e com as impressões de todos. Faz-se algo assim todos os dias. E havia uma carta inacabada para a irmã, orientando como os pertences deveriam ser distribuídos, o que mostrava que já havia passado pela cabeça dela a ideia de dar cabo de si mesma. Ela estava deprimida, disso não duvido, pobre senhora, mas nove vezes em dez a razão para uma mulher se matar é um caso amoroso. Com os homens, costumam ser preocupações financeiras.

– Então sabia que a sra. Barton tinha um caso?

– Sim, logo soubemos. Foi discreto, mas não nos tomou muito tempo para descobrir.

– Stephen Farraday?

– Sim. Costumavam se encontrar em um pequeno flat, lá por Earl's Court. Durou uns seis meses. Parece que tiveram uma briga... ou é possível que ele estivesse ficando cansado dela. Bem, não seria a primeira mulher a tirar a própria vida em um acesso de desespero.

– Com cianureto de potássio em um restaurante?

– Sim... se quisesse ser dramática... com ele assistindo a tudo. Algumas pessoas têm um gosto pelo espetáculo. Pelo que pude apurar, ela não tinha muita consideração pelas convenções... Todas as precauções eram tomadas por parte dele.

– Alguma evidência de que a esposa dele soubesse o que estava acontecendo?

– Até onde pudemos averiguar, não sabia de nada.

– Pode ser que soubesse o tempo todo, Kemp. Não é o tipo de mulher que traz o coração estampado no rosto.

– Oh, é verdade. Conte as duas possibilidades como válidas. Ela, pelo ciúme. Ele, por sua carreira, que o divórcio poria a perder. Não que o divórcio hoje importe tanto assim, mas no caso dele significaria a inimizade do clã Kidderminster.

– E o que me diz da secretária?

– É uma hipótese. Ela gostava de George Barton. Eram muito próximos no escritório, e há um boato de que era apaixonada por ele. De fato, na tarde de ontem, uma das telefonistas estava fazendo uma imitação de Barton segurando a mão de Ruth Lessing e dizendo que não conseguiria viver sem ela quando a srta. Lessing entrou. Ela despediu a garota: deu a ela o salário do mês e a mandou embora. Parece que é bastante sensível a respeito desse assunto. E temos a irmã, que ganhou uma bolada, temos de nos lembrar disso. Parece uma boa garota, mas nunca se sabe. E havia o outro admirador da sra. Barton.

– Estou bastante ansioso para ouvir o que sabe sobre ele.

Kemp disse, devagar:

– Notavelmente pouco, mas o que se sabe não é muito bom. O passaporte está em ordem. É um cidadão americano sobre quem não conseguimos encontrar nada, desabonador ou não. Veio para cá, hospedou-se no Claridge e fez de tudo para tornar-se alguém das relações de lorde Dewsbury.

– Homem de confiança?

– Pode ser. Dewsbury parece ter gostado muito dele, pediu que ficasse. Numa ocasião bastante crítica.

– Armamentos – disse Race. – Houve aquele problema com os testes dos novos tanques produzidos pela fábrica de Dewsbury.

– Sim. E esse tipo, Browne, apresentou-se como interessado em armamentos. Foi pouco depois de ele ter estado lá que descobriram aquele negócio da sabotagem, na hora H. Browne conheceu um bom número de amigos de Dewsbury, e parece ter cultivado relações com todos os que tinham ligação com empresas de armas. Como resultado disso, ele viu uma porção de coisas que, na minha opinião, ele nunca deveria ter visto. E em um ou dois casos houve sérios problemas nas fábricas não muito depois de ele ter andado pelas vizinhanças.

– Uma pessoa interessante, o sr. Anthony Browne.

– Sim. Tem muito charme e o usa com todos que considera valer a pena.

– E onde a sra. Barton se encaixa? George Barton não tinha nada a ver com armamentos.

– Não, mas eles parecem ter sido bastante íntimos. Ele pode ter deixado escapar algo. O senhor sabe, coronel, melhor do que ninguém, o que uma mulher bonita pode arrancar de um homem.

Race anuiu, tomando as palavras do inspetor-chefe pelo que eram: uma referência ao Departamento de Contra-Espionagem que ele já havia chefiado, e não, como uma pessoa que ignorasse esse fato poderia pensar, a alguma indiscrição do próprio coronel. Disse, depois de alguns instantes:

– Já deu uma olhada nas cartas que George Barton recebeu?

– Sim. Foram encontradas na escrivaninha da casa dele. A srta. Marle achou-as para mim.

– Sabe que tenho interesse nessas cartas, Kemp. Qual é a opinião dos peritos sobre elas?

– Papel barato, tinta comum... As impressões digitais mostram que George Barton e Iris Marle as manipularam... E há uma horda de impressões não-identificadas no envelope, de funcionários do correio etc. Foram datilografadas por alguém que os especialistas dizem ser de "boa instrução e em estado de saúde normal".

– Boa instrução. Não um criado?

– Presumimos que não.

– O que as torna ainda mais interessantes.

– Significam que alguém mais suspeitava, pelo menos.

– Alguém que não foi à polícia. Alguém que estava preparado para despertar as suspeitas de George mas que não queria acompanhar o caso. Há algo estranho aqui, Kemp. Ele não poderia tê-las escrito, poderia?

– Poderia, mas por quê?

– Como preliminar a um suicídio... um suicídio que ele tencionava fazer parecer um homicídio.

– E agendar para Stephen Farraday um encontro com a forca? É uma ideia. Mas ele teria de ter muita certeza de que tudo apontaria para Farraday como o assassino. Do jeito que está, não temos absolutamente nada contra ele.

– E quanto ao cianureto? Foi encontrado algum frasco?

– Sim. Um pequeno pacote de papel branco sob a mesa. Com traços de cristais de cianureto dentro.

Sem digitais. Em uma história de detetive, é claro, seria algum tipo especial de papel ou estaria embalado de alguma maneira muito característica. Gostaria de dar a esses escritores policiais um curso sobre a nossa rotina de trabalho. Logo aprenderiam o quanto as coisas são difíceis de rastrear e como ninguém nunca observa nada em lugar nenhum.

Race sorriu:

– Uma declaração muito genérica. Alguém notou alguma coisa ontem?

– Na verdade, é nisso que estou trabalhando hoje. Tomei algumas breves declarações de todo mundo a noite passada e voltei a Elvaston Square com a srta. Marle. Dei uma olhada na mesa e nos papéis de Barton. Devo obter depoimentos completos de todos eles hoje, bem como das pessoas sentadas nas outras duas mesas no recanto... – ele revirou alguns papéis. – Sim, aqui estão: Gerald Tollington, da Divisão de Guardas Granadeiros, e a honorável srta. Patricia Brice-Woodworth. Um jovem casal de noivos. Posso apostar que não viram coisa alguma além de um ao outro. E o sr. Pedro Morales, um mexicano repulsivo (até o branco dos olhos dele é amarelo), e a srta. Christine Shannon, uma pistoleira loira e encantadora. Aposto que ela também não viu coisa alguma. É mais estúpida do que você pode imaginar, exceto quando há dinheiro envolvido. Há uma chance em cem de que qualquer um deles tenha visto alguma coisa, mas, pelo sim pelo não, anotei os nomes e os endereços de todos. Vamos começar com o garçom, Giuseppe. Ele já está aqui. Vou pedir que o tragam.

Capítulo 2

Giuseppe Bolsano era um homem de meia-idade, de aparência insignificante, com um rosto simiesco muito inteligente. Estava nervoso, mas não em excesso. Seu inglês era fluente, uma vez que, explicou, morava no país desde que tinha dezesseis anos e havia se casado com uma inglesa.

Kemp tratou-o com simpatia.

– Agora, Giuseppe, vejamos se lhe ocorreu alguma coisa a mais sobre a noite de ontem.

– Isto é muito desagradável para mim. Sou eu que atendo aquela mesa. Eu que sirvo o vinho. As pessoas vão dizer que estou fora de mim, que pus veneno nas taças de vinho. Não coloquei, mas é o que as pessoas dirão. O sr. Goldstein já disse que é melhor eu tirar uma semana longe do trabalho... assim os fregueses não me farão perguntas, não ficarão apontando para mim. Ele é um homem decente, e justo, e sabe que não é minha culpa, e que trabalho lá há muitos anos, então ele não me demitiu como outros donos de restaurante fariam. Monsieur Charles também tem sido gentil, mas mesmo assim é uma grande desventura para mim... e me assusta. Tenho algum inimigo?, é o que eu me pergunto.

– Bem – disse Kemp, parecendo cada vez mais uma estátua de madeira –, você tem?

A triste face simiesca contraiu-se em uma gargalhada. Giuseppe abriu os braços.

– Eu? Não tenho inimigo algum no mundo. Muitos bons amigos, mas nenhum inimigo.

Kemp grunhiu.

– Agora, a respeito da noite passada. Fale-me sobre o champanhe.

– Era um Clicquot 1928, muito bom e muito caro. O sr. Barton era assim. Gostava de boa comida e bebida... do melhor.

– Ele reservou o champanhe com antecedência?

– Sim, acertou tudo com Charles.

– E o lugar vazio à mesa?

– Também foi ele que decidiu. Disse para Charles, e Charles disse para mim. Uma jovem senhora deveria ocupá-lo mais tarde naquela noite.

– Uma jovem senhora? – Race e Kemp trocaram olhares. – Sabe quem era essa jovem?

– Não, não sei nada a esse respeito. Chegaria mais tarde, foi só o que eu ouvi.

– Adiante com o champanhe. Quantas garrafas?

– Duas, com uma terceira pronta em caso de necessidade. A primeira acabou bem rápido. A segunda eu abri não muito antes do show. Enchi as taças e pus a garrafa no balde de gelo.

– Quando foi a última vez que notou o sr. Barton bebendo de sua taça?

– Deixe-me ver... quando o espetáculo terminou, eles beberam à saúde da jovem senhora. Era o aniversário dela, pelo que entendi. Então saíram e dançaram. Foi depois disso, quando voltaram à mesa, que o sr. Barton bebeu e, em um minuto, *assim*, num estalo, morreu.

– Encheu as taças na hora em que eles estavam dançando?

– Não, monsieur. Estavam cheias quando brindaram à mademoiselle, e eles não beberam muito, só um gole. Ainda havia muito nas taças.

– Algum deles, *qualquer um*, se aproximou da mesa enquanto estavam dançando?

– Nenhum, senhor. Estou seguro disso.

– Foram todos dançar ao mesmo tempo?

– Sim.

– E voltaram ao mesmo tempo?

Giuseppe revirou os olhos em um esforço de memória.

– O sr. Barton voltou primeiro... com a jovem senhora. Era mais corpulento que o resto, não conseguia dançar por muito tempo, o senhor compreende. Então veio o cavalheiro louro, sr. Farraday, e a jovem de vestido preto. Lady Alexandra e o cavalheiro moreno vieram por último.

– Conhece o sr. Farraday e lady Alexandra?

– Sim, senhor. Vejo-os com frequência no Luxembourg. São muito distintos.

– Agora, Giuseppe, viu se uma dessas pessoas pôs alguma coisa na taça do sr. Barton?

– Isso eu não posso dizer, senhor. Tinha meu serviço, as outras duas mesas no recanto e duas mais no restaurante principal. Havia travessas a servir. Não fiquei observando a mesa do sr. Barton. Depois do show, todo mundo em volta se levantou e dançou, então naquela hora eu estava parado, em pé, e é por isso que posso assegurar que ninguém se aproximou da mesa. Mas tão logo as pessoas se sentaram, fiquei, de imediato, muito ocupado.

Kemp assentiu.

– Mas acho – continuou Giuseppe – que seria muito difícil fazer isso sem ser observado. Me parece que apenas o próprio sr. Barton poderia. Mas os senhores não pensam assim, não?

Olhou, inquisitivo, para o oficial de polícia.

– Então essa é a sua ideia?

– Naturalmente, eu não sei de nada... mas imagino. Apenas um ano atrás aquela linda senhora, a sra. Barton, se matou. Não poderia o sr. Barton ter sofrido tanto que também decidiu se matar da mesma maneira? Seria poético.

Lógico que não é bom para o restaurante, mas um cavalheiro que está para se matar não pensaria nisso.

Olhou impaciente para os dois homens, pulando o olhar de um para o outro.

Kemp sacudiu a cabeça e disse:

– Duvido que seja tão simples.

Fez mais algumas perguntas, e Giuseppe foi dispensado.

Enquanto a porta se fechava atrás do garçom, Race comentou:

– Eu me pergunto se isso é o que gostaria que pensássemos.

– Marido aflito se mata no aniversário de morte da mulher? Não que fosse o aniversário, mas era próximo o bastante.

– Era Dia de Finados – disse Race.

– É verdade. Sim, é possível que essa *fosse* a ideia. Mas se é assim, seja quem for, não devia saber a respeito das cartas nem que o sr. Barton havia se consultado com o senhor, nem que as mostrara para Iris Marle.

Olhou para o relógio.

– Tenho de ir à mansão dos Kidderminster ao meio-dia e meia. Antes disso temos tempo para ver aquelas pessoas das outras duas mesas... algumas delas, pelo menos. Vem comigo, coronel?

Capítulo 3

O sr. Morales estava hospedado no Ritz. Era difícil qualificá-lo como uma bela visão àquela hora da manhã, sem ter feito a barba, com os olhos injetados e todos os sinais característicos de uma forte ressaca.

O sr. Morales era cidadão americano e falava uma variante cheia de gírias do inglês dos Estados Unidos. Embora se declarasse disposto a relembrar tudo que pudesse, suas recordações da noite anterior eram das mais vagas.

– Fui com Chrissie... aquela gatinha é mesmo o máximo. Ela comentou que o lugar era bacana, e eu disse: "Doçura vamos aonde você mandar". Era um lugar classudo, isso eu admito, e sabem mesmo como limpar a gente por lá! Me levaram bem uns trinta dólares. Mas a banda era um desastre, não tinham swing algum.

Perdido em recordações de sua própria noite, o sr. Morales foi pressionado a se lembrar da mesa localizada no meio do recanto. E não foi de muita ajuda.

– Com certeza, havia uma mesa e um pessoal nela. Não me lembro do aspecto daquela gente. Não prestei muita atenção neles até a hora em que aquele cara desabou. Pensei, primeiro, que ele não tinha aguentado o trago. Mas agora, falando no assunto, me lembro de uma das mulheres. Cabelos negros e com tudo no lugar, devo dizer.

– O senhor se refere à moça de vestido verde de veludo?

– Não, aquela não. Muito magrela. A gracinha essa estava de preto e tinha umas curvas ótimas.

Fora Ruth Lessing quem chamara a atenção dos olhos errantes do sr. Morales.

Ele franziu o nariz, com um ar compreensivo.

– Eu a observei dançando e digo: aquela boneca sabia dançar! Lancei uns olhares uma ou duas vezes, mas respondeu com uma expressão gélida... só olhou através de mim, daquele jeito britânico.

Mais nenhuma informação de valor poderia ser extraída do sr. Morales, e ele reconheceu abertamente que seu estado alcoólico já ia bem avançado quando o espetáculo começou.

Kemp agradeceu e se preparou para sair.

– Embarco para Nova York amanhã – disse Morales, e depois perguntou, esperançoso: – Vão me pedir para ficar na cidade?

– Obrigado, mas acho que seu testemunho não será necessário no inquérito.

– Como o senhor pode ver, estou me divertindo muito aqui, e se fosse um assunto com a polícia a firma não poderia bronquear. Quando a polícia diz para a gente ficar, a gente fica. Talvez eu *pudesse* me lembrar de mais alguma coisa se tentasse com mais força.

Kemp negou-se a morder a isca, e ele e Race dirigiram-se para a Brook Street, onde encontraram um cavalheiro furioso: o pai da honorável Patricia Brice-Woodworth.

O lorde general Woodworth recebeu-os com um bom número de observações francas:

Que ideia de jerico era aquela de sugerir que sua filha – *sua* filha – estava envolvida em tal tipo de coisas? Se uma jovem não pudesse mais sair com seu noivo para jantar em um restaurante sem ser submetida a constrangimento pela Scotland Yard, aonde a Inglaterra iria parar? Ela nem mesmo conhecia aquelas pessoas, quais eram os nomes... Hubbard... Barton? Um sujeito da City ou algo assim! Aquilo mostrava que cuidado nunca era demais com os lugares aos quais se ia – o Luxembourg sempre pareceu bom, mas aparentemente esta era a segunda vez que uma coisa do gênero acontecia por lá. Gerald era um estúpido por ter levado Pat àquele lugar – esses rapazes de hoje acham que sabem tudo. Mas, de qualquer modo, ele não permitiria que sua filha fosse incomodada, intimidada ou crivada de perguntas – não sem uma ordem judicial. Ligaria para o velho Anderson em Lincoln Inn para perguntar...

Neste ponto, o general fez uma pausa abrupta, fixou o olhar em Race e disse:

– Acho que já o vi em algum lugar, mas onde...?

A resposta de Race foi imediata, acompanhada de um sorriso:

– Badderpore, 1923.

– Por Júpiter! – disse o general. – Mas se não é Johnny Race! O que está fazendo metido nessa confusão?

Race sorriu.

– Eu estava com o inspetor-chefe Kemp quando surgiu a questão de entrevistar sua filha. Sugeri que seria muito mais agradável para ela se Kemp viesse aqui do que se ela tivesse de ir até a Scotland Yard, e achei melhor vir também.

– Oh... ahn... bem, muito decente de sua parte, Race.

– Naturalmente, nossa intenção é incomodar o mínimo possível a jovem senhora – emendou Kemp.

Mas neste momento a porta se abriu, e a srta. Patricia Brice-Woodworth entrou e assumiu o controle da situação com a tranquilidade e o distanciamento dos muito jovens.

– Olá – ela disse. – São da Scotland Yard, não é mesmo? É sobre ontem? Estava esperando que viessem. Papai está sendo desagradável? Agora não, papai... sabe o que o doutor disse a respeito de sua pressão. Não entendo por que o senhor fica nesse estado por qualquer coisa. Só vou levar os inspetores, ou agentes, ou o que quer que sejam, até a sala e já mando Walters trazer um uísque com soda para o senhor.

O general sentiu um desejo colérico de responder com várias expressões virulentas de uma só vez, mas só conseguiu dizer:

– Meu velho amigo, major Race.

Com essa apresentação, Patricia perdeu o interesse em Race e dirigiu um sorriso beatífico para o inspetor-chefe Kemp.

Com a frieza de um general em comando, ela os conduziu até sua sala de estar, trancando, com firmeza, o pai no escritório.

– Pobre papai – comentou. – Faz tanto espalhafato. Mas na verdade é uma pessoa bastante fácil de se lidar.

A conversa então se deu em bases mais amigáveis, mas com muito pouco resultado. Patrícia comentou:

– É mesmo de enlouquecer. Provavelmente a única oportunidade que já tive na vida de estar no lugar e no momento exatos em que um assassinato estava sendo cometido... foi um assassinato, não foi? Os jornais foram muito vagos e cautelosos, mas disse para Gerry ao telefone que devia ser assassinato. Pense nisso, um assassinato bem perto de mim e eu nem estava olhando.

O pesar em sua voz era inequívoco.

Era bastante evidente que, como o inspetor-chefe havia previsto com tristeza, os dois jovens, que haviam noivado apenas uma semana antes, só haviam tido olhos um para o outro.

Com a maior boa vontade do mundo, tudo o que Patricia Brice-Woodworth conseguiu reunir foram algumas impressões.

– Sandra Farraday estava muito elegante, mas até aí, sempre está. Era um Schiaparelli* o que ela estava usando.

---

* Referência a Elsa Schiaparelli (1890-1973), estilista italiana símbolo de refinamento nos anos 1930 e 1940. Residente em Paris, foi amiga e colaboradora de grandes nomes do movimento surrealista, como Jean Cocteau e Salvador Dalí. (N.T)

– A senhorita a conhece? – Race perguntou.

Patricia sacudiu a cabeça.

– Apenas de vista. Sempre a achei um tanto entendiante. Muito pomposa, como a maioria dos políticos.

– Conhecia de vista algum dos outros?

Ela negou.

– Não. Nunca havia visto nenhum deles antes... ao menos é o que eu acho. De fato, não sei nem se teria notado Sandra Farraday se não fosse pelo Schiaparelli.

– E você verá – disse, mal-humorado, o inspetor-chefe Kemp, enquanto eles saíam da casa – que com o sr. Tollington será exatamente a mesma coisa. A única diferença é que não teremos para atrair a atenção dele nem o tal Skippa... Skippa o que mesmo? Soa como uma sardinha.

Race concordou:

– Não creio que o corte do terno de Stephen Farraday tenha lhe causado palpitações.

– Oh, bem – disse o inspetor-chefe –, vamos tentar Christine Shannon. Então teremos encerrado com as testemunhas externas.

A srta. Shannon era, como o inspetor-chefe já havia declarado, uma loira atraente. Os cabelos quase brancos, cuidadosamente arrumados, delimitavam um rosto de bebê, suave e vazio. Podia ser, como o inspetor afirmara, uma estúpida – mas era bastante agradável de se olhar, e um quê de astúcia nos grandes olhos azul-bebê indicava que sua estupidez só se limitava aos assuntos intelectuais – e que onde fossem necessários instinto e conhecimento de finanças, Christine Shannon se sentiria à vontade.

Ela recebeu os dois homens com o máximo de gentileza. Ofereceu bebidas e, quando estas foram recusadas, insistiu com os cigarros. Seu apartamento era pequeno, decorado com um modernismo vulgar.

– Adoraria poder ajudar, inspetor. Faça todas as perguntas que quiser.

Kemp começou com umas poucas interrogações de rotina sobre o comportamento dos participantes da festa na mesa central.

De imediato, Christine mostrou-se uma observadora de perspicácia e sagacidade incomuns.

– A reunião não estava correndo bem... dava para ver. Todo mundo muito tenso. Tive muita pena daquele velhinho... o que estava dando a festa. Fazia tudo que podia para que as coisas andassem e estava nervoso como um gato na corda-bamba. Mas nada parecia quebrar o gelo. A mulher alta à direita dele estava tesa como se tivesse engolido uma barra de ferro, e a garota à esquerda do anfitrião estava furiosa, era visível, porque não havia sentado próxima ao moreno bonitão no lado oposto. Quanto ao sujeito alto e loiro do lado dela, parecia que estava com dor de barriga. Engoliu a comida como se achasse que iria engasgar. A mulher do lado dele estava dando o melhor de si, puxava assunto com ele, mas era como se ela própria estivesse incomodada.

– Parece que foi capaz de notar uma porção de coisas, srta. Shannon – disse Race.

– Vou contar um segredo: eu não estava me divertindo muito. Era a terceira noite consecutiva que eu saía com aquele meu amigo e já começava a me cansar dele. Ele só queria saber de conhecer Londres... especialmente o que chamava de "lugares classudos". Tenho de reconhecer que pelo menos ele não era mesquinho. Champanhe o tempo todo. Fomos ao Compradour, ao Mille Fleurs e finalmente ao Luxembourg, e posso garantir que ele se divertiu. De certo modo, era um tanto patético. Mas a conversa dele não era o que se poderia chamar de interessante. Histórias compridas sobre grandes negócios que ele fez no México, e a maioria delas eu ouvi três vezes. Também falava sem parar de todas as mulheres que ele conheceu e de como eram loucas por ele. O tipo de coisa que uma garota fica bastante cansada de ouvir depois de um tempo, e os senhores vão concordar que Pedro não é lá muito bonito de se olhar... então eu me concentrei na comida e deixei meus olhos vagarem pelo salão.

– Bom, de nosso ponto de vista, isso é excelente, srta. Shannon – disse o inspetor-chefe –, e só posso torcer para que tenha visto alguma coisa que nos ajude a solucionar o caso.

Christine balançou a loira cabeça.

– Não tenho a menor ideia de quem apagou o velhinho. Nenhuma ideia mesmo. Ele simplesmente bebeu um gole de champanhe, ficou com o rosto roxo e meio que desmaiou.

– Lembra-se de qual foi a última vez antes disso que ele bebeu daquela taça?

A garota pensou.

– Ora... sim... foi logo depois do espetáculo. As luzes se reacenderam, ele ergueu a taça, disse algo, e os outros também ergueram. Pareceu um brinde ou algo do tipo.

O inspetor anuiu.

– E então?

– Então a música recomeçou, e todos foram dançar, rindo e arrastando as cadeiras. Parecia haver calor humano pela primeira vez. É uma maravilha o que o champanhe pode fazer pelas festas chatas.

– Saíram todos ao mesmo tempo, deixando a mesa vazia?

– Sim.

– E ninguém tocou na taça do sr. Barton?

– Ninguém mesmo – foi a resposta pronta. – Tenho certeza disso.

– E nenhum deles... chegou perto da mesa nesse intervalo?

– Não, a não ser o garçom, é claro.

– Garçom? Que garçom?

– Um novato de avental, mais ou menos dezesseis anos. Não o garçom mesmo, que esse é um sujeito pequeno e prestativo, parece um macaquinho. Diria que é italiano.

O inspetor-chefe confirmou a descrição de Giuseppe Bolsano com um aceno de cabeça.

– E o que ele fez, esse garçom jovem? Encheu as taças?

– Oh não. Ele não tocou em nada na mesa. Apenas recolheu uma bolsa de noite que uma das garotas havia deixado cair quando todos se levantaram.

– Que bolsa era essa?

Christine levou alguns instantes para responder, e finalmente disse:

– Era a bolsa da menina... uma verde e dourada. As outras duas estavam com bolsas pretas.

– E o que o garçom fez com a bolsa?

Christine pareceu surpresa.

– Ele a pôs de volta na mesa, e só.

– Tem absoluta certeza de que ele não tocou em nenhuma das taças?

– Claro que não. Ele apanhou a bolsa do chão e saiu muito rápido, porque os garçons o estavam chamando para ir a algum lugar ou pegar alguma coisa, porque senão tudo seria culpa dele.

– E foi a única vez que alguém chegou perto da mesa?

– Sim.

– Alguém não poderia ter se aproximado da mesa sem que a senhorita notasse?

Christine sacudiu a cabeça, muito determinada.

– Não, tenho certeza de que não. Veja, Pedro havia sido chamado ao telefone e ainda não havia voltado, então eu não tinha nada para fazer a não ser olhar em volta e me sentir entediada. Sou muito boa observadora e onde eu estava sentada não havia muito mais para se ver a não ser a mesa vazia perto de nós.

Race perguntou:

– Quem voltou à mesa primeiro?

– A menina de verde e o velhinho. Eles sentaram, e aí o loiro e a moça de preto voltaram. Depois deles, a enjoada arrogante e o moreno bonitão. Um grande dançarino! Quando todos já haviam voltado e o garçom estava como um louco, esquentando uma travessa na espiriteira, o mais velho se inclinou para os outros e fez uma espécie de discurso. E outra vez todos ergueram as taças. E aí aconteceu.

Christine fez uma pausa e acrescentou, em tom jovial:

– Foi medonho. Pensei que fosse um derrame. Minha tia já teve um e foi exatamente daquele jeito. Pedro voltou bem nessa hora, e eu disse: "Olhe, Pedro, aquele homem teve um derrame". E tudo o que ele conseguiu dizer foi: "Só tomou todas e está passando mal" – que era o que *ele* estava fazendo. Tive de ficar de olho. Eles não gostam que você caia de bêbado em um lugar como o Luxembourg. É por isso que não gosto desses latinos. Quando bebem demais, não são nem um pouco refinados... e uma garota nunca sabe em que situação desagradável pode se meter.

Ela pensou por um momento e, lançando um olhar para um bracelete vistoso e brilhante em seu pulso direito, acrescentou:

– Ainda assim, devo reconhecer que são bastante generosos.

Tirando-a, com gentileza, das dores e delícias da existência de uma garota, Kemp a conduziu mais uma vez à sua história.

– Nossa última possibilidade de auxílio externo se foi – o inspetor disse a Race ao deixarem o apartamento da srta. Shannon. – E teria sido uma ótima possibilidade. Essa garota é o tipo certo de testemunha, vê as coisas e se lembra delas com exatidão. Se houvesse qualquer coisa para ver, ela teria visto. A consequência lógica, então, é que não havia nada a ser visto. É incrível. Um truque de prestidigitação! George Barton bebe champanhe e vai dançar. Ele volta, bebe da mesma taça, que não foi tocada por ninguém, mas, num passe de mágica, está cheia de cianureto. É loucura, digo eu. Não poderia ter acontecido, a não ser pelo fato de que aconteceu.

Ele se calou um minuto.

– Aquele garçom. O garoto. Giuseppe não o mencionou em momento algum. Temos de averiguar. No fim das contas, é a única pessoa que estava perto da mesa enquanto todos estavam dançando. *Tem* de haver alguma coisa aí.

Race anuiu.

– Se ele tivesse posto algo na taça de Barton, a garota teria visto. Ela é uma observadora inata e detalhista. Não ocupa a cabeça com nenhum pensamento, então usa os olhos. Não, Kemp. A explicação, se conseguirmos chegar a ela, deve ser muito simples.

– Sim, é. Ele mesmo colocou o veneno.

– Começo a acreditar que *foi* o que aconteceu. É a única explicação. Mas se é assim, Kemp, estou convencido de que ele não sabia que era cianureto.

– Você quer dizer que alguém deu a substância a ele dizendo que era para indigestão ou pressão sanguínea, algo do tipo?

– Poderia ser.

– Então, quem foi? Não seriam os Farraday.

– Certamente, seria improvável.

– E digo o mesmo para o sr. Anthony Browne. O que nos deixa apenas duas pessoas... uma cunhada afetuosa...

– E uma secretária devotada.

Kemp olhou para Race.

– Sim... Ela poderia ter-lhe aprontado algo do tipo. Devo ir agora até a casa dos Kidderminster. E quanto a você? Vai ver a srta. Marle?

– Estava pensando em ir ver a outra, a do escritório. Condolências de um velho amigo. Vou levá-la para almoçar.

– Então pensa que foi ela?

– Não penso nada ainda. Estou apostando em uma pista.

– Você precisa ver Iris Marle, de qualquer forma.

– E eu a verei... mas prefiro que minha primeira visita àquela casa seja quando ela não estiver. Sabe por que, Kemp?

– Não saberia dizer.

– Porque há alguém lá que gorjeia... gorjeia como um passarinho... "Um passarinho me contou", é um ditado popular da minha juventude. E é a pura verdade, Kemp... Essas aves canoras podem contar muita coisa a quem simplesmente as deixe... cantar!

Capítulo 4

Os dois homens se separaram. Race parou um táxi e seguiu para o escritório de George Barton, na City. O inspetor-chefe Kemp, zeloso de sua verba para despesas, tomou um ônibus até as proximidades da casa dos Kidderminster.

O rosto do inspetor estava sombrio enquanto ele galgava os degraus e tocava a campainha. Sabia que pisava em terreno movediço. A família Kidderminster tinha imensa influência política e suas ramificações se espalhavam como uma rede através do país. O inspetor-chefe tinha plena confiança na imparcialidade da Justiça britânica. Se Stephen ou Alexandra Farraday fossem culpados pela morte de Rosemary Barton ou pela de George Barton, nenhum "lobby" ou "influência" os ajudaria a fugir das consequências. Mas se fossem inocentes, ou se as provas contra eles fossem muito vagas para assegurar uma condenação, então o oficial responsável devia cuidar onde pisava ou estaria sujeito a uma severa repreensão de seus superiores. Em tais circunstâncias, era compreensível que o inspetor-chefe não estivesse muito satisfeito com a tarefa que tinha a sua frente. Parecia-lhe altamente provável que os Kidderminster seriam, como ele dizia para si mesmo, uma pedra no sapato.

Kemp logo percebeu, contudo, que havia sido ingênuo em suas suposições. Lorde Kidderminster era um diplomata experimentado demais para lançar mão de grosserias.

Ao declarar o assunto que o trazia ali, Kemp foi de imediato levado pelo mordomo de ar pontifício a uma sala pouco iluminada, paredes revestidas de livros, nos fundos da casa, onde lorde Kidderminster já o esperava, em companhia da filha e do genro.

Lorde Kidderminster avançou até ele, apertou sua mão e disse, cortês:

– Chegou na hora exata, inspetor-chefe. Se me permite dizer, aprecio muito sua cortesia em vir até aqui em vez de exigir que minha filha e seu marido se apresentassem na Scotland Yard. O que, é claro, eles estariam prontos a fazer se necessário, nem preciso dizer. Mas eles agradecem sua gentileza.

Sandra emendou, com voz tranquila:

– Sim, inspetor, de fato.

Ela trajava um vestido feito de algum tecido vermelho-sangue macio e, sentada como estava, em frente à luz que vinha da janela grande e estreita atrás dela, recordava a Kemp a figura de um vitral que vira certa vez em uma catedral no exterior. O feitio delgado e oval do rosto e o ângulo suave dos ombros colaboravam com a ilusão. Santa Sei-lá-Quem, haviam lhe dito naquela ocasião. Mas lady Alexandra Farraday não era nenhuma santa, de forma alguma. Ainda que, de seu ponto de vista, alguns daqueles santos houvessem sido pessoas estranhas: não cristãos comuns, decentes e compassivos, mas fanáticos intolerantes, cruéis consigo mesmos e com os outros.

Stephen Farraday estava parado próximo à esposa. Seu rosto não traía emoção alguma. Parecia formal e correto, um legislador eleito pelo povo. O homem selvagem estava bem enterrado nele, mas o inspetor-chefe tinha certeza de que continuava lá.

Lorde Kidderminster ainda falava, dirigindo a entrevista com uma boa dose de habilidade.

– Não vou esconder do senhor, inspetor-chefe, que esse é um assunto muito doloroso e desagradável para todos nós. É a segunda vez que minha filha e meu genro são relacionados com uma morte violenta em um lugar público: o mesmo restaurante e dois membros da mesma família. Tal tipo de publicidade é sempre prejudicial para um homem na vida pública. Publicidade, é claro, que não pode ser evitada, todos compreendemos isso, e tanto minha filha quanto o sr. Farraday estão ansiosos para dar aos senhores toda a ajuda que puderem para que esse caso seja rapidamente esclarecido e o interesse do público por ele cesse logo.

– Obrigado, lorde Kidderminster. Agradeço muito tal atitude da parte dos senhores. Certamente, tornará as coisas mais fáceis para nós.

Sandra Farraday se manifestou:

– Por favor, faça todas as perguntas que desejar, inspetor-chefe.

– Obrigado, lady Alexandra.

– Só uma questão, inspetor – disse lorde Kidderminster. – O senhor tem, é claro, suas próprias fontes de informação, e deduzo do que me disse meu amigo, o comissário, que a morte desse homem, Barton, está sendo encarada como homicídio, embora, em face do que se tornou público no caso, o suicídio pareça uma explicação mais provável. *Você* achava que era suicídio, não é mesmo, Sandra querida?

A figura gótica fez uma ligeira mesura com a cabeça e disse, em uma voz pensativa:

– Pareceu bem óbvio para mim a noite passada. Estávamos no mesmo restaurante e, na verdade, na mesma mesa em que a pobre Rosemary Barton bebera veneno no ano passado. Vimos o sr. Barton com frequência durante o verão, no campo, e ele andava bem esquisito... bastante fora de seu normal... e pensamos que a morte da esposa ainda o consumia. Gostava muito dela, o senhor sabe, e não acho que jamais tenha superado a sua morte. Daí que a hipótese do suicídio parecesse, se não natural, ao mesmo plausível... ainda mais que não consigo imaginar como *alguém* pudesse querer matar George Barton.

Stephen Farraday ajuntou, com rapidez:

– Nem eu, tampouco. Barton era um camarada excelente. Tenho certeza de que não tinha um único inimigo no mundo.

O inspetor-chefe olhou para os três rostos curiosos voltados em sua direção e refletiu por um momento antes de falar. "Melhor jogar o jogo deles", pensou consigo mesmo.

– Estou certo de que o que a senhora diz está correto, lady Alexandra. Mas há alguns detalhes que provavelmente ainda não sabe.

Lorde Kidderminster não demorou a se interpor:

– Não devemos pressionar o inspetor-chefe. Está inteiramente sob sua decisão quais fatos deve tornar públicos.

– Obrigado, milorde, mas não há razão pela qual não possa explicar as coisas com um pouco mais de clareza. Vou resumir a história. George Barton, antes de morrer, expressou a outras duas pessoas a crença de que a esposa não havia, como se achava, cometido suicídio, mas, em vez disso, fora envenenada por alguém. Ele também confidenciou que estava na pista dessa terceira pessoa e que o jantar e a celebração de ontem, aparentemente em nome do aniversário da srta. Marle, eram, na verdade, parte de um plano que ele havia elaborado para desvendar a identidade do assassino de sua mulher.

Houve um momento de silêncio – um silêncio no qual o inspetor-chefe, que era um homem sensível a despeito de sua aparência sólida, sentiu a presença de algo que ele poderia classificar como assombro.

Lorde Kidderminster foi o primeiro a se recuperar:

– Mas com certeza essa... crença... por si só já não aponta para o fato de que o pobre George não vinha sendo muito... ahn... ele mesmo? Ficar remoendo a morte da esposa pode ter afetado a mente dele.

– É verdade, milorde, mas ao menos mostra que sua disposição de ânimo não era, em definitivo, a de um suicida.

– Sim... sim, entendo o que quer dizer.

Silêncio outra vez. Então foi a vez de Stephen falar, de modo abrupto:

– Mas como Barton meteu tal ideia na cabeça? No fim das contas, a sra. Barton cometeu *mesmo* suicídio.

O inspetor-chefe lançou a ele um olhar plácido.

– O sr. Barton não pensava assim.

Lorde Kidderminster se intrometeu.

– Mas a polícia não estava satisfeita? Não houve nenhum indício de outra coisa que não suicídio naquela época.

Kemp respondeu, com tranquilidade:

– Os fatos eram compatíveis com suicídio. Não havia nenhuma evidência de que a morte dela fosse devida a qualquer outro agente.

Sabia que um homem do calibre de lorde Kidderminster saberia captar o exato sentido daquelas palavras.

Assumindo um comportamento mais oficial, Kemp continuou:

– Gostaria, se possível, de lhe fazer algumas perguntas agora, lady Alexandra.

– À vontade – ela voltou a cabeça, de leve, na direção dele.

– Não teve, na ocasião, nenhuma suspeita de que a morte do sr. Barton pudesse ser homicídio?

– Certamente que não. Estava certa de que foi suicídio – ela acrescentou: – e ainda estou.

Kemp deixou passar a declaração e prosseguiu:

– A senhora recebeu alguma carta anônima no ano passado?

A tranquilidade dos modos dela pareceu dar lugar à pura perplexidade.

– Carta anônima? Oh, não.

– Tem certeza? Tais cartas são muito desagradáveis, e as pessoas, em geral, preferem ignorá-las, mas podem ser importantes neste caso em particular, e é por isso que eu gostaria de enfatizar que, se a senhora recebeu alguma carta assim, é mais do que essencial que me conte tudo a respeito.

– Entendo. Mas só o que posso fazer é assegurar, inspetor, que não recebi nada do tipo.

– Muito bem. Agora, a senhora diz que os modos do sr. Barton andavam esquisitos este verão. De que maneira?

Ela refletiu por um momento.

– Bem, estava apreensivo, nervoso. Parecia com dificuldade para focar a atenção no que se falava com ele – virou-se para o marido: – foi o que lhe pareceu, Stephen?

– Sim, diria que é uma descrição bem precisa. O homem também parecia fisicamente doente. Havia perdido peso.

– Notou alguma mudança na atitude dele para com a senhora ou seu marido? Menos cordialidade, por exemplo?

– Não, ao contrário. Ele comprou uma casa, o senhor sabe, bem perto da nossa, e parecia bastante agradecido que pudéssemos lhe prestar um auxílio... as apresentações à vizinhança e tudo mais. Claro que tivemos o maior prazer em fazer todo o possível por ele nesse assunto, tanto por George quanto por Iris Marle, que é uma garota encantadora.

– A falecida sra. Barton era muito sua amiga, lady Alexandra?

– Não, não éramos muito íntimas – ela sorriu de leve. – Ela era muito mais amiga de Stephen. Interessou-se pela política, e ele a ajudou a... bem, educar-se politicamente... tarefa que, garanto, ele apreciou. Era uma mulher atraente e encantadora, o senhor sabe.

"E a senhora é muito esperta", pensou consigo mesmo o inspetor-chefe Kemp. "Fico me perguntando o quanto sabe a respeito desses dois... bastante, poderia apostar."

Ele prosseguiu.

– O sr. Barton nunca expressou com a senhora a opinião de que a esposa não havia cometido suicídio?

– De fato, não. Por isso estou tão chocada agora.

– E a srta. Marle? Também não falou nada a respeito da morte da irmã?

– Não.

– Faz alguma ideia do motivo pelo qual George Barton comprou uma casa no campo? Algum dos senhores sugeriu a compra?

– Não, foi uma grande surpresa.

– E os modos dele com os senhores foram sempre amistosos?

– Muito.

– O que a senhora sabe a respeito do sr. Anthony Browne, lady Alexandra?

– Não sei nada, na verdade. Encontrei-me com ele em algumas ocasiões, e isso é tudo.

– E o senhor, sr. Farraday?

– Acho que sei menos a respeito dele do que a minha esposa. Ela ao menos já dançou com ele. Parece um sujeito agradável... é americano, creio.

– Pelo que o senhor observou na época, saberia dizer se ele mantinha alguma relação especial com a sra. Barton?

– Não tenho absolutamente nenhum conhecimento a respeito dessa questão, sr. inspetor-chefe.

– Só estou pedindo suas impressões, sr. Farraday.

Stephen franziu o cenho:

– Eram amigos... é tudo o que eu posso dizer.

– E a senhora, lady Alexandra?

– Apenas a minha impressão, inspetor-chefe?

– Apenas a sua impressão.

– Então, de maneira reservada, digo-lhe que sempre tive a impressão de que se conheciam muito bem e que eram íntimos. Apenas, o senhor compreende, pela forma que olhavam um para o outro. Não tenho provas concretas.

– As damas com frequência têm um ótimo discernimento nesses assuntos – disse Kemp.

O sorriso algo fátuo com que fizera aquele comentário teria divertido o coronel Race se este estivesse presente. Ele continuou:

– E quando à srta. Lessing, lady Alexandra?

– Pelo que sei, a srta. Lessing era secretária do sr. Barton. Conheci-a na noite em que a sra. Barton morreu. Depois disso, encontrei-a somente quando ela esteve na casa de campo e na noite de ontem.

– Se me permite outra pergunta informal, alguma vez teve a impressão de que ela era apaixonada por George Barton?

– Realmente não faço a menor ideia.

– Então chegamos aos acontecimentos de ontem.

Ele interrogou com minúcia tanto Stephen quanto a esposa a respeito do decorrer daquela noite trágica. Não esperava obter muito daquilo, e tudo o que conseguiu foi a confirmação do que as outras testemunhas já haviam contado. Todos os relatos coincidiam nos pontos mais importantes – Barton havia proposto um brinde a Iris, bebera e, imediatamente após, fora dançar. Todos deixaram a mesa ao mesmo tempo, e George e Iris haviam sido os primeiros a retornar a ela.

Nenhum dos dois podia oferecer explicação alguma para a cadeira vazia, exceto que George havia dito, sem dúvida alguma, que estava esperando um amigo, um tal coronel Race, para ocupar aquele assento mais tarde – uma declaração que, o inspetor sabia, não era verdade. Sandra Farraday contou – e o marido confirmou – que, quando as luzes foram acesas depois do espetáculo, George ficara olhando fixo para a cadeira vazia, com uma expressão estranha, e por alguns momentos parecera tão ausente que não ouvia o que lhe diziam. Até que se recompôs e fez o brinde à saúde de Iris.

O único item que o inspetor-chefe pôde contar como uma adição ao que já sabia foi o relato que Sandra fez da conversa com George em Fairhaven – e o apelo que ele fizera para que ela e o marido colaborassem com aquela festa pelo bem de Iris.

Era um pretexto plausível e razoável, pensou o inspetor, ainda que não fosse verdadeiro. Fechando o caderno de anotações no qual rascunhara alguns hieroglifos, ele se levantou.

– Muito grato ao senhor, milorde, bem como ao sr. Farraday e a lady Alexandra, pela ajuda e pela colaboração.

– A presença de minha filha no inquérito será requisitada?

– Os procedimentos na ocasião serão pura formalidade. Serão analisadas as evidências médicas e forenses e, portanto, o inquérito ficará em suspenso por uma semana. Até lá – disse o inspetor, com uma leve mudança de tom – já teremos, espero, avançado na investigação.

Ele se voltou para Stephen:

– A propósito, sr. Farraday, há mais um ou dois pontos nos quais, acredito, o senhor poderia me ajudar. Não é necessário incomodar lady Alexandra. Se me telefonar na Yard, podemos marcar uma hora que seja de sua conveniência. Sei que é um homem ocupado.

As palavras foram ditas com leveza e um ar de casualidade, mas caíram com sentido deliberado nos três pares de orelhas que as ouviam.

Com um tom de cooperação amigável, Stephen conseguiu responder:

– Certamente, inspetor-chefe – consultou o relógio e murmurou: – estou de saída para a Câmara.

Depois que Stephen saiu, apressado, e que o inspetor, do mesmo modo, já havia partido, lorde Kidderminster virou-se para a filha e perguntou, sem preâmbulos:

– Stephen tinha um caso com aquela mulher?

Houve uma pausa de fração de segundo antes que ela respondesse:

– Claro que não. Eu teria sabido se ele tivesse. E de qualquer modo, Stephen não é desse tipo.

– Agora escute aqui, minha querida, não adianta nada tapar o sol com a peneira. Coisas como essas sempre vazam. Quero saber em que situação estamos nesse assunto.

– Rosemary Barton era amante daquele homem, Anthony Browne. Iam juntos a toda parte.

– Bem – disse lorde Kidderminster devagar –, você deve saber.

Não acreditara na filha. À medida que deixava o aposento, sua face se tornava sombria e perplexa. Subiu a escadaria até o quarto de sua mulher. Havia vetado a presença da esposa na biblioteca, pois sabia muito bem que os modos arrogantes dela poderiam despertar antagonismo, e naquela conjuntura achava vital que as relações com o oficial de polícia fossem harmoniosas.

– Bem? – disse lady Kidderminster. – Como foi?

– Muito bem, à primeira vista – disse o lorde, lentamente. – Kemp é um sujeito cortês... maneiras muito agradáveis... lidou com a situação toda com muito tato. Tato demais até, para meu gosto.

– Então a coisa é séria.

– Sim, é. Nunca devíamos ter deixado Sandra casar com aquele camarada, Vicky.

– Foi o que eu disse...

– Sim, sim – ele reconheceu. – Você estava certa, e eu, errado. Mas entenda: ela teria casado de qualquer jeito. É impossível contrariar Sandra quando sua mente está fixada em algo. O desastre foi ela ter conhecido Faraday: um homem de cujos antecedentes e antepassados não sabíamos nada. Em uma hora de crise, como saber de que forma um homem desses vai reagir?

– Entendo... Você acha que permitimos a entrada de um assassino para a família.

– Não sei. Não quero condenar o sujeito por antecipação... mas é o que a polícia acha. E eles são muito perspicazes. Ele tinha um caso com a mulher daquele Barton, isto para mim está bem claro. Tenha ela cometido suicídio por causa dele, ou tenha ele... bem, seja lá o que tenha acontecido, Barton descobriu e estava planejando um escândalo. Suponho que Stephen não teria simplesmente...

– Envenenado o homem?

– Sim.

Lady Kidderminster sacudiu a cabeça.

– Discordo.

– Espero que esteja certa. Mas alguém o envenenou.

– Se pedisse a minha opinião – disse lady Kidderminster –, eu diria que Stephen não tem coragem para fazer uma coisa dessas.

– A carreira dele corria sério perigo... Ele tem um grande talento e as ferramentas de um grande estadista. Nunca se sabe o que alguém é capaz de fazer quando jogado contra as cordas.

A mulher ainda negava com um aceno de cabeça.

– Continuo dizendo que ele não tem coragem. Para isso, seria preciso alguém que se arriscasse e que fosse capaz de uma temeridade. Estou assustada, William, terrivelmente assustada.

Ele a encarou:

– Está insinuando que Sandra... *Sandra*...?

– Odeio até mesmo sugerir tal coisa, mas é inútil ter medo de encarar as possibilidades. Ela está enfeitiçada por aquele homem... sempre esteve... e há alguma coisa estranha em Sandra. Nunca a compreendi de fato... mas sempre tive medo dela. Ela arriscaria tudo, *tudo*, por Stephen. Sem medir as consequências. E se ela foi louca ou perversa o bastante para fazer uma coisa dessas, ela precisa ser protegida.

– Protegida? O que quer dizer com protegida?

– Por você. Temos de fazer alguma coisa pela nossa filha, não temos? Graças a Deus que você pode mexer uma porção de pauzinhos.

Lorde Kidderminster a olhava fixo. Embora achasse que conhecia bem a personalidade da esposa, estava horrorizado com a força e a coragem de seu realismo – a sua recusa em se surpreender com os fatos mais desagradáveis – e também com sua falta de escrúpulos.

– Se minha filha é uma assassina, está sugerindo que eu deveria usar minha posição oficial para resguardá-la das consequências de seus atos?

– É claro – disse lady Kidderminster.

– Minha querida Vicky, você não entende! Não se pode fazer tais coisas. Seria violar a... honra.

– Besteira! – disse lady Kidderminster.

Olharam um para o outro – tão divididos que nenhum deles conseguia entender o ponto de vista alheio. Assim devem ter se olhado Agamemnon e Clitemnestra com a palavra Ifigênia nos lábios.

– Você podia levar a pressão do governo para a polícia, para que desistissem da coisa toda e chegassem a uma conclusão de suicídio. Já foi feito antes... não finja.

– Só quando era uma questão política, e pelo interesse do Estado. Este é um assunto pessoal e privado. Duvido muito que eu possa fazer uma coisa assim.

– Pode, se tiver determinação suficiente.

Lorde Kidderminster ficou rubro de cólera:

– Se eu pudesse, não faria! Seria abusar de minha posição pública.

– Se Sandra fosse presa e levada a julgamento, você não contrataria o melhor advogado e faria todo o possível para livrá-la de uma condenação, por mais culpada que fosse?

– É lógico que sim. Isso é completamente diferente. Vocês, mulheres, não compreendem essas coisas.

Lady Kidderminster ficou em silêncio, imperturbável. Sandra era a menos amada de suas filhas – mas ainda assim, naquele momento, ela era uma mãe e nada mais, disposta a defender sua menina usando de quaisquer meios, honrados ou não. Lutaria com unhas e dentes por Sandra.

– Em todo caso – disse lorde Kiddeminster –, Sandra não será acusada a menos que tenham um caso absolutamente convincente contra ela. E eu, pelo menos, me recuso a acreditar que uma filha minha é uma assassina. Estou pasmo com você, Vicky, por admitir uma ideia como essa, mesmo que por um instante.

A mulher não disse nada, e lorde Kidderminster saiu do quarto, inquieto. E pensar que Vicky – Vicky, a quem ele conhecia intimamente havia tantos anos – era capaz de demonstrar que tinha tão insuspeitas e perturbadoras profundezas!

Capítulo 5

Race encontrou Ruth Lessing ocupada com papéis em uma grande escrivaninha. Vestia um conjunto preto de saia e casaco e uma blusa branca, e ele ficou impressionado com a eficiência vagarosa e tranquila que ela demonstrava. Notou círculos negros ao redor dos olhos e a boca arranjada em um ríctus infeliz, mas seu luto – se de luto se tratava – estava tão bem controlado quanto suas outras emoções. Race explicou o motivo de sua visita, e ela respondeu de imediato.

– Foi muito gentil de sua parte vir. Claro que sei quem o senhor é. O sr. Barton esperava que o senhor se juntasse a nós na noite passada, não é? Lembro que ele disse isso.

– Ele disse isso antes da festa?

Ela pensou por um momento.

– Não, foi quando estávamos ocupando nossos lugares ao redor da mesa. Lembro-me de ter ficado um pouco surpresa... – fez uma pausa e corou de leve: – Não com o convite, é lógico, o senhor é um velho amigo. E deveria ter estado na outra reunião, há um ano. Quis dizer que fiquei surpresa que o sr. Barton não houvesse convidado outra mulher para equilibrar, já que esperava pelo senhor... Mas é claro que, se o senhor fosse chegar tarde ou mesmo não pudesse ir... – ela se calou. – Mas que imbecil eu sou. Por que relembrar essas coisas insignificantes, que não importam mais? Eu *estou* imbecil esta manhã.

– Mas veio trabalhar, como sempre?

– É claro – ela parecia espantada, quase chocada. – É minha obrigação. Há muita coisa para arrumar e pôr em ordem.

– George sempre me disse o quanto ele se amparava na senhorita – disse Race, em um tom gentil.

Ela virou para o outro lado, e Race viu-a piscar e engolir em seco, com rapidez. A ausência de qualquer demonstração de emoção quase o convenceu da completa inocência dela. Quase, mas não o bastante. Já conhecera antes mulheres que eram ótimas atrizes, mulheres cujas pálpebras avermelhadas e círculos escuros debaixo dos olhos eram resultado de artifícios, e não de causas naturais.

Abstendo-se de julgá-la, disse para si próprio: "Ao menos é uma boa personagem".

Ruth virou-se para a escrivaninha e, em resposta ao último comentário que ele fizera, disse, tranquilamente:

– Trabalhei com ele durante muitos anos... oito, completaria em abril. Conhecia as manias dele e acho que ele... confiava em mim.

– Tenho certeza disso – emendou Race e prosseguiu:
– É quase horário de almoço. Espero que me dê a satisfação de sair para almoçar comigo, com calma, em algum lugar. Há muitas coisas que eu gostaria de conversar com a senhorita.

– Obrigada, eu gostaria muito.

Ele a levou para um pequeno restaurante que conhecia, onde as mesas eram dispostas bem separadas umas das outras, o que possibilitava uma conversa tranquila.

Race fez o pedido e, depois que o garçom se afastou, olhou para sua acompanhante, do outro lado da mesa. Concluiu que era uma garota bonita, com o cabelo preto lustroso e a boca e o queixo firmes.

Falou um pouco de banalidades até que viesse a comida, e ela o imitou, mostrando-se sensível e inteligente.

Finalmente, depois de uma pausa, ela disse:

– Quer falar comigo sobre ontem à noite? Por favor, não hesite em fazê-lo. O assunto todo é tão inacreditável que gostaria de conversar com alguém a respeito. Se não tivesse acontecido, e eu vi acontecer, eu mesma não acreditaria.

– A senhorita falou com o inspetor-chefe Kemp, presumo.

– Sim, ontem à noite. Parece inteligente e experimentado – ela se calou por um instante: – Foi mesmo *assassinato*, coronel?

– Foi o que Kemp lhe disse?

– Ele não deu nenhuma informação, mas as perguntas que fez deixaram claro o bastante o que ele tinha em mente.

– A *sua* opinião sobre se foi ou não suicídio é tão relevante quanto a de qualquer um, srta. Lessing. Conhecia Barton muito bem e passou com ele a maior parte do dia de ontem, imagino. Como ele estava? Como sempre? Ou parecia incomodado... aflito... excitado?

Ela hesitou.

– Difícil dizer. Ele estava aflito e incomodado, mas havia uma razão para isso.

Ela explicou a situação que havia surgido, relativa a Victor Drake, e fez um breve esboço da carreira do jovem.

– Hum... – resmungou Race. – A inevitável ovelha negra. E Barton estava preocupado com ele?

Ruth respondeu devagar:

– É difícil explicar. Conhecia o sr. Barton muito bem, o senhor sabe. Ele ficou chateado e preocupado com o assunto... e, pelo que ouvi, a sra. Drake estava chorosa e aflita, como sempre em tais ocasiões... então é claro que ele queria resolver aquilo de uma vez. Mas tive a impressão...

– Sim, srta. Lessing? Tenho certeza de que suas impressões serão acuradas.

– Muito bem, imaginei que sua contrariedade não era a de sempre, se posso definir assim. Porque já tivemos esse mesmo problema antes, de um jeito ou de outro.

Ano passado, Victor Drake estava no país, metido em encrencas, e tivemos de embarcá-lo para a América do Sul, e em junho deste ano ele mandou um telegrama pedindo dinheiro. Logo, o senhor vê que eu já estava familiarizada com as reações do sr. Barton. E desta vez pareceu que o incômodo era principalmente porque o telegrama havia chegado justo no momento em que ele estava concentrado nos acertos finais da festa que daria. Parecia tão absorvido pelos preparativos que o incomodava muito que tivessem surgido outras preocupações.

– Chegou a perceber alguma coisa estranha com relação a esse jantar, srta. Lessing?

– Sim. O sr. Barton estava muito interessado nessa festa. Estava excitado como uma criança.

– Já lhe ocorreu que devia haver um motivo especial para a reunião?

– O senhor se refere ao fato de ser uma reprise da festa de um ano atrás, quando a sra. Barton cometeu suicídio?

– Sim.

– Francamente, achei que era uma ideia das mais extravagantes.

– Mas George não ofereceu nenhuma explicação ou confiou algo à senhorita de alguma forma?

Ela negou com um aceno de cabeça.

– Diga-me, srta. Lessing. Alguma vez teve a mais leve dúvida de que a srta. Barton houvesse cometido suicídio?

Ela parecia perplexa:

– Ora, não.

– George Barton não contou à senhorita que acreditava que a esposa havia sido assassinada?

Ela o encarou.

– George acreditava *nisso*?

– Vejo que é novidade para a senhorita. Sim, srta. Lessing. George recebeu cartas anônimas que declaravam que a esposa não cometera suicídio, e sim que fora assassinada.

– Então foi por isso que ele ficou tão esquisito este verão? Não conseguia adivinhar qual era o problema.

– A senhorita não sabe nada sobre essas cartas anônimas?

– Nada. Houve muitas delas?

– Ele me mostrou duas.

– E eu não sabia nada sobre elas!

Havia uma nota de amargura na voz dela. Ele a observou por alguns instantes e então prosseguiu.

– Bem, srta. Lessing. O que me diz? Na sua opinião, é possível que George tenha cometido suicídio?

Ela sacudiu a cabeça.

– Não, oh não.

– Mas disse que andava agitado... aflito.

– Sim, mas já vinha assim há algum tempo. E agora entendo por quê. E entendo o motivo de ele estar tão agitado com a festa de ontem. Devia ter uma ideia especial em mente... deve ter pensado que, ao reproduzir a mesma situação, conseguiria saber um pouco mais. Pobre George. Devia estar tão confuso a respeito disso tudo.

– E quanto a Rosemary Barton, srta. Lessing? Ainda acha que a morte dela foi suicídio?

Ela franziu o cenho:

– Nunca nem sonhei que pudesse ser algo mais. Parecia tão natural...

– Gripe seguida de depressão?

– Bem, talvez algo além disso. Ela estava definitivamente muito infeliz. Qualquer um podia ver.

– Sabe o motivo?

– Bem... sim. Acho que sabia. Claro que posso ter me enganado. Mas mulheres como a sra. Barton são muito transparentes, não se preocupam em esconder seus sentimentos. Graças a Deus, não creio que o sr. Barton soubesse de alguma coisa... Oh, sim, ela estava muito infeliz. E sei que teve uma forte dor de cabeça naquela noite, além de estar bastante debilitada pela gripe.

– Como sabe que ela teve uma dor de cabeça?

– Ouvi-a contar a lady Alexandra, no lavabo, onde tiramos nossos casacos. Ela lamentou não ter um analgésico, e, por sorte, lady Alexandra trazia um consigo e ofereceu a ela.

A mão do coronel Race interrompeu no meio do caminho o gesto de erguer o copo.

– E ela aceitou?

– Sim.

Ele baixou o copo intocado e olhou-a por sobre a mesa. A moça parecia plácida, inconsciente da importância do que havia dito. Mas *era* importante. Significava que Sandra, que pela posição na mesa teria a maior dificuldade para colocar alguma coisa no copo de Rosemary sem ser vista, havia tido outra oportunidade para administrar o veneno: poderia tê-lo entregue em uma cápsula. Normalmente um comprimido levaria apenas alguns minutos para se dissolver, mas era possível que aquela fosse uma cápsula especial, revestida de gelatina ou alguma outra substância. Ou Rosemary pode não tê-la engolido até mais tarde naquela noite.

Disse, abrupto:

– E ela tomou?

– Desculpe-me, não entendi.

Pôde ver no rosto confuso que o pensamento dela já estava em algum outro lugar.

– Viu Rosemary Barton engolir o comprimido?

Ruth pareceu um pouco espantada.

– Bem... não, na verdade não vi. Ela só agradeceu a lady Alexandra.

Sendo assim, Rosemary podia ter guardado a cápsula na bolsa e, durante o espetáculo, com a dor de cabeça aumentando, colocado-a na taça de champanhe e deixado que se dissolvesse. Conjectura – pura conjectura – mas era uma possibilidade.

– Por que pergunta? – Ruth o interpelou. Seus olhos estavam subitamente alertas, plenos de interrogação. Race pôde observar a inteligência dela trabalhando, ou ao menos assim lhe pareceu.

Por fim ela disse:

– Compreendo. Agora sei por que George comprou aquela casa tão perto da dos Farraday. E entendo por que ele não me contou a respeito das cartas. Pareceu-me tão extraordinário que não tivesse contado. Mas é lógico que, se ele acreditava no que as cartas diziam, isso significava que um de nós, uma daquelas cinco pessoas à mesa, devia tê-la matado. Podia... podia até mesmo ter sido *eu*.

Race perguntou em um tom de voz muito gentil:

– Tinha algum motivo para matar Rosemary Barton?

De início, achou que ela não tivesse ouvido. Permaneceu sentada, imóvel, com os olhos voltados para o chão.

Mas de repente, com um suspiro, ergueu o rosto e olhou bem para ele:

– Não é o tipo de coisa sobre a qual alguém gosta de falar, mas é melhor que o senhor saiba. Eu era apaixonada por George Barton. Antes até que ele tivesse conhecido Rosemary. Não creio que ele soubesse, e com certeza não se importava. Gostava de mim... sim, gostava muito de mim, mas suponho que nunca dessa maneira. E me agradava pensar que teria sido uma boa esposa para ele, que o teria feito feliz. Ele amava Rosemary, mas não era feliz com ela.

Race insistiu, com gentileza:

– E a senhorita não gostava de Rosemary?

– Não, não gostava mesmo. Oh, ela era amável e muito atraente e podia ser encantadora à sua maneira. Mas nunca se preocupou em usar esse encanto comigo. Eu a detestava. Fiquei surpresa quando ela morreu, e com o jeito que aconteceu, mas, na verdade, não lamentei. Receio até que tenha ficado contente.

Fez uma pausa.

– Por favor, podemos mudar de assunto?

Race respondeu rápido:

– Gostaria que me contasse, com exatidão e em detalhes, tudo o que conseguir se lembrar a respeito de ontem. Da manhã em diante, com especial atenção a qualquer coisa que George tenha dito ou feito.

Ruth replicou de imediato, relembrando os eventos da manhã – a contrariedade de George com a aparição inoportuna de Victor, seus próprios telefonemas para a América do Sul, as providências tomadas e a satisfação de George quando o assunto foi resolvido. Depois descreveu sua própria chegada ao Luxembourg, e o modo alvoroçado como George assumiu a posição de anfitrião. Levou a narrativa até o momento final da tragédia. Seu relato concordava em todos os aspectos com os que ele ouvira antes.

Com um cenho franzido de preocupação, Ruth deu voz à própria perplexidade:

– Não foi suicídio. Tenho certeza de que não foi. Mas como pode ter sido assassinato? Quer dizer, como pode ter sido feito? A resposta é: não pode, não por um de nós. Então alguém colocou o veneno na taça de George enquanto dançávamos? E se sim, quem poderia ter sido? Não parece fazer muito sentido.

– Há evidências de que *ninguém* se aproximou da mesa enquanto vocês dançavam.

– Então não faz sentido mesmo! Cianureto não vai parar sozinho em uma taça!

– A senhorita não tem positivamente nenhuma ideia, nenhuma suspeita que seja, sobre quem poderia ter posto o cianureto na taça? Tente se lembrar da noite de ontem. Não houve nada, nenhum pequeno incidente que possa ter despertado suas suspeitas em qualquer grau, ainda que ínfimo?

Viu a face dela se transformar e a incerteza assomar por um momento aos seus olhos. Houve uma pausa mínima, quase infinitesimal, antes da resposta:

– Nada.

Mas houve alguma coisa. Tinha certeza disso. Algo que ela havia visto, ouvido ou notado e que, por qualquer motivo, havia decidido não revelar.

Ele não a pressionou. Sabia que não valeria de nada com uma garota como Ruth. Se, por alguma razão, ela havia tomado a resolução de manter silêncio, tinha certeza de que não mudaria de ideia.

Mas havia ocorrido *algo*. Saber disso o encorajou e deu a ele confiança renovada. Era o primeiro sinal de fissura no muro branco à sua frente.

Despediu-se de Ruth após o almoço, mas seu pensamento permaneceu concentrado nela enquanto se dirigia para Elvaston Square.

Seria possível que Ruth Lessing fosse a culpada? Bem pesadas as coisas, sentia-se predisposto em favor dela, que havia lhe parecido inteiramente franca e direta.

Ela seria capaz de cometer um homicídio? Muita gente era, pensando bem. Capaz não de homicídio em geral, mas do assassinato de um único e particular indivíduo. Era isso o que tornava tão difícil descartar um suspeito. Havia uma certa crueldade naquela jovem. E ela tinha um motivo – ou antes uma coleção deles. Ao tirar Rosemary do caminho, teria uma ótima oportunidade para se tornar a sra. George Barton. Fosse uma questão de casar com um homem rico ou de desposar o homem que amava, a eliminação de Rosemary era um primeiro passo indispensável.

Race estava inclinado a achar que o casamento com um homem rico não era um motivo bom o bastante. Ruth Lessing tinha cautela e sangue-frio demais para arriscar o pescoço pela simples comodidade de viver como esposa de um homem rico. Amor? Talvez. Por baixo da frieza e do distanciamento de suas maneiras, ele suspeitava, havia uma daquelas mulheres capazes de se inflamarem com uma paixão improvável por um homem em particular. Já que amava George e odiava Rosemary, ela poderia tranquilamente ter tramado e executado a morte da rival. O fato de tudo haver corrido sem embaraços e de a tese de suicídio haver sido aceita por todos, sem objeção, só provaria sua competência inata.

Depois George recebera as cartas anônimas (De quem? Por quê? Eram as questões incômodas e perturbadoras que ele não cessava de ruminar) e começara a suspeitar. Planejara uma armadilha. E Ruth o silenciara.

Não, aquilo não estava certo. Não soava verdadeiro, denotava pânico – e Ruth Lessing não era o tipo de mulher que entrava em pânico. Era mais inteligente que George e poderia ter evitado com a maior facilidade qualquer armadilha que ele fosse capaz de armar.

Parecia que, no fim das contas, Ruth não havia acrescentado muito.

Capítulo 6

Lucilla Drake estava deliciada em ver o coronel Race.

As persianas estavam abaixadas. Lucilla entrou na sala, toda de preto, enxugando os olhos com um lenço e explicando, enquanto estendia a mão trêmula para ele, que não conseguiria ver ninguém naquele dia – absolutamente ninguém –, com exceção de um velho amigo do querido, *tão querido* George, e o quanto era assustador não ter um homem em casa! De fato, sem a presença de um homem não se conseguia resolver *coisa alguma.* Estavam sós: ela, uma pobre viúva solitária, e Iris, apenas uma moça desamparada... e George sempre cuidara de tudo. Era muito gentil da parte do coronel aparecer, e ela estava muito agradecida, de verdade – não tinha ideia do que deviam fazer. Lógico, a srta. Lessing tomaria conta de todas as questões de negócios – e dos preparativos do funeral –, mas e quanto ao inquérito? Era tão assustador ter policiais dentro da casa... à paisana, é claro, e realmente muito atenciosos. Mas ela estava tão desnorteada, e a coisa era uma tragédia tão absoluta... e o coronel não achava que devia ser tudo devido à *sugestão* – era o que os psicanalistas diziam, não era, que tudo era "sugestão"? E o pobre George naquele lugar horrível, o Luxembourg, com praticamente as mesmas pessoas, recordando como a pobre Rosemary havia morrido ali mesmo – e, de repente, aquilo foi demais para ele. Se ao menos tivesse dado ouvidos ao que ela, Lucilla, lhe dissera e tomado aquele tônico excelente do estimado dr. Gaskell – George estivera esgotado o verão inteiro, sim, esgotado, por completo.

Depois disso, a própria Lucilla pareceu momentaneamente esgotada, e Race teve uma chance de falar.

Disse o quanto lamentava profundamente o ocorrido e que a sra. Drake poderia contar com ele para qualquer coisa.

Após o que Lucilla outra vez se pôs em marcha e disse que era muito gentil da parte dele, e que a coisa mais terrível havia sido o choque – hoje, aqui, amanhã, morto; como dizia na Bíblia: "crescido como a erva e ceifado ao anoitecer" – talvez não fosse bem isso, mas o coronel Race sabia o que ela queria dizer, e era tão bom sentir que havia alguém em quem pudessem confiar. A srta. Lessing tinha boas intenções, é claro, e era muito eficiente, mas suas maneiras eram um pouco antipáticas e às vezes queria controlar demais as coisas – na opinião dela, Lucilla, George sempre confiara naquela jovem *muito mais* do que devia, e algumas vezes ela realmente temera que ele pudesse cometer alguma tolice, o que seria uma grande pena, e provavelmente a moça o trataria muito mal depois que houvessem casado. Lógico que só ela, Lucilla, percebera o que havia no ar. A querida Iris era tão desinteressada do mundo, e era ótimo, o coronel não achava, que uma garota fosse tão pura e simples? Iris havia sido sempre tão pequena para a idade, e muito quieta – na metade do tempo, não se sabia o que estava pensando. Rosemary, por ser tão linda e alegre, passava muito tempo fora, e Iris ficava andando distraída pela casa, o que não é lá muito bom para uma menina – ela devia estar na escola, aprendendo a cozinhar e talvez a costurar. Tais coisas ocupam a mente e nunca se sabe quando podem vir a ser úteis. Havia sido uma bênção que ela, Lucilla, estivesse livre para vir morar aqui depois da morte da pobre Rosemary – aquela gripe horrível, um tipo bem incomum de gripe, pelo que disse o dr. Gaskell, um homem tão inteligente, e de modos tão vivos e distintos.

Quisera que Iris tivesse ido vê-lo durante o verão. A garota estava tão pálida e abatida.

– De verdade, coronel Race, acho que foram as condições da casa. Degradada, o senhor entende, e úmida, com tantos miasmas à noite.

O pobre George a havia comprado por conta própria sem pedir a opinião de ninguém – uma pena... Queria que fosse uma surpresa, mas realmente teria sido melhor se tivesse aceitado o conselho de uma mulher mais velha. Os homens não sabem nada sobre casas. George deveria ter percebido que ela, Lucilla, estaria disposta a lidar com qualquer tipo de problema. E depois, no fim das contas, o que mais podia fazer da vida? Seu amado marido morrera muitos anos atrás, e Victor, seu precioso menino, estava muito longe, na Argentina... quer dizer, no Brasil, ou era mesmo na Argentina? Era um menino tão bonito e afetuoso.

O coronel Race comentou que já ouvira falar que ela tinha um filho no exterior.

Pelo próximo quarto de hora, ele foi regalado com um relato completo das numerosas atividades de Victor. Um rapaz tão determinado, disposto a meter a mão na massa – e então seguiu-se uma lista das variadas profissões de Victor. Nunca fora indelicado ou se comportara mal com ninguém.

– Sempre foi tão azarado, coronel Race. O diretor do internato o julgou mal, e considero que as autoridades de Oxford se comportaram de forma vergonhosa para com ele. As pessoas não parecem entender que um garoto inteligente com talento para o desenho acharia uma brincadeira excelente imitar a caligrafia de alguém. Ele o fez pela diversão, não pelo dinheiro.

Mas sempre fora um bom filho, e nunca deixara de informar a sua mãe quando tivera alguém problema, o que demonstrava que confiava nela, não é mesmo? Só parecia curioso que os empregos que as pessoas arranjavam para ele o afastassem da Inglaterra com tanta frequência. Não conseguia evitar a sensação de que, se ele conseguisse um bom emprego, no Banco da Inglaterra, digamos, conseguiria se estabelecer muito melhor. Talvez pudesse morar perto de Londres e ter um carrinho.

Apenas depois de vinte minutos ouvindo as perfeições e os infortúnios de Victor, o coronel Race conseguiu desviar a atenção de Lucilla do tema "filhos" para o de "criados".

Sim, o que ele dizia era bem verdade, não havia mais criados como antigamente. Os problemas que as pessoas tinham hoje em dia! Não que pudesse reclamar, porque, na verdade, eles haviam tido muita sorte. A sra. Pound, embora tivesse o azar de ser um pouco surda, era uma mulher excelente. Fazia massas muito pesadas, às vezes, e tinha a tendência de carregar na pimenta da sopa, mas no geral era de muita confiança – e muito econômica, também. Estava lá desde o casamento de George, e não fizera estardalhaço algum quando soube que este ano se mudariam para o campo, embora as outras empregadas tenham criado problema por causa disso e a copeira tenha se demitido – o que na verdade foi melhor, era uma garota impertinente e respondona, além de ter quebrado seis das melhores taças de vinho, não uma por uma, de vez em quando, o que pode acontecer com qualquer pessoa, mas todas de uma vez, o que realmente demonstra uma grande falta de cuidado, o coronel Race não achava?

– De fato, é muito descuido.

– Foi o que eu disse a ela. E que seria obrigada a mencionar isso nas referências... acho que, nesse caso, as pessoas têm obrigação, coronel. Quer dizer, não se deve iludir ninguém. As faltas devem ser mencionadas tanto quanto as boas qualidades. Mas a moça era mesmo... bem... bastante insolente e disse que, de qualquer modo, esperava que seu próximo emprego não fosse em uma casa na qual as pessoas "fossem apagadas": uma gíria terrível e vulgar, aprendida no cinema, acredito, e ridiculamente inapropriada, uma vez que a pobre Rosemary havia tirado a própria vida (ainda que na época não fosse responsável pelas suas ações, como o legista apontou muito bem), enquanto aquela palavra horrível se referia, acho eu, a gângsteres se matando com metralhadoras. Graças a Deus que não temos nada do tipo na Inglaterra. Mas então escrevi nas referências que Betty Archdale compreendia completamente suas atribuições como copeira, era sóbria e honesta, mas tinha a tendência a quebrar muitas coisas, e suas maneiras nem sempre eram respeitosas. Cá entre nós, se eu fosse a sra. Rees-Talbot, teria lido nas entrelinhas e não a teria contratado. Mas hoje em dia as pessoas pulam em qualquer coisa que consigam agarrar, e às vezes pegam uma garota que durou só um mês nos últimos três empregos consecutivos.

No momento em que a sra. Drake fez uma pausa para respirar, o coronel perguntou, o mais rápido que pôde, se ela se referia à sra. Richard Rees-Talbot. Porque, se fosse, ele os havia conhecido, na Índia.

– Realmente não sei dizer. O endereço é Cadogan Square.

– Então *são* os meus amigos.

Lucilla comentou que o mundo era um lugar tão pequeno, não era? E que não havia ninguém como os velhos amigos. A amizade era uma coisa maravilhosa. Sempre achara tão romântico o exemplo de Viola e Paul. Viola querida, era uma garota adorável, com tantos homens apaixonados por ela... mas, ora bolas, o coronel sequer sabia de quem ela estava falando. Temos a tendência de reviver o passado.

O coronel Race implorou para que ela continuasse e, em troca de sua delicadeza, recebeu a história da vida de Hector Marle, sua criação pela irmã, suas peculiaridades e fraquezas e, afinal, quando o coronel Race já havia quase esquecido do início da conversa, seu casamento com a linda Viola.

– Ela era órfã, o senhor entende, e trabalhava no tribunal.

Ouviu sobre como Paul Bennett vencera a decepção com a recusa de Viola e se transformara de apaixonado em amigo da família, sobre seu afeto pela afilhada, Rosemary, sobre sua morte e sobre os termos de seu testamento.

– O que eu sempre achei *muito* romântico. Uma fortuna tão grande! Não que o dinheiro seja tudo, óbvio. Basta pensar na morte trágica da pobre Rosemary. E não estou muito segura nem quanto à querida Iris!

Race lançou-lhe um olhar interrogativo.

– Acho tal responsabilidade preocupante. O fato de que ela é uma grande herdeira é bem conhecido. Mantenho os olhos atentos aos rapazes do tipo indesejável, mas o que mais se pode fazer, coronel Race? Hoje em dia, não se pode mais proteger as garotas como se costumava fazer. Iris tem amigos sobre os quais não sei quase nada. "Convide-os para vir aqui em casa, querida", é o que eu sempre digo... mas suspeito que alguns desses rapazes simplesmente nunca porão os pés aqui. O pobre George também estava preocupado com um rapaz chamado Browne. Eu, pessoalmente, nunca o vi, mas parece que ele e Iris têm se visto um bocado. E ela pode arranjar coisa melhor. George não gostava dele, disso tenho certeza. E sempre achei, coronel, que os homens são os melhores juízes dos outros homens. Lembro-me de considerar o coronel Pusey, um dos curadores de nossa igreja, um homem encantador, mas meu marido sempre manteve uma atitude distante para com ele e me ordenou que fizesse o mesmo – e sem dúvida, um domingo em que ele estava correndo o prato do ofertório, ele caiu. Parecia totalmente embriagado. E é claro que depois (sempre se tem notícias de coisas assim *depois*, seria tão melhor se soubéssemos *antes*) descobrimos que toda semana eram retiradas dúzias de garrafas de brandy vazias de sua casa! O que foi de fato muito triste, porque ele era um religioso de verdade, embora inclinado a ser um tanto evangélico em seus pontos de vista. Ele e meu marido travaram uma batalha terrível acerca dos detalhes do ofício do Dia de Todos os Santos. Oh, meu Deus! O Dia de Todos os Santos! E pensar que ontem foi Dia de Finados.

Um som indistinto fez Race dirigir seu olhar por sobre a cabeça de Lucilla para o vão da porta. Ele já havia conhecido Iris, em Little Priors. Não obstante, sentia que a estava vendo pela primeira vez. Estava surpreso com a extraordinária tensão que havia por trás de seu silêncio. Os olhos dela, verdes e grandes, cruzaram com os dele carregando em sua expressão alguma coisa que ele sabia que devia reconhecer, mas não conseguia.

Por sua vez, Lucilla virou a cabeça.

– Iris, querida. Não ouvi você entrar. Conhece o coronel Race? Ele tem sido tão gentil...

Iris se aproximou e apertou a mão do visitante com gravidade – o vestido preto que usava fazia-a parecer mais magra e pálida do que ele se lembrava.

– Vim ver se poderia ser de alguma ajuda para as senhoras – disse Race.

– Obrigada, é muita gentileza sua.

Ela tivera um grande choque, era evidente, e ainda estava sofrendo seus efeitos. Mas ela gostava tanto assim de George para que a morte dele pudesse afetá-la de modo tão poderoso?

Ela voltou os olhos para a tia – olhos atentos, Race percebeu:

– Do que estavam falando ainda agora, quando eu entrei?

Lucilla ficou vermelha e agitada. Race supôs que ela estivesse preocupada em evitar qualquer menção ao nome do rapaz, Anthony Browne. A mulher exclamou:

– Deixe-me ver... oh, sim, do Dia de Todos os Santos... e de ontem ter sido o Dia de Finados. Dia de Finados... a mim me parece algo tão estranho... uma dessas coincidências que ninguém acredita que possam ocorrer na vida real.

– A senhora está dizendo – comentou Iris – que Rosemary voltou dos mortos ontem para buscar George?

Lucilla soltou um gritinho:

– Iris, minha querida, não diga isso! Que pensamento terrível... tão pouco cristão.

– Por que pouco cristão? É o dia dos mortos. Em Paris as pessoas costumam levar flores às sepulturas.

– Oh, eu sei, querida, mas eles são católicos lá, não são?

Um leve sorriso retorceu os lábios de Iris, depois do qual ela disse, sem rodeios:

– Achei que talvez estivessem falando de Anthony... Anthony Browne.

– Bem... – a voz de Lucilla era agora um trinado muito agudo – para dizer a verdade, nós apenas o mencionamos. Eu comentava, de passagem, que não sabemos nada a respeito dele.

Iris interrompeu-a em um tom duro:

– E vocês deveriam saber alguma coisa a respeito dele?

– Querida, é claro que não. Mas ao menos, digo... bem... seria muito bom, não acha, que soubéssemos?

– Vai ter todas as chances de conhecê-lo no futuro – disse Iris – porque eu vou me casar com ele.

– Oh, Iris – a exclamação foi um meio-termo entre um choro e um gemido. – Não deve fazer nada precipitado... quer dizer, nada pode ser decidido no momento.

– *Está* decidido, tia Lucilla.

– Não, minha cara. Não se pode falar sobre um casamento enquanto o funeral nem foi realizado. Não seria decente. Ainda mais com este horrível inquérito e tudo o mais. E depois, Iris, não acho que o querido George aprovaria. Ele não gostava do sr. Browne.

– Não – disse Iris –, George não teria aprovado e ele não gostava de Anthony, mas não faz diferença. É a minha vida, não a de George, e ele está morto, de qualquer forma.

A sra. Drake soltou outro gemido:

– Iris, Iris, o que aconteceu com você? Isso foi realmente uma coisa muito insensível de se dizer.

– Desculpe, tia Lucilla – disse a garota, exausta. – Sei que deve ter soado assim, mas não tinha essa intenção. Quis dizer apenas que George está em paz em algum lugar e que não precisa mais se preocupar comigo e com meu futuro. Tenho de decidir as coisas por mim mesma.

– Absurdo, querida, ninguém pode decidir uma coisa dessas tão rápido... seria bastante inadequado. E a questão ainda nem foi levantada.

Iris deu uma risada súbita e curta.

– Mas foi levantada. Anthony me pediu para casar com ele antes de deixarmos Little Priors. Queria que eu viesse a Londres e me casasse com ele no dia seguinte sem contar a ninguém. Agora, chego a desejar ter aceitado.

– Foi certamente um pedido muito curioso – interveio, gentil, o coronel Race.

Ela voltou para eles um par de olhos desafiadores:

– Não, não foi. Teria poupado uma porção de aborrecimentos. Por que eu não pude confiar nele? Pediu-me que confiasse, e eu não o fiz. De qualquer modo, agora me casarei tão logo ele queira.

Lucilla prorrompeu em uma torrente de protestos desconexos. Suas gordas bochechas tremiam e seus olhos se estreitavam.

O coronel assumiu rápido o controle da situação.

– Srta. Marle, posso ter uma palavrinha consigo antes de ir? Sobre uma questão estritamente de negócios?

Bastante surpresa, a garota murmurou "sim" e se viu caminhando em direção à porta. Quando ela a atravessou, Race recuou alguns passos até a sra. Drake.

– Não se preocupe, senhora. Quanto menos se falar, mais rápido a coisa se emenda. Veremos o que eu posso fazer.

Deixando-a com este breve consolo, seguiu Iris. Ela o fez cruzar o saguão até uma saleta que dava para os fundos da casa, onde um plátano melancólico desprendia suas últimas folhas. Chegando lá, Race falou em um tom profissional:

– Tudo o que tenho a dizer, srta. Marle, é que o inspetor-chefe Kemp é meu amigo pessoal, e que tenho certeza de que vai achá-lo muito gentil e prestativo. Ele tem uma missão desagradável, mas estou certo de que vai cumpri-la com a máxima dedicação possível.

Ela o olhou por algum tempo sem dizer palavra, e então falou, abruptamente:

– Por que o senhor não foi se juntar a nós ontem, como George esperava que fizesse?

Ele negou com um aceno de cabeça.

– George não me esperava.

– Ele disse que sim.

– Pode ter dito, mas não era verdade. George sabia muito bem que eu não iria.

– Mas e a cadeira vazia? Para quem era?

– Não para mim.

Os olhos dela se entrecerraram, e sua face empalideceu. Ela sussurrou:

– Era para Rosemary... Agora entendo... Era para Rosemary.

Race pensou que ela fosse desabar. Aproximou-se dela com rapidez e a amparou. Depois, fê-la sentar-se.

– Tenha calma...

Ela disse em uma voz entrecortada:

– Estou bem... Mas não sei o que fazer... Não sei o que fazer.

– Posso ajudá-la?

Ela ergueu para ele os olhos sombrios e melancólicos e disse:

– Preciso deixar as coisas claras. Preciso pô-las em ordem – tateou o ar com as mãos. – Primeiro de tudo: George acreditava que Rosemary não havia se matado, mas que fora assassinada. Acreditava nisso por causa das cartas. Coronel Race, quem escreveu aquelas cartas?

– Não sei. Ninguém sabe. A senhorita tem alguma ideia?

– Nem consigo imaginar. De qualquer forma, George acreditava no que elas diziam e preparou a festa de ontem, e deixou uma cadeira vazia, e era Dia de Finados... o dia dos mortos: um dia no qual o espírito de Rosemary poderia voltar... e contar-lhe a verdade.

– Não deve dar tanta trela à imaginação.

– Mas eu mesma a senti... sinto-a bem próxima, às vezes. Sou irmã dela. E acho que ela está tentando me dizer alguma coisa.

– Tenha calma, Iris.

– Eu *preciso* falar sobre isso. George bebeu à saúde de Rosemary... e morreu. Talvez ela tenha vindo e o levado.

– Os espíritos dos mortos não põem cianureto de potássio em uma taça de champanhe, minha jovem.

Aquelas palavras pareceram restaurar o equilíbrio de Iris. Disse, em um tom mais normal:

– Mas é tão inacreditável. George foi assassinado.. sim, assassinado. É o que a polícia acha e deve ser verdade. Porque não há outra alternativa. Mas não faz sentido.

– Acha que não faz? Se Rosemary foi morta, e George estava começando a suspeitar de alguém...

Ela o interrompeu:

– Sim, mas Rosemary não foi morta. É por isso que não faz sentido. George acreditava naquelas estúpidas cartas em parte porque "gripe seguida de depressão" não é um motivo muito convincente para alguém se matar. Mas Rosemary tinha um motivo. Olhe, vou mostrar ao senhor.

Saiu correndo da sala e voltou poucos minutos depois com uma carta dobrada nas mãos. Entregou-a a ele.

– Leia isto e veja por si mesmo.

Ele desdobrou a folha levemente amarrotada.

"Querido Leopardo..."

Leu a carta duas vezes antes de devolvê-la.

A garota comentou, impaciente:

– O senhor entende? Ela estava infeliz... com o coração partido. Não queria continuar vivendo.

– Sabe para quem esta carta foi escrita?

Iris anuiu.

– Para Stephen Farraday, não para Anthony. Ela estava apaixonada, e ele foi cruel com ela. Então ela levou aquela coisa para o restaurante e a bebeu bem ali onde ele poderia vê-la morrer. Talvez tivesse esperança de que ele sofresse.

Race balançou a cabeça, pensativo, mas não disse nada. Depois de algum tempo, perguntou:

– Quando a senhorita achou a carta?

– Há mais ou menos seis meses. Estava no bolso de um velho roupão.

– E não mostrou-a a George.

Iris soltou um grito passional:

– E como eu poderia? Como? Rosemary era minha irmã. Como eu poderia delatá-la para George? Ele tinha tanta certeza de que ela o amava. Como eu poderia mostrar isto a ele depois de ela estar morta? George entendeu tudo errado, mas eu não podia contar. O que quero saber é: o que faço *agora*? Mostrei esta carta ao senhor porque era amigo de George, mas o inspetor Kemp precisa vê-la?

– Sim, Kemp precisa. É uma evidência, a senhorita sabe.

– Mas então eles... eles vão ler isto na corte?

– Não necessariamente. Não é obrigatório. É a morte de George que está sendo investigada. Nada que não seja de estrita relevância será tornado público. Seria melhor que a senhorita me deixasse levar esta carta.

– Está bem.

Iris o acompanhou até a porta da frente. Enquanto ele abria a porta, ela perguntou abruptamente:

– Isso mostra, não mostra?, que a morte de Rosemary foi suicídio.

Race respondeu:

– Com certeza mostra que ela tinha um motivo para tirar a própria vida.

Ela deu um suspiro profundo. Ele desceu as escadas e, ao olhar de relance para trás, viu-a em pé, emoldurada pelo vão da porta, observando-o atravessar a praça.

Capítulo 7

Mary Rees-Talbot saudou o coronel Race com um guincho de positiva incredulidade.

– Meu querido. Não o vejo desde aquela ocasião em que desapareceu tão misteriosamente de Allahabad. Por que está aqui agora? Não é para me ver, tenho certeza. Você nunca atende aos clamores da sociedade. Vamos, confesse, não precisa ser diplomático.

– Métodos diplomáticos seriam uma perda de tempo com você, Mary. Sempre apreciei sua visão de raio-X.

– Corte o falatório e vá logo aos finalmentes, mimoso.

Race sorriu e perguntou:

– A empregada que me deixou entrar era Betty Archdale?

– Então é isso! Não me diga que aquela moça, uma cockney pura, se é que isso existe, é uma bem conhecida espiã europeia, porque eu simplesmente não vou acreditar nisso.

– Não, não, nada do tipo.

– E não venha me dizer que ela é uma de nossas agentes de contraespionagem, porque eu também não acredito.

– Está certo. A garota é uma simples copeira.

– E desde quando você se interessa por simples copeiras? Não que Betty seja simples, está mais para uma trapaceira dissimulada.

– Acho – explicou-se o coronel Race – que ela poderia me contar algumas coisas.

– Se você pedir com jeitinho? Não ficaria surpresa se você estivesse certo. Ela tem uma técnica de colar-na-porta-quando-alguma-coisa-importante-está-acontecendo muito desenvolvida. O que sua querida M. pode fazer por você?

– M. pode, muito gentilmente, me oferecer uma bebida, chamar Betty e mandá-la trazer aqui.

– E quando ela trouxer?

– M. já terá, também muito gentilmente, saído.

– Para ouvir um pouco atrás da porta?

– Se ela assim quiser.

– E no fim de tudo, estarei explodindo de informações confidenciais sobre a mais recente crise europeia?

– Temo que não. Não há nenhuma situação política envolvida nisto.

– Que decepção! Tudo bem, entrarei no jogo!

A sra. Rees-Talbot, uma mulher jovial e morena de 49 anos, tocou a sineta e ordenou à bonita copeira que trouxesse um uísque com soda para o coronel Race.

Quando Betty Archdale voltou com a bebida em uma bandeja, a sra. Rees-Talbot estava em pé na frente da porta mais distante, que dava para a sala de estar.

– O coronel Race tem algumas perguntas a lhe fazer – ela disse e saiu.

Betty voltou para o soldado alto e grisalho um par de olhos desavergonhados, no fundo dos quais brilhava um certo alarme. Ele apanhou o copo, sorriu e perguntou:

– Olhou os jornais de hoje?

– Sim, senhor – Betty o olhava cheia de cautela.

– Viu que o sr. George Barton morreu ontem no restaurante Luxembourg?

– Sim, senhor – os olhos de Betty cintilaram com o prazer da calamidade pública. – Não foi uma coisa horrível?

– Trabalhou na casa dele, não?

– Sim, senhor. Saí no inverno passado, logo depois da morte da sra. Barton.

– Ela também morreu no Luxembourg.

Betty concordou:

– É bem engraçado, não é, senhor?

Race não achava engraçado, mas sabia o que ela queria transmitir com a palavra. Disse, com gravidade:

– Vejo que tem massa cinzenta. Sabe somar dois e dois.

Betty apertou as mãos uma contra a outra e mandou a discrição às favas.

– Ele foi morto também? Os jornais não dizem com exatidão.

– Por que você diz "também"? A morte da sra. Barton foi considerada, na opinião do legista, suicídio.

Ela lançou-lhe uma olhadela de esguelha. Ele é bonito, mesmo sendo tão velho, pensou. Do tipo quieto. Um legítimo cavalheiro. O tipo de cavalheiro que teria lhe dado um soberano* quando mais jovem. Engraçado. Eu nem sei que aparência tem um soberano! O que ele quer, exatamente?

– Sim, senhor – ela disse, com seriedade.

– Mas talvez você nunca tenha achado que *foi* suicídio?

– Bem, não, senhor. De fato, nunca achei.

– Muito interessante... muito interessante mesmo. Por que não?

Ela hesitou, seus dedos já começando a amassar o avental.

Ele dissera aquilo de forma tão gentil, tão séria. Fazia a gente se sentir importante e com vontade de ajudá-lo. E de qualquer forma ela havia, sim, sido esperta no caso da morte de Rosemary Barton. Nunca se deixara enganar, não mesmo!

– Ela foi morta, não foi senhor?

---

* Moeda britânica de ouro, no valor de vinte xelins, ou uma libra esterlina. (N.T.)

– É possível que tenha sido. Mas o que a levou a pensar assim?

– Bem – Betty hesitou. – Foi algo que ouvi certo dia.

– Continue – disse ele, em um tom tranquilo e encorajador.

– A porta não devia estar fechada, ou algo assim. Quer dizer, eu nunca ouviria atrás das portas. Não gosto desse tipo de coisa – disse Betty, fingindo virtude. – Mas eu estava atravessando o salão em direção à sala de jantar e empurrando o carrinho com a bandeja quando os ouvi falando muito alto. Ela, a sra. Barton, estava dizendo algo sobre Anthony Browne não ser o verdadeiro nome dele. E ele, o sr. Browne, se mostrou bastante desagradável. Nunca imaginei que ele seria capaz daquilo... normalmente era tão bem-apessoado e de fala tão macia. Disse algo sobre retalhar o rosto dela... ooh! E depois disse que, se ela não fizesse o que ele estava dizendo, a apagaria. Assim mesmo! Não pude ouvir mais nada porque a srta. Iris desceu as escadas, e é claro que não pensei muito mais no assunto, mas depois que houve todo o estardalhaço sobre ela ter se suicidado na festa e que eu soube que ele havia estado presente na ocasião... bem, aquilo me arrepiou até a medula. Na verdade, ainda arrepia.

– Mas você não disse nada.

A garota sacudiu a cabeça.

– Não queria me envolver com a polícia... de qualquer jeito eu não sabia de nada, não de verdade. E quem sabe, se eu dissesse alguma coisa, eles não me apagariam também? Ou me "levariam para um passeio", como dizem.

– Entendo. – Race fez uma pausa, ao fim da qual completou com a mais gentil das vozes: – Assim, você apenas escreveu uma carta anônima para o sr. Barton.

Ela o encarou. Ele não detectou em seu olhar nenhuma culpa ou preocupação, nada além de puro assombro.

– Eu? Escrever ao sr. Barton? Nunca.

– Não tenha medo de me contar a respeito. Foi de fato uma ideia muito boa. Avisou-o sem se comprometer. Muito inteligente de sua parte.

– Mas eu não escrevi, senhor. Nunca pensei em tal coisa. Quer dizer, escrever para o sr. Barton e dizer que a esposa dele fora assassinada? Para quê? A ideia nunca me passou pela cabeça.

Ela foi tão franca em sua negação que Race, contra a vontade, ficou abalado. Tudo se ajustava tão bem – tudo poderia ser explicado tão naturalmente se ao menos a garota tivesse escrito as cartas. Mas ela insistia em negar, não de forma veemente ou angustiada, mas com sobriedade e sem protestos exagerados. Ele se viu acreditando nela, ainda que de maneira relutante. Resolveu mudar de abordagem.

– A quem mais contou sobre isso?

– Não contei a ninguém. Vou ser honesta com o senhor: eu estava assustada. Achei melhor manter minha boca fechada e tentar esquecer. Só toquei nesse assunto uma vez... quando pedi minhas contas à sra. Drake. Ela andava muito exaltada, mais do que uma garota podia aguentar, e ainda queria que eu fosse me enterrar lá nas grotas no meio do campo, onde não há nem uma linha de ônibus! E aí começou a implicar sobre as minhas referências, dizendo que eu quebrava coisas, e eu disse, de um jeito sarcástico, que, de qualquer jeito, encontraria um lugar onde as pessoas "não fossem apagadas", e me assustei quando disse isso, mas ela não prestou atenção. Talvez eu devesse ter posto a boca no trombone naquela hora, mas realmente não pude. Quer dizer, a coisa toda podia ter sido uma piada. As pessoas dizem cada coisa, o sr. Browne fora sempre tão gentil, e chegado em uma brincadeira, então eu não podia contar, senhor, podia?

Race concordou. E disse:

– A sra. Barton falou que Browne não era o nome dele. Ela disse qual era o nome verdadeiro?

– Sim, disse, porque ele falou "Esqueça Tony..." e agora, o que era mesmo? Tony alguma coisa... Fazia-me lembrar de geleia de cereja.

– Tony Cheriton? Cherable?

Ela negou com um aceno de cabeça.

– Mais extravagante que isso. Começava com M. E soava estrangeiro.

– Não se preocupe. Vai se lembrar, quem sabe. Se sim, me diga. Aqui está meu cartão. Se recordar do nome, escreva para o endereço que está nele.

Alcançou-lhe o cartão e uma nota de dinheiro.

– Farei isso, senhor. Obrigada.

Um cavalheiro, ela pensou, enquanto descia as escadas. Uma nota de uma libra, não de dez xelins. Teria sido tão bom quando haviam soberanos de ouro...

Mary Rees-Talbot voltou à sala.

– E então? Sucesso?

– Sim, mas ainda há um obstáculo a vencer. Poderia me ajudar com sua criatividade? Consegue imaginar um nome que lembre geleia de cereja?

– Que pedido exótico.

– Pense, Mary. Não sou um homem doméstico. Concentre-se no preparo de geleia, geleia de cereja em particular.

– Geleia de cereja não é algo que se faça com muita frequência.

– Por que não?

– Bem, tende a ficar muito doce... a menos que se use cerejas de cozinha. Cerejas Morello.

Race soltou uma exclamação.

– É isso... Aposto que é isso. Adeus, Mary. Sou eternamente grato. Importa-se de tocar aquela campainha para que a garota venha e me leve até a saída?

A sra. Rees-Talbot gritou ao vê-lo deixar a sala apressado.

– Por todos os patifes ingratos! Não vai me contar o motivo de tudo isto?

Ele gritou em resposta:

– Voltarei e contarei a história toda mais tarde.

– Isso é o que você diz – murmurou a sra. Rees-Talbot.

No andar de baixo, Betty aguardava-o com o chapéu e a bengala.

Ele agradeceu e se dirigiu à saída. No umbral, parou e disse:

– A propósito, o nome era Morelli?

O rosto de Betty se iluminou.

– Exato, senhor. Era isso. Tony Morelli foi o nome que ele a mandou esquecer. E ele também disse que havia estado na prisão.

Race desceu as escadas sorrindo.

Da cabine telefônica mais próxima, fez uma chamada para Kemp.

O contato foi breve mas satisfatório.

– Vou mandar um telegrama agora mesmo. Devemos saber a resposta logo. Devo dizer que será um grande alívio se você estiver certo.

– Acho que estou. A sequência está bastante clara.

Capítulo 8

O inspetor-chefe Kemp não estava de muito bom humor.

Durante a última meia hora, havia entrevistado um coelho branco assustado de dezesseis anos que, em virtude da alta posição de seu tio Charles, aspirava a ser um garçom da categoria exigida pelo Luxembourg. Nesse meio-tempo, era um dos seis pobres subalternos que corriam pelo lugar com aventais ao redor da cintura para se diferenciarem dos da classe superior, e cujos deveres eram levar a culpa por tudo, servir de criado, arrumar os pãezinhos e as taças de manteiga e ser ocasional e incessantemente xingado em francês, em italiano e, às vezes, em inglês. Charles, como convinha a um grande homem, longe de mostrar algum favorecimento a um parente de sangue, xingava-o, repreendia-o e praguejava contra ele mais do que contra qualquer um dos outros funcionários. Não obstante, Pierre tinha a aspiração íntima de ser ele próprio, um dia, no futuro distante, nada menos que o maître de um restaurante chique.

No momento, entretanto, sua carreira estava em xeque, e ele deduziu que era considerado suspeito de assassinato.

Kemp virou o rapaz do avesso e, desgostoso, convenceu-se de que o jovem não havia feito nem mais nem menos do que o que dissera ter feito, a saber: pegar a bolsa de uma dama do chão e recolocá-la ao lado do prato.

– É que eu estava correndo com o molho para monsieur Robert e ele já estava impaciente. Aí a moça arrastou a bolsa de cima da mesa quando saía para dançar, eu a apanhei, a pus de volta na mesa e saí dali apressado, porque monsieur Robert já estava me fazendo sinais freneticamente. E isso foi tudo, monsieur.

E *fora* tudo. Kemp, contrariado, deixou o rapaz ir embora, sentindo-se muito tentado a acrescentar um "e que eu não o apanhe fazendo esse tipo de coisa de novo".

O sargento Pollock o interrompeu para avisar que uma jovem estava perguntando por ele, ou melhor, pelo oficial encarregado do caso Luxembourg.

– Quem é ela?

– Apresenta-se como srta. Chloe West.

– Deixe-a subir – disse Kemp, resignado. – Posso dar-lhe dez minutos. Mais que isso e o sr. Farraday já terá chegado. Pensando bem, não vai fazer mal nenhum deixá-lo esperar um pouco. Isso deixa esses tipos ansiosos, ô, se deixa.

Quando a srta. Chloe entrou na sala, Kemp foi assaltado de imediato pela impressão de que a reconhecia. Mas abandonou-a no minuto seguinte. Não, nunca havia visto aquela garota antes, tinha certeza disso. Contudo, a sombra daquela sensação vaga de familiaridade continuou a incomodá-lo.

A srta. West tinha uns 25 anos, cabelos castanhos, era alta e muito bonita. Falava com uma dicção bastante clara e estava decididamente nervosa.

– Bem, o que posso fazer pela senhorita? – começou Kemp, com vivacidade.

– Li no jornal sobre o Luxembourg... o homem que morreu lá.

– O sr. George Barton? Sim? A senhorita o conhecia?

– Não exatamente. Quer dizer, eu não o *conhecia* de verdade.

Kemp lançou-lhe um olhar cauteloso e descartou sua primeira dedução. Ela parecia extremamente refinada e virtuosa. Intensamente, até. Perguntou em tom simpático:

– Pode me dar seu nome e seu endereço completos, por favor, para termos de onde começar?

– Chloe Elizabeth West. Marryvale Court, nº 15, Maida Vale. Sou atriz.

Kemp a examinou com um olhar de esguelha e decidiu que era exatamente o que ela parecia. De uma companhia, imaginou – apesar da aparência, era do tipo sério.

– Continue, srta. West.

– Quando li sobre a morte do sr. Barton e que... a polícia estava investigando, pensei que devia procurá-lo para contar-lhe algumas coisas. Falei a respeito com uma amiga, e ela pareceu pensar o mesmo. Não creio que isto possa lhe ser útil de verdade, mas... – ela se calou.

– Deixe que eu julgue – disse Kemp, amável. – Apenas me conte.

– Não estou trabalhando no momento – começou a explicar a srta. West.

Kemp quase disse "no desvio" para mostrar que conhecia a gíria, mas conteve-se.

– Mas meu nome ainda está nas agências, e minha foto saiu na *Spotlight*... Foi lá, acredito, que o sr. Barton a viu. Entrou em contato comigo e explicou o que queria que eu fizesse.

– Prossiga.

– Ele me disse que estava promovendo um jantar no Luxembourg e que desejava preparar uma surpresa para seus convidados. Mostrou-me uma fotografia e disse para eu me produzir como a moça no original. Disse que eu e ela tínhamos a mesma tonalidade de pele e de cabelos.

Um flash cruzou a mente de Kemp. A fotografia de Rosemary que ele havia visto sobre a escrivaninha, no gabinete de George em Elvaston Square. Era de quem aquela garota o recordava. Ela se parecia com Rosemary Barton – talvez nem fosse tanto, mas o aspecto geral e as feições eram as mesmas.

– Ele me levou um vestido para que eu usasse. Tenho-o aqui comigo. De seda, verde-acinzentado. Eu devia arrumar meu cabelo igual ao da fotografia (era colorida) e acentuar a semelhança com maquiagem. Então, devia ir ao Luxembourg, entrar no restaurante durante o primeiro show de variedades e sentar-me na mesa do sr. Barton, onde haveria um lugar vago. Ele me levou para almoçar no local e mostrou-me onde a mesa estaria.

– E por que faltou ao compromisso, srta. West?

– Porque por volta de oito horas daquela noite alguém... o sr. Barton... me ligou e disse que a coisa toda havia sido adiada. Falou que me avisaria da próxima data para a qual a festa seria remarcada. E então, na manhã seguinte, vi a morte dele noticiada nos jornais.

– E com muita sensibilidade a senhorita veio até nós – disse Kemp, em tom agradável. – Bem, muito obrigado, srta. West. Esclareceu-nos um mistério... o mistério da cadeira vazia. A propósito, agora há pouco a senhorita disse "alguém", e depois "sr. Barton". Por quê?

– Porque de início não achei que fosse o sr. Barton. A voz parecia diferente.

– Era voz de homem?

– Oh, sim. Acho que sim, pelo menos... Estava bastante rouca, como se ele tivesse apanhado um resfriado.

– E foi tudo o que ele disse?

– Tudo.

Kemp fez-lhe mais algumas perguntas, mas não foi adiante.

Quando ela saiu, o inspetor comentou com o sargento:

– Então era esse o famoso "plano" de George Barton. Vejo agora por que todos disseram que ele olhava para a cadeira vazia depois do espetáculo e parecia estranho e ausente. Seu precioso plano havia falhado.

– Você acha que não foi ele quem comunicou a ela o adiamento?

– De jeito nenhum. E não tenho certeza nem se a voz era de um homem. Rouquidão é um bom disfarce pelo telefone. Oh, bem, estamos avançando. Mande entrar o sr. Farraday, se ele já estiver aí.

Capítulo 9

I

Embora frio e imperturbável na aparência, Stephen Farraday chegou à sede da Great Scotland Yard sentindo-se encolher por dentro. Carregava em seu espírito um peso intolerável. Parecera, de manhã, que tudo havia corrido muito bem. Por que o inspetor Kemp solicitara sua presença de modo tão enfático? O que ele sabia ou suspeitava? Sim, porque podia ser apenas uma vaga suspeita. O que devia fazer era manter a cabeça no lugar e não admitir nada.

Sentia-se estranhamente desolado e só sem Sandra. Quando ambos encaravam juntos uma situação perigosa, era como se o horror dela se reduzisse à metade. Unidos, tinham força, coragem, poder. Sozinho, ele não era nada, era menos do que nada. E Sandra? Ela sentia o mesmo? Estaria sentada agora na mansão dos Kidderminster quieta, reservada, orgulhosa, e, no íntimo, sentindo-se terrivelmente vulnerável?

O inspetor Kemp recebeu-o com maneiras agradáveis mas sérias. Havia um homem de uniforme sentado à mesa com um lápis e um bloco de papel. Depois de pedir a Stephen que se sentasse, Kemp falou em um tom bastante formal:

– Proponho, sr. Farraday, que tomemos seu depoimento. Essa declaração será registrada por escrito e pediremos ao senhor que a leia e a assine antes de ir embora. Ao mesmo tempo, é meu dever informá-lo de que o senhor tem toda a liberdade para recusar-se a prestar tal depoimento e que o senhor tem o direito de ter seu advogado presente se assim desejar.

Stephen foi pego de surpresa mas não demonstrou. Forçou um sorriso gélido e disse:

– Soa formidável, inspetor-chefe.

– Queremos que tudo esteja entendido da maneira mais clara, sr. Farraday.

– Tudo o que eu disser poderá ser usado contra mim, é isso?

– Não empregamos o termo "contra". Qualquer coisa que diga está sujeita a ser usada como prova.

Stephen disse tranquilamente:

– Entendo, mas não consigo imaginar, inspetor, por que precisaria de qualquer depoimento adicional de minha parte. Ouviu tudo o que eu tinha a dizer esta manhã.

– Aquela foi uma sessão bastante informal... útil como introdução, como ponto de partida. E além do mais, sr. Farraday, há certos fatos sobre os quais imaginei que o senhor preferiria discutir comigo aqui. Quando o assunto é irrelevante para o caso, tentamos agir com a maior discrição possível nos limites do que é compatível com a execução da justiça. Ouso dizer que o senhor entende aonde quero chegar.

– Receio que não.

O inspetor-chefe Kemp suspirou:

– Apenas isto: o senhor foi... bastante íntimo da falecida sra. Rosemary Barton...

Stephen o interrompeu:

– Quem disse?

Kemp inclinou-se e apanhou de sua escrivaninha um documento manuscrito.

– Esta é uma cópia de uma carta encontrada entre os pertences da sra. Rosemary Barton. O original está arquivado e nos foi entregue pela srta. Iris Marle, que reconheceu a letra como sendo de sua irmã.

Stephen leu:

"Querido Leopardo..."

Uma onda de náusea o arrebatou. A voz de Rosemary... falando, suplicando... o passado não morreria nunca? Jamais consentiria que o enterrassem?

Reassumiu o controle e olhou para Kemp:

– Pode estar certo em pensar que a sra. Barton escreveu esta carta... mas nada indica que foi escrita para mim.

– O senhor nega que pagava o aluguel do endereço Malland Mansions, nº 21, em Earl's Court?

Então eles sabiam! Ficou se perguntando se sabiam o tempo todo.

Encolheu os ombros.

– O senhor parece muito bem informado. Permite-me perguntar por que meus assuntos particulares precisam ser trazidos a público?

– Não precisam, a menos que se provem relevantes para a morte de George Barton.

– Compreendo. Está sugerindo que primeiro eu fui amante da esposa dele e que depois o matei.

– Ora, vamos, sr. Farraday, serei franco. O senhor e a sra. Barton foram amigos muito íntimos... e a separação foi por sua vontade, e não pela dela. A dama se propunha, como a carta demonstra, a fazer barulho. E, o que foi muito conveniente, ela morreu.

– Ela cometeu suicídio. Talvez eu tenha sido em parte responsável. Posso estar envergonhado, mas isso não diz respeito à lei.

– Pode ter sido suicídio... ou não. George Barton pensava que não. Começou a investigar... e morreu. A sequência dos eventos é muito sugestiva.

– Mas não vejo por que o senhor deveria... bem, escolher a mim.

– Admite que a morte da sra. Barton veio em um momento muito conveniente para o senhor? Um escândalo, sr. Farraday, teria sido altamente prejudicial para sua carreira.

– Não haveria escândalo. A sra. Barton seria racional.

– É o que eu gostaria de saber! Sua esposa tem conhecimento desse seu caso, sr. Farraday?

– Certamente que não.

– Tem certeza absoluta do que está declarando?

– Sim, tenho. Minha esposa não faz a mínima ideia de que houvesse outra coisa além de amizade entre mim e a sra. Barton. E espero que nunca venha a fazer.

– Sua esposa é ciumenta, sr. Farraday?

– De modo algum. Nunca demonstrou o menor ciúme em relação a mim. É muito sensata.

O inspetor não fez comentários. Preferiu perguntar:

– Sr. Farraday, em algum momento no ano passado teve em seu poder cianureto de potássio?

– Não.

– Mas o senhor não tem um suprimento de cianureto em sua propriedade no campo?

– Talvez o jardineiro tenha. Não sei nada sobre isso.

– Nunca adquiriu cianureto de um boticário, ou para fotografia?

– Não sei nada de fotografia e repito que nunca comprei cianureto.

Kemp o pressionou um pouco mais antes de deixá-lo ir. Disse, pensativo, para seu subordinado:

– Ele foi muito rápido em negar que sua esposa soubesse a respeito do caso com a mulher do Barton. Fico me perguntando o porquê.

– Suponho que ele estará em apuros caso ela chegue a saber algo sobre isso, senhor.

– Pode ser, mas eu achava que ele tivesse miolos o bastante para perceber que, se sua mulher ignorava o caso, e poderia romper com ele se soubesse, isso lhe daria um motivo a mais para querer silenciar Rosemary Barton. Para salvar a pele, seria melhor que ele tivesse dito que a mulher já sabia mais ou menos do caso, mas que preferia ignorá-lo.

– Talvez ele não tenha pensado nisso, senhor.

Kemp balançou a cabeça. Stephen Farraday não era um tolo. Tinha um cérebro lúcido e astuto. E havia tentado de modo veemente e passional dar ao inspetor a impressão de que Sandra nada sabia.

– Bem – disse Kemp –, o coronel Race parece satisfeito com o rumo da investigação, e, se ele estiver certo, os Farraday estão fora... os dois. Ficaria contente que estivessem. Gosto desse sujeito. E pessoalmente acho que ele não é um assassino.

II

Abrindo a porta da sala de estar, Stephen chamou: "Sandra?"

Ela veio até ele na escuridão e subitamente o agarrou, passando as mãos por seus ombros.

– Stephen?

– Por que está aqui no escuro?

– Não consegui suportar a luz. Conte-me tudo.

– Eles sabem.

– Sobre Rosemary?

– Sim.

– E o que eles pensam?

– Percebem, é lógico, que eu tinha um motivo... Oh, minha querida, veja só para o que eu a arrastei. É tudo minha culpa. Se ao menos eu tivesse partido depois da morte de Rosemary... fugido... deixado-a livre... *você* não teria sido envolvida com todo este assunto horrível.

– Não, isso não... Não me deixe, nunca... nunca.

Ela se pendurou em seu pescoço. Estava chorando, as lágrimas corriam-lhe pelo rosto. Podia sentir o corpo dela tremer.

– Você é a minha vida, Stephen, é minha vida inteira. Não me deixe nunca.

– Gosta de mim tanto assim, Sandra? Eu nunca soube...

– Não queria que soubesse. Mas agora...

– Sim, agora... estamos nisso juntos, Sandra... e vamos enfrentar juntos. Juntos, venha o que vier.

Sentiram as forças se renovarem enquanto ficavam lá, parados, apertados na escuridão, um contra o outro. E Sandra disse, com determinação:

– Isto não vai arrasar nossas vidas! Não vai. Não vai!

Capítulo 10

Anthony Browne olhou para o cartão que o jovem mensageiro lhe estendia.

Franziu o cenho, encolheu os ombros e finalmente disse para o garoto:

– Tudo bem, mande-o entrar.

Quando o coronel Race entrou, Anthony estava parado, em pé, ao lado da janela, com a luz radiante incidindo oblíqua sobre seus ombros.

Viu um homem alto, marcial, com uma face bronzeada vincada de rugas e cabelo cinza-chumbo – um homem que ele já havia visto antes, mas que não encontrava há alguns anos, e um homem sobre o qual sabia muito.

Race viu uma silhueta escura e graciosa e o contorno de uma cabeça bem formada. Uma voz indolente e agradável disse:

– Coronel Race? Sei que o senhor era amigo de George Barton. Ele falou a seu respeito ontem à noite. Aceita um cigarro?

– Aceito, obrigado.

Anthony disse enquanto estendia um fósforo:

– O senhor era o convidado-surpresa que não apareceu... bom para o senhor.

– Está enganado. O lugar vazio não era para mim.

Anthony ergueu as sobrancelhas.

– Verdade? Barton disse...

Race o interrompeu.

– George Barton pode ter dito, mas os planos dele eram bem diferentes. Aquela cadeira, sr. Browne, deveria ser ocupada quando as luzes fossem apagadas por uma atriz chamada Chloe West.

Anthony o encarou.

– Chloe West? Nunca ouvi falar. Quem é ela?

– Uma jovem atriz, não muito conhecida, mas que possui uma certa semelhança superficial com Rosemary Barton.

Anthony assobiou.

– Começo a entender.

– Foi dada a ela uma fotografia de Rosemary para que pudesse copiar o penteado, bem como o vestido que Rosemary usava na noite em que morreu.

– Então era este o plano de George? As luzes se acendem... Abracadabra, suspiros de pavor sobrenatural. *Rosemary voltou dos mortos!* O culpado diz, ofegante: "É verdade... é verdade... fui eu". – Fez uma pausa e acrescentou: – Detestável... mesmo para um imbecil como o pobre e velho George.

– Não tenho certeza se o entendi bem.

Anthony respondeu com um esgar:

– Vamos e venhamos, senhor... um criminoso escolado não se comportaria como uma colegial histérica. Se alguém envenenou Rosemary Barton a sangue-frio e estava preparado para administrar a mesma dose fatal de cianureto a George Barton, tal pessoa tem uma boa porção de audácia. Seria preciso mais do que uma atriz vestida como Rosemary para fazê-la entregar o ouro.

– Macbeth, o senhor há de lembrar, um criminoso decididamente experimentado, ruiu em pedaços quando viu o fantasma de Banquo no banquete.

– Ah, mas o que Macbeth viu era mesmo um fantasma! Não um ator canastrão vestindo os trapos de Banquo! Estou pronto a admitir que um fantasma de verdade possa trazer de um outro mundo sua própria substância. Na verdade, estou inclinado a reconhecer que acredito em fantasmas... que tenho acreditado neles nos últimos seis meses... em um fantasma em particular.

– Mesmo? E que fantasma é esse?

– Rosemary Barton. Pode rir se quiser. Não a vi, mas senti sua presença. Por uma razão ou outra, a pobre alma de Rosemary se recusa a continuar morta.

– Posso sugerir uma razão.

– Porque ela foi assassinada?

– Para usar as palavras de outra pessoa, porque ela foi "apagada". *Que acha, sr. Tony Morelli?*

Ficaram em silêncio. Anthony sentou-se, atirou o toco de cigarro na lareira e acendeu outro. Só então disse:

– Como descobriu?

– Admite então que é Tony Morelli?

– Não sonharia em perder tempo negando. É óbvio que passou um telegrama para a América e obteve o serviço todo.

– E admite também que, quando Rosemary Barton descobriu sua identidade, você ameaçou "apagá-la" a menos que ela segurasse a língua?

– Fiz tudo o que pude pensar para assustá-la até que calasse o bico – concordou Tony, jovial.

O coronel Race foi envolvido por um sentimento estranho. Aquele encontro não estava saindo como deveria. Olhou para a figura recostada na cadeira defronte a ele – e foi assaltado por uma esquisita sensação de familiaridade.

– Quer que eu recapitule o que sei a seu respeito, Morelli?

– Seria divertido.

– Foi condenado nos Estados Unidos por tentativa de sabotagem na fábrica de aviões Ericsen e foi sentenciado a um período na prisão. Depois de cumprir pena, saiu do país, e as autoridades perderam seu rastro. Na sequência, sabe-se que está em Londres, hospedado no Claridge e apresentando-se como Anthony Browne. Aqui você conseguiu travar conhecimento com lorde Dewsbury e, por meio dele, conheceu outros proeminentes fabricantes de armas. Hospedava-se na casa de Dewsbury e, na condição de hóspede do lorde, teve acesso a coisas que nunca deveria ter visto! É uma coincidência curiosa, Morelli, que uma trilha de incontáveis acidentes e alguns desastres em larga escala evitados por pouco tenha seguido bem de perto suas visitas a várias fábricas e oficinas importantes.

– Coincidências – disse Anthony – são mesmo coisas extraordinárias.

– Finalmente, após outro lapso de tempo, você reaparece em Londres e reata suas relações com Iris Marle, apresentando desculpas para não visitá-la em casa, de forma a que a família dela não perceba o quão íntimos vocês estão se tornando. Por fim, você tenta convencê-la a se casarem em segredo.

– Sabe – disse Anthony –, é extraordinário o modo como descobriu todas essas coisas... Não me refiro ao negócio de armamentos. Quero dizer, minhas ameaças a Rosemary e as ninharias ternas que sussurrei ao ouvido de Iris. Seguramente, elas não entram na alçada do M.I.5.

Race olhou-o com atenção.

– Tem muita coisa a explicar, Morelli.

– Não, em absoluto. Ainda que os fatos que relatou estejam todos corretos, que importa? Cumpri minha sentença. Fiz alguns amigos interessantes. Apaixonei-me por uma garota muito encantadora e estou, como é natural, impaciente para me casar com ela.

– Tão impaciente que preferia que o casamento fosse realizado antes que a família dela tivesse a chance de descobrir algo sobre seus antecedentes. Iris Marle é uma jovem muito rica.

Anthony balançou a cabeça, concordando.

– Eu sei. Quando há dinheiro envolvido, as famílias tendem a ser abominavelmente abelhudas. E Iris, você entende, não sabe nada a respeito de meu passado escuso. Francamente, preferia que ela não soubesse.

– Temo que logo ela saberá de tudo.

– Uma pena – disse Anthony.

– É possível que você não perceba...

Anthony o cortou com uma risada.

– Oh, posso muito bem ligar os pontos. Rosemary Barton conhecia meu passado criminoso, e eu a matei. George Barton estava alimentando suspeitas sobre mim, então eu o matei! E agora, estou atrás do dinheiro de Iris. Tudo bem apropriado e se encaixa muito bem, mas vocês não têm nenhum resquício de prova.

Race escrutinou-o com um olhar atento por alguns minutos. Por fim, se levantou e disse:

– Tudo o que eu disse é verdade. *E está tudo errado.*

Anthony observou o outro minuciosamente.

– O que está errado?

– Você – Race caminhou devagar por todo o quarto. – Tudo se encaixava muito bem até que eu o vi... mas agora que o vi, não se encaixa mais. *Você não é um escroque.* E se você não é um escroque, é um de *nós*. Estou certo, não estou?

Anthony olhou para Race em silêncio enquanto um sorriso vagaroso se abria em seu rosto. Declamou, então, em um suave sussurro:

– "*Porque a senhora do coronel e Judy O'Grady eram irmãs debaixo de suas peles.*"* Sim. Engraçado como um de nós sempre reconhece outro da mesma espécie. Por isso tentei evitar um encontro com o senhor. Temia que me identificasse. Era importante que ninguém soubesse...

---

* Verso final do poema *The Ladies*, que abre o volume *Barrack-Room Ballads*, de Rudyard Kipling (1865-1936). Tornou-se uma citação muito popular em inglês para designar indivíduos da mesma estirpe que se reconhecem, quase o nosso "farinha do mesmo saco". (N.T.)

importante até ontem. Agora, graças a Deus, o balão já subiu! Pescamos nossa quadrilha internacional de sabotadores. Venho trabalhando nesta missão há três anos, frequentando certas reuniões, fazendo barulho no meio dos trabalhadores, criando para mim o tipo certo de reputação. Por fim, foi estabelecido que eu executasse um grande trabalho e fosse condenado. A coisa tinha de ser autêntica se eu queria estabelecer minha *bona fide*.

"Quando saí, a engrenagem começou a se mover. Pouco a pouco, avancei até o centro das coisas: uma grande rede internacional comandada da Europa Central. Foi como agente *deles* que vim para Londres e me hospedei no Claridge. Tinha ordens para estabelecer relações amigáveis com lorde Dewsbury... seria o meu apoio, aquela borboleta social! Conheci Rosemary Barton no personagem de jovem e atraente recém-chegado. De súbito, para meu horror, descobri que ela sabia que eu havia estado preso na América como Tony Morelli. Fiquei aterrorizado por ela! As pessoas para quem estava trabalhando a teriam matado sem um momento de hesitação se sequer pensassem que ela sabia. Fiz o possível para assustá-la a ponto de manter-lhe a boca fechada, mas não tinha muitas esperanças. Rosemary nasceu para ser indiscreta. Achei que o melhor que podia fazer era zarpar... e então vi Iris descendo uma escadaria e jurei que, após terminar meu trabalho, voltaria para me casar com ela.

"Quando a parte ativa do trabalho estava feita, apareci por aqui de novo e entrei em contato com Iris, mas mantive distância de sua casa e de sua família porque sabia que eles fariam investigações sobre mim e eu ainda tinha de manter o disfarce por algum tempo. Fiquei preocupado com ela. Parecia doente e assustada... e George se comportava de um modo bastante esquisito. Insisti para que fosse embora comigo e nos casássemos. Bem, ela recusou. Talvez estivesse certa. Então fui atraído para aquela festa.

Foi quando já estávamos sentados para jantar que George mencionou que você estaria lá. Disse, rapidamente, que havia encontrado um homem que conhecia e que poderia ter de sair cedo. Na verdade, eu havia visto um camarada que conheci na América, Coleman "Macaco", apesar de ele não se lembrar de mim – mas quis mesmo foi evitar encontrá-lo. Ainda estava a serviço.

"Sabe o que aconteceu depois... George morreu. Não tive nada que ver com sua morte ou com a de Rosemary. E não sei quem os matou."

– Não tem nem mesmo uma ideia?

– Deve ter sido ou o garçom ou uma das cinco pessoas à mesa. Não acho que tenha sido o garçom. Não fui eu, nem Iris. Poderia ter sido Sandra Farraday ou Stephen Farraday. Ou poderiam ter sido os dois juntos. Mas a melhor aposta, em minha opinião, é Ruth Lessing.

– Tem algo em que sustentar essa crença?

– Não. Parece-me a pessoa mais provável... não consigo entender nem ao menos como ela fez isso! Em ambas as tragédias, ela estava de tal forma posicionada à mesa que seria praticamente impossível pra ela mexer na taça de champanhe... e quanto mais eu penso a respeito do que aconteceu ontem à noite, mais me parece impossível que George possa ter sido envenenado. Mas ele foi! – Anthony fez uma pausa. – E há outra coisa que me perturba... o senhor descobriu quem escreveu aquelas cartas anônimas que o colocaram na pista?

Race sacudiu a cabeça;

– Não. Achei que tivesse descoberto, mas estava errado.

– Porque o interessante é que a existência das cartas significa que há *alguém, em algum lugar*, que sabe que Rosemary foi assassinada. Portanto, a menos que vocês tomem cuidado, essa pessoa será a próxima a morrer.

Capítulo 11

Pelas informações que recebeu por telefone, Anthony sabia que Lucilla Drake sairia às cinco da tarde para tomar um chá com uma velha e querida amiga. Levando em conta possíveis contingências (o esquecimento da carteira, a decisão tardia de pegar um guarda-chuva, por precaução, ou conversas de última hora no degrau de entrada), Anthony planejou sua chegada a Elvaston Square para as 17h20. Iris era quem ele queria ver, não sua tia. E, de acordo com a opinião geral, uma vez que fosse levado à presença de Lucilla, ele teria pouca chance de conversar com sua garota sem interrupções.

A copeira (uma jovem a quem faltava a polidez impudente de Betty Archdale) disse que a srta. Iris tinha chegado havia pouco e estava no gabinete.

Anthony disse com um sorriso:

– Não se incomode, eu acho o caminho – e foi passando até a porta do aposento.

À sua entrada, Iris virou-se com um movimento brusco e nervoso.

– Oh, é você.

Avançou até ela, ligeiro.

– O que foi, querida?

– Nada – ela fez uma pausa e retomou rápido o assunto: – Nada, só que quase fui atropelada. Por minha própria culpa, acho eu. Estava tão distraída e pensativa que cruzei a rua sem olhar para os lados, e o carro dobrou a esquina raspando e não me pegou por pouco.

Ele deu-lhe uma leve e gentil sacudidela:

– Não deve fazer esse tipo de coisa, Iris. Estou preocupado com você... E não é pela sua escapada milagrosa de debaixo das rodas de um automóvel, mas pelo motivo que a deixa tão aluada no meio do trânsito.O que há, querida? Há alguma coisa diferente, não há?

Ela anuiu. Os olhos dela – que se ergueram pesarosos até os dele – estavam dilatados e escuros de pavor. Reconheceu a mensagem neles antes mesmo que ela dissesse, em tom rápido e baixo:

– *Estou com medo.*

Anthony recuperou seu equilíbrio, calmo e sorridente. Sentou-se ao lado de Iris em um sofá largo.

– Vamos lá – ele disse –, ponha para fora.

– Não creio que eu queira lhe contar, Anthony.

– Ora, gracinha, não seja como essas heroínas dos livros policiais de terceira que começam já no primeiro capítulo com alguma coisa que elas talvez não possam contar por nenhuma outra razão que não seja confundir o herói e fazer o livro dar voltas e voltas por mais cinquenta mil palavras.

Ela se permitiu um sorriso débil e pálido.

– Eu quero lhe contar, Anthony, mas não sei o que você vai pensar... Não sei se acreditaria em mim...

Anthony ergueu a mão e começou a contar as possibilidades nos dedos:

– Um: uma criança ilegítima. Dois: um amante chantagista. Três...

Ela o interrompeu, indignada:

– Claro que não. Não é nada *desse* tipo.

– Isso alivia meu coração. Ora, vamos, tolinha.

O rosto de Iris anuviou-se outra vez:

– Não é para rir. É... é a respeito da outra noite.

– Sim? – a voz dele adquiriu um tom mais sério.

Iris perguntou:

– Você estava no inquérito hoje de manhã. Você ouviu...

Ela parou.

– Muito pouco – emendou Anthony. – O legista sendo técnico a respeito dos cianuretos em geral e dos efeitos do cianureto de potássio em George. A prova pericial apresentada pelo primeiro inspetor, não o Kemp, aquele com o bigode vistoso que chegou primeiro ao Luxembourg e se encarregou do caso. A identificação do corpo pelo chefe de escritório do George. Depois disso, o inquérito foi suspenso por uma semana por um juiz de instrução adequadamente dócil.

– É ao inspetor que me refiro – disse Iris. – Ele disse que encontraram um pequeno pacote de papel sob a mesa contendo traços de cianureto de potássio.

Anthony pareceu interessado.

– Sim, é óbvio que quem quer que tenha colocado aquela coisa na taça de George também largou debaixo da mesa o papel que a continha. Coisa simples de se fazer. Ele ou ela não podia se arriscar a ser pego com aquilo.

Para surpresa dele, Iris começou a tremer violentamente.

– Oh, não, Anthony, não foi assim.

– O que quer dizer, querida? O que sabe a esse respeito?

Iris respondeu:

– *Eu* joguei aquele pacote embaixo da mesa.

Ele voltou um par de olhos estupefatos para ela.

– Por favor, me escute, Anthony. Você se lembra de quando George bebeu o champanhe e aquilo aconteceu?

Ele anuiu.

– Foi horrível... como um pesadelo. Bem quando tudo parecia bem, quer dizer, depois do espetáculo, quando as luzes voltaram ao normal, eu me senti tão aliviada. Porque foi naquele momento, você lembra, que vimos Rosemary morta... e de algum modo, não sei por que, tinha a sensação de que veria tudo acontecer de novo. Senti que ela estava lá, morta, sobre a mesa...

– Querida...

– Oh, eu sei, era só nervosismo. Mas, de qualquer jeito, lá estávamos nós, e não havia nada de horrível, e de súbito parecia que tudo havia passado e que finalmente seria possível... não sei como explicar... *recomeçar*. Eu dancei com George e senti que estava me divertindo de verdade, afinal, e voltamos para a mesa. De repente, George falou sobre Rosemary e pediu-nos para beber à memória dela e aí *ele* morreu. E todo o pesadelo voltou. Senti-me paralisada. Fiquei parada lá, tremendo. Você se aproximou para olhá-lo, e eu me afastei um pouco. Os garçons vieram, alguém perguntou se havia um médico. E todo o tempo eu fiquei lá, em pé, congelada. Subitamente, um nó se formou em minha garganta, e as lágrimas começaram a correr pelo meu rosto. Eu abri minha bolsa aos trancos, para pegar meu lenço, apalpei dentro dela, sem olhar, e retirei o lenço, mas havia alguma coisa enrolada nele... um pedaço dobrado de papel branco e duro, do tipo que as farmácias usam para embalar substâncias em pó. Só que, Anthony, *aquilo não estava na minha bolsa quando saí de casa*. Não tinha nada parecido, eu mesma pusera minhas coisas na bolsa vazia: pó compacto, batom, o meu lenço, um pente dentro de um estojo, um xelim e algumas moedas. Alguém colocou aquele pacote na minha bolsa... E na hora lembrei que haviam encontrado um pacote como aquele na bolsa de Rosemary depois que ela morreu e que havia cianureto dentro. Eu fiquei assustada, Anthony, terrivelmente assustada. Meus dedos amoleceram, e o pacote voou do meu lenço para baixo da mesa. E eu o deixei lá e não disse nada. Estava com medo. Alguém poderia ver e pensar que eu havia matado George, e eu *não matei*.

Anthony soltou um assobio prolongado e por fim perguntou:

– E ninguém viu?

Iris hesitou.

– Não tenho certeza – ela disse devagar. – Creio que Ruth notou algo. Mas ela parecia tão pasma que não sei se ela *notou* mesmo ou se estava apenas me olhando com a expressão vazia.

Anthony deu outro assobio e comentou:

– Isso é uma confusão dos diabos.

Iris concordou:

– Fica cada vez pior. Tenho tanto medo de que descubram.

– Por que não encontraram suas digitais, é o que me pergunto? A primeira coisa que eles fariam seria verificar as impressões.

– Suponho que foi porque eu segurei o pacote envolto no lenço.

Anthony assentiu.

– Sim, você deu sorte nessa.

– Mas quem poderia ter posto na minha bolsa? Ela esteve comigo a noite toda.

– Não é impossível como pensa. Quando você foi dançar depois do espetáculo, deixou a bolsa sobre a mesa. Alguém pode ter mexido nela ali. E há as outras mulheres. Pode se levantar e encenar para mim como vocês se comportam no toalete feminino? É o tipo de coisa que eu não saberia. Vocês se reuniram e conversaram ou foi cada uma para um espelho diferente?

Iris refletiu.

– Fomos todas para o mesmo balcão: grande, comprido, com o tampo de vidro. Largamos as bolsas e ficamos nos olhando, você sabe.

– Na verdade não sei. Prossiga.

– Ruth empoou o nariz, Sandra ajeitou os cabelos com um grampo. Eu retirei minha capa de pele e a entreguei para a funcionária. Aí vi que minhas mãos estavam sujas e fui até o lavabo.

– E deixou sua bolsa no balcão de vidro.

– Sim. Lavei as mãos. Quando terminei, Ruth ainda estava maquiando o rosto, acho. Sandra largou seu casaco e voltou até o espelho, e Ruth lavou as mãos. Eu fui até o balcão e só arrumei um pouquinho o cabelo.

– Então qualquer uma das duas poderia ter posto algo em sua bolsa sem que você visse?

– Sim, mas não consigo acreditar que Ruth ou Sandra fariam tal coisa.

– Você tem as pessoas em muito alta conta. Sandra é o tipo de criatura gótica que teria mandado os inimigos para a fogueira na Idade Média... E Ruth daria uma das envenenadoras mais mortíferas que já pisaram sobre a Terra.

– Se foi Ruth, porque não disse que me viu largar o pacote?

– Aí você me pegou. Se Ruth tivesse plantado o cianureto deliberadamente em sua bolsa, teria tomado todas as precauções para que você não se safasse dessa. Então parece que não foi ela. De fato, o garçom é, de longe, a melhor aposta. O garçom, o garçom! Se ao menos tivéssemos um garçom estranho, um garçom em particular, um garçom contratado só para aquela noite. Mas em vez disso temos Giuseppe e Pierre, e eles não servem.

Iris suspirou.

– Estou contente por haver lhe contado. Ninguém vai saber, não é? Só você e eu.

Anthony olhou-a com uma expressão muito embaraçada.

– Não vai ser assim, Iris. Na verdade, você vai entrar agora mesmo comigo em um táxi, e iremos até o velho Kemp. Não podemos manter isso debaixo do tapete.

– Oh, não, Anthony. Eles vão pensar que matei George.

– Certamente pensarão isso se descobrirem, mais tarde, que você ficou aí sentada e não disse nada a respeito. Aí, sim, suas explicações soarão extremamente frágeis. Se for até eles agora, por vontade própria, há uma probabilidade de que acreditem em você.

– Anthony, por favor...

– Olhe aqui, Iris, você está em uma situação bem delicada. Mas, à parte qualquer outra coisa, há a verdade.

Não se pode ficar cheio de cautelas ou tentar livrar a própria pele quando há uma questão de justiça envolvida.

– Oh Anthony, você precisa ser tão exagerado?

– Belo golpe! Mas ainda assim estamos indo ver Kemp! Agora!

A contragosto, ela o seguiu até o saguão. Ele apanhou um casaco, jogado sobre uma cadeira, e segurou-o para ajudá-la a se vestir.

Havia medo e revolta nos olhos dela, mas Anthony não deu mostras de se comover:

– Vamos pegar um táxi no fim da praça.

Quando avançavam para a porta da frente, ouviram soar a campainha.

Iris exclamou.

– Havia esquecido. Deve ser Ruth. Ela viria aqui na saída do escritório para combinarmos os detalhes do funeral. É para ser depois de amanhã. Pensei que poderíamos acertar melhor as coisas enquanto tia Lucilla estivesse fora. Ela faz muita confusão.

Anthony avançou e abriu a porta, antecipando-se à copeira que subia correndo as escadas.

– Está tudo certo, Evans – disse Iris, e a garota desceu novamente.

Ruth parecia cansada e um tanto desgrenhada. Estava carregando uma pasta de documentos grande.

– Desculpe o atraso, mas o trem estava horrivelmente cheio hoje, e precisei esperar por três ônibus, e não havia nenhum táxi à vista.

Desculpar-se não era do feitio da competente Ruth, pensou Anthony. Outro sinal de que a morte de George havia abalado aquela eficiência quase inumana.

Iris disse:

– Não posso ir com você agora, Anthony. Ruth e eu temos coisas a acertar.

Anthony disse, com firmeza:

– Receio que isto seja mais urgente. Sinto muitíssimo, srta. Lessing, por arrastar Iris desta maneira, mas *é* de fato muito importante.

Ruth apressou-se em dizer:

– Está tudo bem, sr. Browne. Posso acertar tudo com a sra. Drake quando ela voltar – sorriu de leve. – Sei lidar muito bem com ela, o senhor sabe.

– Tenho certeza de que sabe lidar com qualquer um, srta. Lessing – disse Anthony, com admiração.

– Talvez você queira me fazer alguma recomendação especial, Iris?

– Não tenho nenhuma. Sugeri que decidíssemos tudo eu e você simplesmente porque tia Lucilla muda de ideia sobre cada coisa de dois em dois minutos, e achei que seria bastante difícil para você. Já tem tanto a fazer. Mas realmente não me importa que tipo de funeral será esse! Tia Lucilla ama funerais, mas eu detesto. É preciso enterrar os mortos, claro, mas odeio que se faça estardalhaço a respeito. E para os mortos não importa mais. Já estão longe de tudo. Os mortos não voltam.

Ruth não respondeu, e Iris repetiu com uma insistência estranha e desafiadora: "Os mortos não voltam".

– Venha – disse Anthony e empurrou-a para fora pela porta aberta.

Um táxi passava vagaroso ao redor da praça. Anthony o chamou e ajudou Iris a embarcar.

– Diga-me, doçura – ele disse, após ordenar ao motorista que os levasse até a Scotland Yard –, quem exatamente você sentiu que estava lá no saguão quando achou necessário reafirmar que os mortos estão mortos? George ou Rosemary?

– Ninguém! Ninguém mesmo! Apenas detesto funerais, já disse.

Anthony suspirou e disse:

– Definitivamente, eu devo ser médium.

Capítulo 12

Os três homens sentaram-se ao redor da mesinha com tampo de mármore.

O coronel Race e o inspetor-chefe Kemp bebiam chá preto forte, rico em tanino. Anthony sorvia o que os estabelecimentos ingleses consideravam ser uma boa xícara de café. Ele não concordava, mas resistia para poder ser admitido em igualdade de condições na conferência dos outros dois. O inspetor-chefe Kemp, tendo feito uma averiguação esmerada das credenciais de Anthony, consentira em reconhecê-lo como colega de profissão.

– Se querem saber minha opinião – disse o inspetor-chefe, derramando vários torrões de açúcar em sua bebida escura e mexendo-a com a colher –, este caso nunca será levado a julgamento. Nunca vamos conseguir provas.

– Acha que não? – perguntou Race.

Kemp concordou com a cabeça enquanto tomava, com aprovação, um gole de seu chá.

– A única esperança era conseguir evidências sólidas de compra ou posse de cianureto por um dos cinco. Não encontrei nada em parte alguma. Será um daqueles casos em que se sabe quem fez e não se pode provar.

– Então sabe quem foi? – Anthony olhou-o com interesse.

– Bem, tenho, para mim, bastante certeza de que foi lady Alexandra Farraday.

– Então essa é sua hipótese – disse Race. – Motivos?

– Lá vão. Diria que ela é do tipo que enlouquece de ciúmes. E é autoritária, também. Como aquela rainha da lenda, Leonor Alguma Coisa*, que seguiu a bela Rosamund até seu jardim e ofereceu a ela a escolha entre um punhal e uma taça de veneno.

– Só que neste caso – disse Anthony – ela não ofereceu à bela Rosemary escolha alguma.

O inspetor-chefe continuou:

– Alguém sopra a dica para o sr. Barton. Ele começa a ter suspeitas... e devo dizer que as suspeitas dele eram bastante definidas. Não teria ido tão longe, como comprar de fato uma casa no campo, a menos que quisesse manter os Farraday sob vigilância. Deve ter deixado isso bem claro para ela, insistindo naquela festa e persuadindo-os a comparecer. Ela não é do tipo que espera para ver. Outra vez autocrática, ela o eliminou. Esta, vocês dirão, é toda nossa teoria, e é baseada apenas na personalidade dela. Mas digo também que a única pessoa que teria tido alguma chance de colocar o que fosse na taça do sr. Barton logo antes de ele beber seria a dama à sua direita.

– E ninguém a viu fazer isso? – objetou Anthony.

– Exato. Deveriam ter visto, mas não viram. Digam, se quiserem, que ela é bastante hábil.

– Uma verdadeira mágica.

Race pigarreou. Sacou seu cachimbo e começou a enchê-lo de fumo.

– Só um detalhe. Admitindo que lady Alexandra seja autocrática, ciumenta e tenha uma devoção passional pelo marido, admitindo também que ela não tenha escrúpulo de cometer um homicídio, acha que ela é do tipo que deixa evidências incriminadoras na bolsa de uma garota? Uma

---

* Referência a Leonor, Duquesa de Aquitânia e rainha consorte da França e da Inglaterra (1122?-1204), uma das soberanas mais poderosas e influentes da Idade Média, e à história, provavelmente falsa, de que teria assassinado a galesa Rosamund Clifford, amante do segundo marido de Leonor, Henrique II Plantageneta, rei da Inglaterra. (N.T.)

garota totalmente inocente, reservada, que nunca lhe fez mal algum? Essa é a tradição dos Kidderminster?

O inspetor Kemp retorceu-se, desconfortável, em sua cadeira e ficou olhando para sua xícara de chá. Por fim disse:

– As mulheres não jogam limpo, se é o que quer dizer.

– Na verdade, muitas delas jogam – emendou Race. – Mas estou feliz em vê-lo desconfortável.

Kemp escapou do dilema virando-se para Anthony com afável condescendência.

– A propósito, sr. Browne (vou continuar chamando-o assim, se não se importa), permita-me dizer o quanto fiquei grato pela rapidez com que trouxe a srta. Marle até nós esta noite para nos contar sua história.

– Tive de trazê-la de imediato – explicou Anthony. – Se tivesse esperado, é provável que não a tivesse trazido de jeito nenhum.

– Ela não queria vir, é lógico – disse o coronel Race.

– Estava com muito medo, a pobre criança – informou Anthony. – Bastante natural, eu presumo.

– Muito natural – concordou Race, e serviu-se de outra xícara de chá. Anthony deu um gole com cautela em seu café.

– Bem – disse Kemp –, acho que a tranquilizamos. Ela foi para casa bastante alegre.

– Depois do funeral – falou Anthony –, espero que ela vá passar um tempo no campo. Acho que 24 horas de paz e sossego longe da tia Lucilla e de sua língua incansável farão bem a ela.

– A língua da tia Lucilla tem suas utilidades – comentou Race.

– Tem razão – disse Kemp. – Sorte que não achei necessário fazer um registro taquigráfico quando tomei seu depoimento. Caso contrário, o pobre estenógrafo estaria agora no hospital, com cãibras e tendinite.

– Bem, inspetor – falou Anthony –, talvez o senhor esteja certo quando diz que este caso nunca irá ao tribunal, mas seria um fim bastante insatisfatório. E há uma coisa que ainda não sabemos... quem escreveu aquelas cartas para George Barton contando-lhe que a esposa havia sido assassinada? Não temos a menor ideia de quem foi essa pessoa.

Race perguntou:

– Suas suspeitas sobre o assassino continuam as mesmas, Browne?

– Ruth Lessing? Sim. Eu a mantenho como minha candidata. O senhor me contou que ela admitiu estar apaixonada por George. De acordo com a opinião geral, Rosemary era uma presença tóxica para ela. Digamos que ela, de repente, viu uma boa oportunidade de se livrar de Rosemary, e estava convencida de que com a outra fora do caminho poderia casar imediatamente com George.

– Vou aceitar o argumento – disse Race. – Admitamos que Ruth Lessing tenha calma e competência para planejar e levar a cabo um homicídio, e que talvez lhe falte aquela capacidade de sentir compaixão que é, na essência, um produto da imaginação. Sim, reconheço então o primeiro homicídio. Mas simplesmente não consigo vê-la entrando em pânico e envenenando o homem que amava e com quem queria se casar! Outro ponto que a exclui: por que ela não disse nada quando viu Iris jogar o embrulho do cianureto para baixo da mesa?

– Talvez ela não tenha visto Iris fazer isso – sugeriu Anthony, um tanto em dúvida.

– Estou certo de que viu – disse Race. – Quando lhe fiz as perguntas, tive a impressão de que ela estava escondendo alguma coisa. E a própria Iris Marle acha que Ruth a viu.

– Ora vamos, coronel – Kemp interpelou-o –, conte-nos a sua "sacada". O senhor tem uma, suponho.

– Está bem. É justo. Ouçam e levantem suas objeções.

O olhar de Race vagou pensativo do rosto de Kemp para o de Anthony e ali se deixou ficar.

Anthony ergueu as sobrancelhas:

– Não me diga que ainda acha que sou eu o vilão do filme.

Race negou, balançando a cabeça devagar.

– Não consigo imaginar uma razão plausível pela qual você mataria George Barton. Acho que sei quem o matou. E a Rosemary também.

– Quem?

Race comentou, contemplativo:

– É curioso como nós três escolhemos mulheres como suspeitas. Eu suspeito de uma também – fez uma pausa e disse, tranquilo: – Acho que a culpada é Iris Marle.

Com estrépito, Anthony afastou sua cadeira. Seu rosto se tornou por um momento rubro de cólera. Então, com esforço, retomou o domínio sobre si mesmo. Sua voz, quando falou, tremia um pouco, mas o tom era deliberadamente leve e brincalhão, como antes.

– Sem dúvida, temos de discutir a possibilidade. Por que Iris Marle? E se é assim, por que ela teria, por sua própria vontade, me contado que jogou o papel do cianureto debaixo da mesa?

– Porque – disse Race – ela sabia que Ruth Lessing a havia visto.

Anthony pensou na resposta, com a cabeça caída de lado. Por fim, assentiu.

– Aceitável. Continue. Por que suspeita dela, em primeiro lugar?

– O motivo – retrucou Race. – Foi deixada para Rosemary uma enorme fortuna na qual Iris não tinha participação alguma. Pelo que sabemos, ela pode ter se debatido por anos com uma sensação de injustiça. Estava ciente de que se

Rosemary morresse sem filhos, todo o dinheiro viria para ela. E Rosemary estava deprimida, infeliz, abatida depois da gripe, o estado de ânimo perfeito para que o suicídio fosse uma conclusão aceita sem questionamentos.

– Vá em frente, faça da garota um monstro! – disse Anthony.

– Um monstro não – disse Race. – Há outra razão pela qual suspeito dela. Bem improvável, dirão os senhores: Victor Drake.

– Victor Drake? – repetiu Anthony, encarando-o.

– Sangue ruim. Entendam que não foi por nada que dei ouvidos a Lucilla Drake. Sei tudo a respeito da família Marle. Victor Drake: não de todo fraco, mas positivamente perverso. A mãe dele: de inteligência medíocre e incapaz de se concentrar. Hector Marle: fraco, corrupto e bêbado. Rosemary: emocionalmente instável. Uma história familiar de covardia, vício e instabilidade. Causas de predisposição.

Anthony acendeu um cigarro. Suas mãos tremiam.

– O senhor não acredita que possa nascer um broto sadio de um tronco débil ou mesmo podre?

– É claro que pode. Mas não tenho certeza de que Iris Marle *é* esse broto sadio.

– E minha palavra não conta – completou Anthony, com vagar – porque estou apaixonado por ela. George mostrou-lhe as cartas, ela perdeu a cabeça e o matou. É como acha que as coisas se passaram?

– Sim. No caso dela, o pânico prevaleceria.

– E como ela teria posto o veneno na taça de George?

– Isso eu não sei, confesso.

– Sou grato por ver que há algo que o senhor não sabe.

Anthony inclinava-se para frente e para trás na cadeira. Seus olhos estavam zangados e ameaçadores.

– Tem muita cara-de-pau em me dizer tudo isso.

Race respondeu com calma:

– Eu sei. Mas acho que era algo que precisava ser dito.

Kemp observava a ambos com interesse, mas não falava nada. Remexia a colher em seu chá sem parar, com um ar ausente.

– Muito bem – disse Anthony, endireitando-se na cadeira. – As coisas mudaram. Não é mais uma questão de sentar em volta de uma mesa, bebendo líquidos repulsivos e ventilando teorias acadêmicas. Este caso *tem* de ser resolvido. *Temos* de solucionar todas as dificuldades e chegar à verdade. Esse é para ser o meu trabalho, e de alguma forma eu vou fazê-lo. Vou martelar os pontos que não sabemos – porque, quando soubermos, a coisa toda será esclarecida. Vou reformular nossos problemas. Quem sabia que Rosemary havia sido assassinada? Quem escreveu a George contando isso? E por quê? E agora as mortes propriamente ditas. Deixemos a primeira de lado. Já faz muito tempo, e não sabemos com certeza o que aconteceu. Mas o segundo homicídio foi cometido diante de meus olhos. Eu *vi* acontecer. Portanto, eu deveria saber *como.* O momento ideal para pôr o cianureto no copo de George foi durante o espetáculo. Mas não pode ter sido assim, porque ele bebeu de sua taça imediatamente depois do show. Eu o *vi* beber. Depois, ninguém pôs nada em sua taça. Ninguém sequer tocou na taça. No entanto, quando ele bebeu de novo, estava cheia de cianureto. Ele *não podia* ter sido envenenado... mas foi. Havia cianureto na taça, mas *ninguém pode tê-lo colocado lá*! Estamos avançando?

– Não – disse o inspetor-chefe Kemp.

– Sim – contrariou Anthony –, a coisa agora está no terreno dos truques de magia. Ou da manifestação de um espírito. Vou esboçar minha teoria mediúnica. Enquanto estávamos dançando, o fantasma de Rosemary pairou sobre a taça de George e derramou nela um pouco de cianureto engenhosamente materializado. Qualquer espírito poderia produzir cianureto a partir de ectoplasma. George voltou, bebeu à saúde dela e... *Oh, meu Deus*!

Os outros dois o encararam, curiosos. Anthony segurava a cabeça com as mãos. Balançava-se de um lado para outro em aparente agonia mental. Por fim, disse:

– Foi isso... foi isso... a bolsa... o garçom...

– O garçom... – Kemp pôs-se alerta.

Anthony sacudiu a cabeça.

– Não, não. Não me refiro à mesma coisa que o senhor. Cheguei a pensar que o que precisávamos era um garçom que não fosse um garçom, mas um mágico... um garçom que tivesse sido admitido no dia anterior. Em vez disso, tínhamos um garçom que sempre havia sido garçom... e um jovem garçom pertencente à linhagem real dos garçons. Um garçom angelical. Um garçom acima de qualquer suspeita. E ele ainda está acima de qualquer suspeita... mas ele cumpriu seu papel! Por Deus, ele cumpriu um papel fundamental.

Encarou seus companheiros:

– Não percebem a diferença? *Um* garçom poderia ter colocado veneno na taça de champanhe, mas *o* garçom não o fez. Ninguém tocou na taça de George, mas ele foi envenenado. Um, artigo indefinido. O, artigo definido. Taça de George, George! Duas coisas diferentes. E o dinheiro... pilhas de dinheiro! E quem sabe... talvez também amor? Não me olhem como se eu fosse louco. Venham, vou mostrar a vocês.

Empurrando a cadeira pra trás, ergueu-se de um salto e agarrou Kemp pelo braço.

– Venham comigo.

Kemp lançou um olhar pesaroso para sua xícara ainda pela metade e murmurou:

– Temos de pagar a conta.

– Não, não, estaremos de volta em um minuto. Venha. Há algo que preciso mostrar a vocês lá fora. Venha, coronel Race.

Saindo da mesa, ele os conduziu até o vestíbulo.

– Vê aquela cabine telefônica ali?

– Sim.

Anthony apalpou os bolsos.

– Droga, não tenho troco. Deixa pra lá. Pensando melhor, é preferível não fazer deste jeito. Vamos voltar.

Voltaram à mesa. Kemp primeiro, Race em seguida, com a mão de Anthony em seu braço.

Kemp sentou-se carrancudo e apanhou seu cachimbo. Esvaziou-o com cuidado e começou a mexer nele com um grampo que retirou do bolso do colete.

Race olhava para Anthony com o cenho franzido e uma expressão intrigada. Reclinou-se na cadeira e apanhou a xícara, bebendo de um gole o chá que ainda havia nela.

– Raios! – exclamou violentamente – Está com açúcar!

Lançou um olhar por sobre a mesa e pôde ver Anthony abrir um grande e vagaroso sorriso.

– Ei! – emendou Kemp, ao tomar um gole de sua xícara. – Que diabos é isso?

– Café – respondeu Anthony. – Acho que não vai gostar. Eu não gostei.

Capítulo 13

Anthony teve o prazer de ver um brilho de compreensão instantânea assomar aos olhos de seus dois acompanhantes.

Sua alegria durou pouco, porque outro pensamento o golpeou com a força de um soco.

Expeliu as palavras aos gritos:

– Meu Deus! O *carro*!

Ergueu-se de um salto.

– Que imbecil eu fui... idiota! Ela me disse que um carro quase a atropelara... e eu mal ouvi. Venham, rápido.

Kemp disse:

– Quando deixou a Yard, ela disse que iria direto para casa.

– Sim... Oh, por que não fui com ela?

– Quem está na casa? – perguntou Race.

– Ruth Lessing estava lá, esperando pela sra. Drake. É possível que ambas ainda estejam discutindo os detalhes do funeral!

– Discutindo muito mais coisas, se bem conheço a sra. Drake – comentou Race. E acrescentou, abrupto: – Iris Marle tem outros parentes?

– Não que eu conheça.

– Acho que percebo a direção para a qual seus pensamentos e ideias o estão levando. Mas... é fisicamente possível?

– Acho que sim. Pense só em quanta coisa havia sido tomada por certa *com base na palavra de uma só pessoa.*

Kemp pagou a conta. O trio se apressou em tomar o caminho da rua enquanto o inspetor perguntava:

– Acha que o perigo é grave? Para a srta. Marle?

– Sim, acho.

Anthony sussurrou um palavrão e acenou para um táxi. Os três homens embarcaram e mandaram o motorista correr para Elvaston Square o mais rápido possível.

Kemp disse, devagar:

– Por ora, formei apenas a ideia geral. E ela descarta de imediato os Farraday.

– Sim.

– Graças a Deus por isso. Mas é certo que haverá outro atentado... quando?

– O mais rápido possível – disse Race. – Antes que tenhamos alguma chance de seguir a pista certa. Melhor de três... será essa a ideia. – E acrescentou: – A srta. Marle disse-me, na frente da sra. Drake, que se casaria com você tão logo a pedisse.

Falavam aos espasmos entrecortados, porque o taxista havia tomado suas orientações ao pé da letra e cantava os pneus nas esquinas, costurando pelo meio do tráfego com imenso entusiasmo. Entrando com um último cavalo-de-pau no portão de Elvaston Square, estacionou com um solavanco terrível na frente da casa.

Elvaston Square nunca parecera tão pacífica.

Anthony, retomando com esforço suas maneiras espirituosas de sempre, murmurou:

– Bem como nos filmes. Faz a gente se sentir de algum modo bastante tolo.

Mas já estava no topo da escada apertando a campainha enquanto Kemp ainda seguia seus passos e Race estava pagando o taxista.

A copeira abriu a porta.

Anthony falou em tom ríspido:

– A srta. Iris já voltou?

Evans pareceu um pouco surpresa.

– Oh, sim, senhor. Chegou há mais ou menos meia hora.

Anthony soltou um suspiro de alívio. Tudo estava tão calmo e tranquilo naquela casa que se sentiu envergonhado dos terrores melodramáticos de há pouco.

– Onde ela está?

– Presumo que na sala de visitas, com a sra. Drake.

Anthony assentiu e subiu as escadas a passos largos. Race e Kemp o seguiram de perto.

Na sala de visitas, plácida sob a baça iluminação elétrica, Lucilla Drake revirava, com a concentração confiante de um sabujo, todas as gavetas e os escaninhos da escrivaninha, enquanto murmurava em tom bem audível.

– Céus, céus. Agora onde foi que eu coloquei a carta da sra. Marsham? Deixe-me ver...

– Onde está Iris? – Anthony a interrompeu, abrupto.

Lucilla virou-se e o encarou.

– Iris? Ela... espere um pouco! – levantou-se: – Posso perguntar *quem* é o senhor?

Race se adiantou, saindo detrás de Anthony, e o rosto de Lucilla se desanuviou. Ela ainda não vira o inspetor-chefe Kemp, que foi o terceiro a entrar na sala.

– Oh, meu caro coronel Race! Que gentileza sua em aparecer! Mas gostaria que o senhor tivesse estado aqui um pouco mais cedo. Teria apreciado consultá-lo a respeito dos preparativos para o funeral... o conselho de um homem é tão valioso. Estava me sentindo tão desnorteada, como disse à srta. Lessing, que realmente não conseguia nem *pensar*. E devo dizer que, ao menos desta vez, a srta. Lessing foi muito simpática e se ofereceu para aliviar meus ombros desse encargo. Ela só observou, de maneira muito razoável, que provavelmente eu era, o que é natural, a pessoa certa para saber quais eram os hinos favoritos de George. Não que eu de fato soubesse, porque temo que o George não fosse muito assíduo na igreja. Mas, é claro, como esposa de um clérigo... quer dizer, viúva... eu saberia o que é apropriado.

Race tirou vantagem de uma pausa momentânea para inserir uma pergunta:

– Onde está a srta. Marle?

– Iris? Chegou há algum tempo. Disse que estava com dor de cabeça e subiu direto para seu quarto. As moças de hoje, o senhor sabe, não parecem ter muita resistência... não comem espinafre o suficiente... e ela parece detestar positivamente tratar dos preparativos para o funeral, mas, no fim das contas, alguém *tem* de fazer isso... qualquer pessoa gostaria de ter a sensação de que tudo foi feito da melhor forma, com o apropriado respeito pelos mortos. Não que eu considere esses carros fúnebres motorizados *reverentes* de verdade, se o senhor me entende, não como cavalos com caudas longas e negras, mas, é claro, disse a Iris que estava tudo bem, que Ruth (chamei-a de Ruth e não de srta. Lessing) e eu estávamos cuidando maravilhosamente bem de tudo, e que ela poderia deixar tudo conosco.

Kemp perguntou:

– A srta. Lessing já foi?

– Sim, já acertamos tudo, a srta. Lessing saiu faz uns dez minutos. Levou com ela as participações fúnebres para os jornais. Sem flores, devido às circunstâncias... e a cerimônia será em Canon Westbury.

Enquanto o fluxo de palavras prosseguia, Anthony dirigia-se discretamente para a porta. Já havia deixado a sala quando Lucilla, interrompendo de repente sua narrativa, fez uma pausa para dizer:

– Quem era aquele rapaz que veio com os senhores? Em um primeiro momento, não percebi que ele os acompanhava. Pensei que poderia ser um daqueles repórteres desagradáveis. Temos tido *tantos* problemas com eles.

Anthony subia as escadas a passos rápidos. Ouvindo passos atrás de si, virou-se e lançou um sorriso malicioso para o inspetor-chefe Kemp.

– Também desertou? Pobre Race!

Kemp resmungou:

– Ele faz essas coisas tão bem. Não sou nada bom nessa parte.

Chegaram ao segundo piso e já se preparavam para subir ao terceiro quando Anthony ouviu passos leves que desciam a escada. Empurrou Kemp para dentro de um banheiro próximo.

Os passos continuaram descendo as escadas.

Anthony saiu do banheiro e subiu correndo o lance seguinte de escadas. O quarto de Iris, ele sabia, era o aposento pequeno no fundo do corredor. Bateu de leve na porta. "Ei... Iris." Não houve resposta... bateu e chamou outra vez. Tentou abrir a maçaneta e viu que a porta estava trancada.

Com urgência real, agora, já socava porta e gritava.

– Iris... Iris...

Depois de alguns segundos, parou e olhou em volta. Estava pisando em um daqueles antiquados carpetes de lã, feitos para tapar por fora as frinchas das portas, impedindo correntes de ar. Este estava bem perto da porta, e Anthony chutou-o para longe. O espaço entre a madeira e o piso era bem largo – deduziu que tivesse sido cortado em algum momento para que se pudesse varrer por ali a sujeira do tapete do outro lado.

Espiou pelo buraco da fechadura, mas não conseguiu ver nada. De repente, ergueu a cabeça e farejou o ar. Deitou-se no chão e enfiou o nariz pela fresta sob a porta.

Levantando-se de um salto, gritou: "Kemp!"

Não havia sinal do inspetor-chefe. Anthony gritou outra vez.

Foi o coronel Race, entretanto, que veio correndo pelas escadas. Anthony nem lhe deu chance de falar:

– Gás... está vazando! Temos que pôr esta porta abaixo.

Race tinha um físico vigoroso. Ele e Anthony não demoraram a vencer o obstáculo. Com um barulho de coisa partida, a tranca cedeu.

Recuaram por um momento, e então Race disse:

– Ela está perto da lareira. Você a apanha enquanto eu corro para quebrar a vidraça.

Iris Marle estava deitada com a boca e o nariz próximos do jato que escapava da saída de gás aberta.

Instantes depois, engasgando e tossindo, Anthony e Race deitaram a garota inconsciente no piso para apanhar o ar que entrava pela janela do corredor.

Race disse:

– Eu cuido dela. Vá chamar um médico. Rápido.

Anthony precipitou-se escada abaixo. Race gritou para ele:

– Não se preocupe. Acho que ela vai ficar bem. Chegamos bem a tempo.

No saguão, Anthony discou e falou no telefone, operação dificultada pelo ruído de fundo das exclamações de Lucilla.

Finalmente, afastou-se do telefone para dizer, com um suspiro de alívio:

– Apanhei-o em casa. Ele mora logo do outro lado da praça. Estará aqui em alguns minutos.

– ...mas eu preciso saber o que está acontecendo. Iris está doente? – foram as últimas lamúrias de Lucilla.

Anthony explicou:

– Ela estava em seu quarto. Porta trancada. A cabeça na saída de gás e o registro totalmente aberto.

– Iris? – A sra. Drake soltou um guincho lancinante. – Iris cometeu suicídio? Não posso acreditar. *Não posso*!

Uma leve sombra do sorriso malicioso de Anthony voltou a seu rosto enquanto ele dizia:

– A senhora não precisa acreditar. Não é verdade.

Capítulo 14

– E agora, Tony, quer me fazer o favor de contar tudo a respeito do caso?

Iris estava deitada no sofá, e o bravo sol de novembro proporcionava um magnífico espetáculo do lado de fora das vidraças de Little Priors.

Anthony olhou o coronel Race do outro lado da sala, sentado no peitoril da janela, e sorriu, insinuante.

– Não me importo de admitir, Iris, que estive esperando por este momento. Se não contar para alguém, e logo, o quanto eu fui esperto, acho que vou explodir. Não haverá modéstia alguma nesta narração. Será um solo de elogios despudorados a mim mesmo, com pausas nos momentos certos para que você possa dizer: "Anthony, como você é inteligente", "Tony, que maravilha!" ou alguma outra frase dessa natureza. Arrã! A apresentação vai começar. Aqui vamos nós.

"A coisa toda parecia muito simples. Quero dizer que parecia um caso claro de causa e efeito. A morte de Rosemary, aceita na época como suicídio, não fora suicídio. George começara a suspeitar, dera início a suas investigações, presumivelmente chegara perto da verdade, e, antes que pudesse desmascarar o assassino, foi ele próprio assassinado.

"Mas quase imediatamente deparamos com algumas contradições aparentes. Tais como A) George não podia ter sido envenenado. B) George foi envenenado. E ainda: A) Ninguém havia tocado na taça de George. B) A taça de George tinha veneno.

"Na verdade, eu estava deixando passar um fato muito significativo: os diversos empregos do possessivo.

A orelha de George é sem dúvida alguma a orelha de George, porque está grudada em sua cabeça e não pode ser removida senão com uma operação cirúrgica! Mas quanto ao relógio de George, só posso me referir ao relógio que George está usando – o que levanta a questão: e o relógio é dele ou foi emprestado por outra pessoa? E quando falávamos do copo de George, ou da xícara de chá de George, comecei a perceber que estávamos nos referindo a uma coisa bastante vaga. Eu só podia falar da taça ou da xícara da qual George estivera bebendo por último – e que não tinha nada que a distinguisse de muitas outras xícaras e taças do mesmo padrão.

"Para ilustrar esse ponto, tentei um pequeno experimento. Race tomava chá sem açúcar, Kemp, com açúcar, e eu bebia café. Na aparência, os três líquidos tinham quase a mesma cor. Estávamos sentados ao redor de uma mesinha de tampo de mármore entre muitas outras mesas iguais. Com o pretexto de uma inspiração súbita, convenci os dois a deixarem seus assentos e irem até o vestíbulo, pondo as cadeiras de lado à medida que saíamos. Consegui também, sem deixar que me vissem, mudar de lugar o cachimbo de Kemp, que estava ao lado de seu pires, para uma posição semelhante ao lado do meu. Logo que chegamos ao vestíbulo, dei uma desculpa e voltamos. Kemp ligeiramente à frente. Ele aproximou a cadeira da mesa e sentou-se à frente do pires que havia deixado marcado pelo cachimbo. Race sentou-se à direita dele, como antes, e eu à esquerda. Mas note o que aconteceu: uma nova contradição entre A e B. A) Kemp havia posto açúcar em sua xícara de chá. B) A xícara de Kemp continha café. Duas declarações conflitantes que não podiam ser ambas verdadeiras, mas são. O engano está no uso da expressão "a xícara de Kemp". A xícara de Kemp quando ele saiu da mesa e a xícara de Kemp quando ele retornou não eram a mesma.

"E isso, Iris, foi o que aconteceu no Luxembourg aquela noite. Depois do espetáculo, quando fomos todos dançar, você deixou cair sua bolsa. Um garçom a apanhou – não *o* garçom que atendia aquela mesa e sabia onde cada um estava sentado – mas um garçom. Um ajudante apressado e nervoso, pressionado por todos, correndo com uma travessa de molho, que rapidamente parou, pegou a bolsa do chão e colocou-a ao lado de um prato – o prato imediatamente à esquerda de seu lugar. Vocês voltaram primeiro, e, sem pensar, você foi direto para o lugar marcado pela sua bolsa, exatamente como Kemp fez com o cachimbo. George sentou-se à sua direita, como antes. E quando George propôs um brinde à memória de Rosemary, bebeu do copo que pensava ser *dele*, mas que na verdade *era o seu*. O copo que poderia ser facilmente envenenado sem a necessidade de um truque de mágica para explicá-lo, porque a única pessoa que não beberia depois do show seria necessariamente *aquela à saúde de quem se bebia*!

"Agora, repasse o caso todo outra vez, e o cenário é inteiramente diverso. Era você a vítima pretendida, não George. Parece que George estava sendo usado. Se o plano não tivesse dado errado, qual seria a história que o mundo veria? Uma repetição da festa de um ano atrás... e uma repetição... do suicídio! Certamente, as pessoas diriam, havia uma tendência suicida na família! Um invólucro de papel com traços de cianureto encontrado em sua bolsa. Um caso óbvio! A pobre moça estava obcecada pela morte da irmã. Muito triste... Mas essas garotas ricas são muito neuróticas às vezes!"

Iris interrompeu-o com um grito:

– Mas por que alguém desejaria me matar? Por quê? *Por quê?*

– Por causa de todo aquele dinheiro fascinante, meu anjo. Dinheiro, dinheiro, dinheiro! O dinheiro de Rosemary foi para você quando ela morreu. Agora suponha que você morresse, solteira. O que aconteceria com esse dinheiro? A resposta: iria para o parente mais próximo... sua tia, Lucilla Drake. Mas com tudo o que se sabia a respeito da cara senhora, eu não conseguia vê-la como A Grande Assassina. Mas alguém mais seria beneficiado? Sim, é claro. Victor Drake. Se Lucilla tivesse dinheiro, seria exatamente a mesma coisa que se Victor o tivesse. Ele sabia disso! Sempre fora capaz de fazer com a mãe o que quisesse. E não há dificuldade alguma em ver Victor como O Grande Assassino. O tempo todo, desde o início do caso, houve referências a Victor, menções a seu nome. Ele havia estado nos bastidores, uma figura maligna, sombria, sem substância.

– Mas Victor está na Argentina! Está na América do Sul há mais de um ano.

– Está? Chegamos agora ao que tem sido sempre o enredo fundamental de qualquer história: "garoto conhece garota!" Quando Victor conheceu Ruth Lessing, foi o início desta história em particular. Ele a dominou. Ela deve ter se apaixonado perdidamente por ele. Essas mulheres caladas, sensatas e cumpridoras da lei são o tipo que com frequência se apaixona por um verdadeiro mau caráter.

"Pense um minuto e perceberá que todas as evidências de que Victor estivesse na Argentina dependiam da palavra de Ruth. Nada foi verificado porque nunca foi a questão principal. Ruth disse que havia visto Victor embarcar no San Cristobal antes da morte de Rosemary! Ruth foi quem sugeriu a George, no dia de sua morte, fazer uma ligação telefônica para Buenos Aires – e foi quem mais tarde despediu a telefonista que poderia, inadvertidamente, comentar que jamais havia feito tal chamada.

"Lógico que agora tudo foi facilmente averiguado. Victor Drake aportou em Buenos Aires em um navio que partiu no dia *seguinte* à morte de Rosemary, há um ano. Ogilvie, de Buenos Aires, não teve nenhuma conversa telefônica com Ruth a respeito de Victor Drake no dia em que George morreu. E Victor Drake partiu de Buenos Aires para Nova York algumas semanas atrás. Foi fácil para ele conseguir que um telegrama fosse enviado em seu nome em um dia específico – um daqueles seus bem conhecidos pedidos de dinheiro, o que forneceria a prova definitiva de que ele estava a milhares de milhas distante. E ao invés disso..."

– O quê, Anthony?

– Ao invés disso – continuou Anthony, levando seu relato ao clímax com intensa satisfação –, ele estava sentado na mesa ao lado da nossa, no Luxembourg, na companhia de uma loira não tão burra.

– Aquele homem horroroso?

– Uma tez amarelada, coberta de manchas, e olhos injetados são coisas fáceis de incorporar. E fazem uma grande diferença para um homem. Na verdade, na nossa reunião, *eu* era a única pessoa presente (além de Ruth Lessing) que já havia visto Victor Drake, e não o conheci por esse nome. Em todo caso, estava sentado de costas para ele. Pensei tê-lo reconhecido, no salão de coquetel, enquanto passávamos para o restaurante, como um homem que já havia encontrado em meus tempos de cadeia: Coleman Macaco. Mas como eu estava levando agora uma vida altamente respeitável, não estava preocupado que ele pudesse me reconhecer. E nunca suspeitei, nem por um momento, que aquele Coleman Macaco tivesse qualquer coisa a ver com o crime... muito menos que ele e Victor Drake fossem a mesma pessoa.

– Ainda não vejo como ele pôde ter feito aquilo.

O coronel Race assumiu a narração da história.

– Da maneira mais fácil do mundo. Durante o espetáculo ele foi até o telefone, passando pela mesa de vocês. Drake já foi ator e, o mais importante, garçom. Assumir a aparência e interpretar o papel de Pedro Morales era brincadeira de criança para um ator, mas, para se movimentar com habilidade ao redor de uma mesa, com o passo e o porte de um garçom, enchendo as taças de champanhe, era preciso o conhecimento preciso e a técnica de um homem que realmente houvesse sido um. Uma ação ou um gesto desajeitados teriam chamado a atenção para ele, mas como um garçom *bona fine* nenhum de vocês o notou. Estavam olhando para o espetáculo, sem perceber aquela parte da mobília de um restaurante: o garçom!

Iris disse em um tom de voz hesitante.

– E Ruth?

Foi Anthony quem respondeu:

– Foi Ruth, é claro, que colocou o papelote de cianureto em sua bolsa. Provavelmente no toalete, no começo da noite. Ela já havia usado a mesma técnica um ano antes... com Rosemary.

– Sempre achei estranho – disse Iris – que George não tivesse contado a Ruth sobre aquelas cartas. Ele a consultava a respeito de tudo.

Anthony soltou uma breve risada e falou:

– É claro que ele contou – foi a primeira coisa que fez. Ela sabia que ele contaria. Foi por isso que escreveu as cartas. Então, ela traçou todo aquele "plano" para ele, depois de haver, primeiro, preparado o espírito de George. Assim, ela teve o cenário montado, tudo perfeitamente preparado para o suicídio nº 2. E se George escolhesse ou não acreditar que você havia matado Rosemary e cometido suicídio por remorso ou pânico, bem, não faria a menor diferença para Ruth.

– E pensar que eu gostava dela... gostava muito dela! E que na verdade até queria vê-la casada com George.

– É provável que ela tivesse sido uma ótima esposa pra ele, se não tivesse topado com Victor no caminho – comentou Anthony. – Moral da história: toda assassina já foi uma boa moça em algum momento.

Iris estremeceu.

– Tudo por causa de dinheiro!

– Sua tolinha inocente, o dinheiro foi o motivo de tudo! Victor, com certeza, fez tudo pelo dinheiro. Ruth, em parte pelo dinheiro, em parte por Victor e em parte porque odiava Rosemary. Sim, ela percorreu um longo caminho até o momento em que tentou atropelar você deliberadamente, e foi ainda mais longe quando deixou Lucilla na sala de visitas, bateu a porta da frente e depois subiu para seu quarto. Como ela parecia? Agitada?

Iris refletiu:

– Acho que não. Ela apenas bateu à porta, entrou e disse que tudo estava acertado, e que esperava que eu estivesse me sentindo bem. Eu disse que sim, só estava um pouco cansada. Aí ela pegou a minha lanterna grande, revestida de borracha, e disse "que lanterna bonita", e depois disso não me lembro de nada.

– Não, querida – completou Anthony. – Porque ela lhe acertou uma bela pancada na nuca, embora não muito forte, com a sua bonita lanterna. Depois, posicionou-a artisticamente ao lado da saída de gás, trancou bem as janelas, ligou o gás e saiu. Trancou a fechadura, passou a chave por baixo da porta e empurrou o carpete de lã para bem perto da fresta entre a madeira e o piso, para bloquear qualquer corrente de ar. Depois, desceu as escadas em passo furtivo. Kemp e eu nos escondemos no banheiro bem nessa hora. Eu corri até você, e Kemp seguiu a srta. Lessing, sem ser notado, até onde ela havia estacionado o carro. Sabe, quando encontramos Ruth na entrada cheguei a sentir que havia alguma coisa suspeita e pouco natural na maneira como ela tentara nos convencer de que viera de ônibus e de trem!

Iris encolheu os ombros.

– É horrível pensar que havia alguém assim tão obstinada em me matar. Ela me odiava também?

– Oh, eu não diria isso. Mas a srta. Lessing é uma moça muito eficiente. Já havia sido cúmplice em dois homicídios e não podia aceitar que houvesse arriscado o pescoço por nada. Não tenho dúvidas de que Lucilla Drake queixou-se de sua decisão repentina de se casar comigo. E nesse caso, não havia tempo a perder. Se casássemos, eu seria seu herdeiro imediato, e não Lucilla.

– Pobre Lucilla. Sinto tanto por ela.

– Sentimos todos. É uma alma gentil e inofensiva.

– Ele foi mesmo preso?

Anthony olhou para Race, que assentiu e disse:

– Hoje de manhã, quando aportou em Nova York.

– Ele ia se casar com Ruth... depois de tudo?

– Era a vontade de Ruth. E acho que ela teria conseguido.

– Anthony... Acho que não gosto muito de meu dinheiro.

– Tudo bem, querida... faremos alguma coisa nobre com ele, se você quiser. Tenho dinheiro bastante para viver... e para sustentar uma esposa com razoável conforto. Vamos nos livrar de tudo, se assim quiser: doar para orfanatos, ou distribuir tabaco grátis para idosos, ou... que tal uma campanha para que sirvam um café melhor em toda a Inglaterra?

– Preciso guardar um pouco – disse Iris. – Assim posso bancar a orgulhosa e deixar você quando quiser.

– Iris, não creio que esse seja o espírito certo para se ingressar na vida matrimonial. E, a propósito, você não disse nenhuma vez "Tony, que maravilha!" ou "Anthony, como você é inteligente"!

O coronel Race sorriu e se levantou.

– Vou tomar chá com os Farraday – exclamou. Um leve brilho cruzou por seus olhos quando disse a Anthony: – Suponho que não irá comigo?

Anthony concordou com um aceno, e Race deixou o quarto. Parou na entrada para comentar, por sobre o ombro:

– Bela apresentação.

– Isso – disse Anthony enquanto a porta se fechava atrás de Race – significa a máxima aprovação britânica.

Iris perguntou, com voz calma:

– Ele achava que havia sido eu, não achava?

– Não deve usar isso contra ele – respondeu Anthony. – Entenda, ele conheceu tantas espiãs lindas, todas roubando fórmulas secretas e trapaceando grandes generais para conseguir informações sigilosas, que isso tornou-o amargo e deformou seu julgamento. Para ele, basta encontrar a garota bonita envolvida no caso!

– E como sabia que não era eu, Tony?

– Amor, eu suponho – disse Anthony, alegre.

A face dele se transformou, tornou-se séria de repente. Tocou no vasinho ao lado de Iris, no qual havia um único ramo verde-acinzentado com uma flor de malva.

– Como pode estar florindo nesta época do ano?

– Às vezes acontece... Um broto ocasional, se o outono for brando.

Anthony tirou o galho do vaso e segurou-o por um momento, junto ao rosto. Semicerrou os olhos e viu uma cabeleira castanha, olhos azuis sorridentes e uma boca vermelha e impetuosa...

Disse em um tom tranquilo e coloquial:

– Ela não está mais aqui, está?

– De quem está falando?

– Sabe a quem eu me refiro. Rosemary... Acho que ela sabia, Iris, que você estava em perigo.

Tocou com os lábios o ramo de um verde perfumado e jogou-o, com um gesto rápido, pela janela.

– Adeus, Rosemary. Obrigado...

Iris disse baixinho:

– Serve para recordar...

E mais baixo ainda:

– Eu te peço, amor, não esqueça...

Coleção **L&PM** POCKET

1190.**Procurando diversão** – Mauricio de Sousa
1191.**E não sobrou nenhum e outras peças** – Agatha Christie
1192.**Ansiedade** – Daniel Freeman & Jason Freeman
1193.**Garfield: pausa para o almoço** – Jim Davis
1194.**Contos do dia e da noite** – Guy de Maupassant
1195.**O melhor de Hagar 7** – Dik Browne
1196(29).**Lou Andreas-Salomé** – Dorian Astor
1197(30).**Pasolini** – René de Ceccatty
1198.**O caso do Hotel Bertram** – Agatha Christie
1199.**Crônicas de motel** – Sam Shepard
1200.**Pequena filosofia da paz interior** – Catherine Rambert
1201.**Os sertões** – Euclides da Cunha
1202.**Treze à mesa** – Agatha Christie
1203.**Bíblia** – John Riches
1204.**Anjos** – David Albert Jones
1205.**As tirinhas do Guri de Uruguaiana 1** – Jair Kobe
1206.**Entre aspas (vol.1)** – Fernando Eichenberg
1207.**Escrita** – Andrew Robinson
1208.**O spleen de Paris: pequenos poemas em prosa** – Charles Baudelaire
1209.**Satíricon** – Petrônio
1210.**O avarento** – Molière
1211.**Queimando na água, afogando-se na chama** – Bukowski
1212.**Miscelânea septuagenária: contos e poemas** – Bukowski
1213.**Que filosofar é aprender a morrer e outros ensaios** – Montaigne
1214.**Da amizade e outros ensaios** – Montaigne
1215.**O medo à espreita e outras histórias** – H.P. Lovecraft
1216.**A obra de arte na era de sua reprodutibilidade técnica** – Walter Benjamin
1217.**Sobre a liberdade** – John Stuart Mill
1218.**O segredo de Chimneys** – Agatha Christie
1219.**Morte na rua Hickory** – Agatha Christie
1220.**Ulisses (Mangá)** – James Joyce
1221.**Ateísmo** – Julian Baggini
1222.**Os melhores contos de Katherine Mansfield** – Katherine Mansfield
1223(31).**Martin Luther King** – Alain Foix
1224.**Millôr Definitivo: uma antologia de *A Bíblia do Caos*** – Millôr Fernandes
1225.**O Clube das Terças-Feiras e outras histórias** – Agatha Christie
1226.**Por que sou tão sábio** – Nietzsche
1227.**Sobre a mentira** – Platão
1228.**Sobre a leitura** ***seguido do*** **Depoimento de Céleste Albaret** – Proust
1229.**O homem do terno marrom** – Agatha Christie
1230(32).**Jimi Hendrix** – Franck Médioni
1231.**Amor e amizade e outras histórias** – Jane Austen
1232.**Lady Susan, Os Watson e Sanditon** – Jane Austen
1233.**Uma breve história da ciência** – William Bynum
1234.**Macunaíma: o herói sem nenhum caráter** – Mário de Andrade
1235.**A máquina do tempo** – H.G. Wells
1236.**O homem invisível** – H.G. Wells
1237.**Os 36 estratagemas: manual secreto da arte da guerra** – Anônimo
1238.**A mina de ouro e outras histórias** – Agatha Christie
1239.**Pic** – Jack Kerouac
1240.**O habitante da escuridão e outros contos** – H.P. Lovecraft
1241.**O chamado de Cthulhu e outros contos** – H.P. Lovecraft
1242.**O melhor de Meu reino por um cavalo!** – Edição de Ivan Pinheiro Machado
1243.**A guerra dos mundos** – H.G. Wells
1244.**O caso da criada perfeita e outras histórias** – Agatha Christie
1245.**Morte por afogamento e outras histórias** – Agatha Christie
1246.**Assassinato no Comitê Central** – Manuel Vázquez Montalbán
1247.**O papai é pop** – Marcos Piangers
1248.**O papai é pop 2** – Marcos Piangers
1249.**A mamãe é rock** – Ana Cardoso
1250.**Paris boêmia** – Dan Franck
1251.**Paris libertária** – Dan Franck
1252.**Paris ocupada** – Dan Franck
1253.**Uma anedota infame** – Dostoiévski
1254.**O último dia de um condenado** – Victor Hugo
1255.**Nem só de caviar vive o homem** – J.M. Simmel
1256.**Amanhã é outro dia** – J.M. Simmel
1257.**Mulherzinhas** – Louisa May Alcott
1258.**Reforma Protestante** – Peter Marshall
1259.**História econômica global** – Robert C. Allen
1260(33).**Che Guevara** – Alain Foix
1261.**Câncer** – Nicholas James
1262.**Akhenaton** – Agatha Christie
1263.**Aforismos para a sabedoria de vida** – Arthur Schopenhauer
1264.**Uma história do mundo** – David Coimbra
1265.**Ame e não sofra** – Walter Riso
1266.**Desapegue-se!** – Walter Riso
1267.**Os Sousa: Uma famíla do barulho** – Mauricio de Sousa
1268.**Nico Demo: O rei da travessura** – Mauricio de Sousa
1269.**Testemunha de acusação e outras peças** – Agatha Christie

1270(34).**Dostoiévski** – Virgil Tanase
1271.**O melhor de Hagar 8** – Dik Browne
1272.**O melhor de Hagar 9** – Dik Browne
1273.**O melhor de Hagar 10** – Dik e Chris Browne
1274.**Considerações sobre o governo representativo** – John Stuart Mill
1275.**O homem Moisés e a religião monoteísta** – Freud
1276.**Inibição, sintoma e medo** – Freud
1277.**Além do princípio de prazer** – Freud
1278.**O direito de dizer não!** – Walter Riso
1279.**A arte de ser flexível** – Walter Riso
1280.**Casados e descasados** – August Strindberg
1281.**Da Terra à Lua** – Júlio Verne
1282.**Minhas galerias e meus pintores** – Kahnweiler
1283.**A arte do romance** – Virginia Woolf
1284.**Teatro completo v. 1: As aves da noite** ***seguido de*** **O visitante** – Hilda Hilst
1285.**Teatro completo v. 2: O verdugo** ***seguido de*** **A morte do patriarca** – Hilda Hilst
1286.**Teatro completo v. 3: O rato no muro** ***seguido de*** **Auto da barca de Camiri** – Hilda Hilst
1287.**Teatro completo v. 4: A empresa** ***seguido de*** **O novo sistema** – Hilda Hilst
1289.**Fora de mim** – Martha Medeiros
1290.**Divã** – Martha Medeiros
1291.**Sobre a genealogia da moral: um escrito polêmico** – Nietzsche
1292.**A consciência de Zeno** – Italo Svevo
1293.**Células-tronco** – Jonathan Slack
1294.**O fim do ciúme e outros contos** – Proust
1295.**A jangada** – Júlio Verne
1296.**A ilha do dr. Moreau** – H.G. Wells
1297.**Ninho de fidalgos** – Ivan Turguêniev
1298.**Jane Eyre** – Charlotte Brontë
1299.**Sobre gatos** – Bukowski
1300.**Sobre o amor** – Bukowski
1301.**Escrever para não enlouquecer** – Bukowski
1302.**222 receitas** – J. A. Pinheiro Machado
1303.**Reinações de Narizinho** – Monteiro Lobato
1304.**O Saci** – Monteiro Lobato
1305.**Memórias da Emília** – Monteiro Lobato
1306.**O Picapau Amarelo** – Monteiro Lobato
1307.**A reforma da Natureza** – Monteiro Lobato
1308.**Fábulas** ***seguido de*** **Histórias diversas** – Monteiro Lobato
1309.**Aventuras de Hans Staden** – Monteiro Lobato
1310.**Peter Pan** – Monteiro Lobato
1311.**Dom Quixote das crianças** – Monteiro Lobato
1312.**O Minotauro** – Monteiro Lobato
1313.**Um quarto só seu** – Virginia Woolf
1314.**Sonetos** – Shakespeare
1315(35).**Thoreau** – Marie Berthoumieu e Laura El Makki
1316.**Teoria da arte** – Cynthia Freeland
1317.**A arte da prudência** – Baltasar Gracián
1318.**O louco** ***seguido de*** **Areia e espuma** – Khalil Gibran
1319.**O profeta** ***seguido de*** **O jardim do profeta** – Khalil Gibran
1320.**Jesus, o Filho do Homem** – Khalil Gibran
1321.**A luta** – Norman Mailer
1322.**Sobre o sofrimento do mundo e outros ensaios** – Schopenhauer
1323.**Epidemiologia** – Rodolfo Sacacci
1324.**Japão moderno** – Christopher Goto-Jones
1325.**A arte da meditação** – Matthieu Ricard
1326.**O adversário secreto** – Agatha Christie
1327.**Pollyanna** – Eleanor H. Porter
1328.**Espelhos** – Eduardo Galeano
1329.**A Vênus das peles** – Sacher-Masoch
1330.**O 18 de brumário de Luís Bonaparte** – Karl Marx
1331.**Um jogo para os vivos** – Patricia Highsmith
1332.**A tristeza pode esperar** – J.J. Camargo
1333.**Vinte poemas de amor e uma canção desesperada** – Pablo Neruda
1334.**Judaísmo** – Norman Solomon
1335.**Esquizofrenia** – Christopher Frith & Eve Johnstone
1336.**Seis personagens em busca de um autor** – Luigi Pirandello
1337.**A Fazenda dos Animais** – George Orwell
1338.**1984** – George Orwell
1339.**Ubu Rei** – Alfred Jarry
1340.**Sobre bêbados e bebidas** – Bukowski
1341.**Tempestade para os vivos e para os mortos** – Bukowski
1342.**Complicado** – Natsume Ono
1343.**Sobre o livre-arbítrio** – Schopenhauer
1344.**Uma breve história da literatura** – John Sutherland
1345.**Você fica tão sozinho às vezes que até faz sentido** – Bukowski
1346.**Um apartamento em Paris** – Guillaume Musso
1347.**Receitas fáceis e saborosas** – José Antonio Pinheiro Machado
1348.**Por que engordamos** – Gary Taubes
1349.**A fabulosa história do hospital** – Jean-Noël Fabiani
1350.**Voo noturno** ***seguido de*** **Terra dos homens** – Antoine de Saint-Exupéry
1351.**Doutor Sax** – Jack Kerouac
1352.**O livro do Tao e da virtude** – Lao-Tsé
1353.**Pista negra** – Antonio Manzini
1354.**A chave de vidro** – Dashiell Hammett
1355.**Martin Eden** – Jack London
1356.**Já te disse adeus, e agora, como te esqueço?** – Walter Riso
1357.**A viagem do descobrimento** – Eduardo Bueno
1358.**Náufragos, traficantes e degredados** – Eduardo Bueno
1359.**Retrato do Brasil** – Paulo Prado
1360.**Maravilhosamente imperfeito, escandalosamente feliz** – Walter Riso
1361.**É...** – Millôr Fernandes
1362.**Duas tábuas e uma paixão** – Millôr Fernandes
1363.**Selma e Sinatra** – Martha Medeiros
1364.**Tudo que eu queria te dizer** – Martha Medeiros
1365.**Várias histórias** – Machado de Assis

IMPRESSÃO:

PALLOTTI
GRÁFICA

Santa Maria - RS | Fone: (55) 3220.4500
www.graficapallotti.com.br